Sleep, Flora, Sleep

睡吧，芙洛，睡吧

[加] 张翎 著

天津出版传媒集团
天津人民出版社

图书在版编目（CIP）数据

睡吧，芙洛，睡吧 / (加) 张翎著 . -- 天津 : 天津人民出版社 , 2021.11
ISBN 978-7-201-17641-3

Ⅰ . ①睡… Ⅱ . ①张… Ⅲ . ①长篇小说 – 中国 – 当代 Ⅳ . ① I247.5

中国版本图书馆 CIP 数据核字 (2021) 第 181156 号

睡吧，芙洛，睡吧
SHUIBA，FULUO，SHUIBA
［加］张 翎 著

出　　版　天津人民出版社
出 版 人　刘 庆
地　　址　天津市和平区西康路 35 号康岳大厦
邮政编码　300051
邮购电话　（022）23332469
电子信箱　reader@tjrmcbs.com

责任编辑　岳 勇
封面设计　吴黛君

制版印刷　大厂回族自治县德诚印务有限公司
经　　销　新华书店
开　　本　620 毫米 ×889 毫米 1/16
印　　张　17
字　　数　190 千字
版次印次　2021 年 11 月第 1 版 2021 年 11 月第 1 次印刷
定　　价　49.00 元

自　序　一个字匠的逃离之路

这些年里我陆陆续续地出版的九部长篇小说，即将以作品集的形式集体再版，策划公司让我写一个序，我突然觉得有点为难。码字的日子久了，话依旧是有的，却觉得哪一句也不能真正表达内心的想法，多少有点“天凉好个秋”的意味。也许是成熟了，但成熟并非好话。成熟在生物学的意义上，是稻谷结穗瓜果垂枝的阶段，离收割或落地的时节近了。

所以我还在努力抗拒成熟。

我对“小说家”（novelist）这个词没有什么异议，用它来界定自己的职业还算大致准确，就如同会计、程序员、医生、机器操作工一样，是填写表格时切实可用的身份标签。只是近年来我找到了一个更传神的词——“wordsmith”，尽管这个词似乎很难找到合宜的中文翻译。smith作为英语后缀泛指某些具备特种手艺的人，如铁匠（blacksmith）、金匠（goldsmith）、锁匠（locksmith）、调音师（tunesmith）、枪械师（gunsmith）。依此类推，wordsmith可以翻译成字匠。我喜欢这个词里蕴含着的与锻造工序相近的联想，它把属于作家的一些表面光华去除，留下了仅仅与文字相关的粗粝本质。锻字成篇就是一个工匠的手艺，把文字、标点、段落用情绪和意象锻造成一个具备特殊形状的整体，最终的结果或者值得少许庆幸，但冗长的劳作过程却居多是辛苦而乏味的。假若没有几个可遇不可求的灵光闪现时刻，一些来自读者的知心反馈，还有偶尔收到较大笔稿酬时的短暂欢喜，锻字的过程不过是一些日复一日的单调体力劳动。“字匠”这个词比“小说家”更接近这个职业的本质。

这次结集重版的九部长篇小说里，《望月》是我的长篇处女作，最初发表于1998年，那时我已去国离乡12载，经历了漫长的求学谋生过程，终于在多伦多安定了下来。而《劳燕》则是时间线上离现时最近的一部小说，发表于2017年夏天，那时的世界还处在新冠肺炎疫情来临之前的“正常”秩序之中。这两本书之间，间隔的是几乎整整20年，这20年大致呈现了我曲折的海外写作发表之路。

作品发表时我所感受到的兴奋情绪都不太能持久，基本只维持在新书上市的宣传期。每写完一部，我就很快把它忘却了，目光已经转移到下一个兴奋点。我一路写，一路丢，像个喜新厌旧的负心汉，征服即是遗忘。而现在，当我的小说排着整齐的队列集体出现在我面前时，我感觉恍如隔世。记忆只是潜藏而已，并未枯死，所以轻轻一掸灰尘，属于每一本书的色泽和气味立即重现，我一一想起了锻造它们的过程。

《望月》是刻骨铭心的，因为那是我在走完漫长曲折的求学谋生之路后开始写的第一本书。在写作的过程里，我被诊断患了绝症，经历了两次手术，当时以为这是我留给世界的第一本也是最后一本书。当年的我如此无知，竟天真地以为我的存在或离去会给世界留下一个印记。最终我活下来了，又写了很多书，无论哪一本对世界都没有产生任何改变。太阳照样升起，海洋未曾枯竭，但是我却懂得了一个简单的道理：我用来写书的每一天都是赚来的，是意外的礼物。我为每一个日子感恩。

《交错的彼岸》和《邮购新娘》是继《望月》之后，对故土和童年的怀旧情绪的持续。那个年代交通和通信还很落后，一个不能常回家的人，只能在记忆的空间里重塑故土。在后来的重版过程里，这三本书被命名为“江南三部曲”（对不起格非，并非有意和你撞名）。《交错的彼岸》的发表过程最为曲折。《望月》出版后，虽然得到了几个行家的赞赏，但在书市的海洋里连水花也未曾见着一个就消逝了。长篇处女作没尽到长子的责任，未能给他的弟妹们铺下一条平顺的路，我依旧是个寂寂无名的文坛新人。《交错的彼岸》的打印稿装在一个个越洋航空信封中，寄往一家又一家出版社，又进入了一个又一个垃圾桶。在漫长的等待中我深感绝望，开始质疑一切：质疑为写作所做的长久准备过程是否值当，质疑在这个年龄开始写作的合理性，质疑激情是否枯竭，质疑坚持之必要。在心灰意懒之中，我甚至想到了放弃，所幸有一个人在此刻伸手拉了我一把，我才得以在字匠的路上多走了几步。

在一个多伦多国际作家活动里，我遇见了莫言，仗着无知无畏居然厚着脸皮请他为我写了一篇序，这在很大程度上促成了《交错的彼岸》的书稿得见天日。当时，我仅仅是在多伦多图书馆的多元文化柜借阅过他的一两本旧作，被他文字里那股对我来说极为陌生的狂野生命之气所打动。我没有预见到（相信他也没有）在12年后他会获得诺贝尔文学奖。随着他在文坛的名声越来越大，我的脸皮却越来越薄。后来在国内的几个场合里见到过他，每一次他都陷于索取签名请求合影的人流中。我已非当年的愣头青，再也没有勇气扎透他的粉丝墙，当面向他致意，因为我害怕他已不记得我。20年后，借着这篇文字，我终于可以坦然地感谢他当年以一个著名作家的身份，为一个毫无名气的新人写下的那篇洋洋洒洒的荐文。他是一个厚道人——这是我的词典里比名作家更重要的一个形容词。

在书写“江南三部曲”时，积攒了几十年的故土记忆，如被突然挪开了挡道之物的水流，排山倒海地涌泻出来。虽然出版的过程充满险情，但写作的过程并没有经历想象中的艰难和困顿，灵感是畅通和自如的。

紧接着便进入了江南题材的审美疲劳期。所有情绪的库存都是有限的，三部长篇小说基本掏空了浓郁的故土情结，我开始渴望逃离舒适的话题。在逃离的路途中，我毫无预兆地迎头撞上了他乡的诱惑和感动。《余震》的灵感在完全没有期待的时间点上与我相遇，带我开启了江南故土之外的书写。我并没有预料到这部以1976年唐山大地震为背景的小说，发表后会同时引发几位如日中天的大导演的兴趣，最终在冯小刚导演手中演绎成一部至今尚时时被人提起的电影《唐山大地震》。

大众媒介的广告效益，是一个独自耕耘的小说家永远无法企及的，一部电影突然使得我的出版之路变得畅通起来。退稿的情况依旧偶有发生，但我终于有胆量很阿Q地高声自嘲：“此处不留爷，自有留爷处。”因为在那以后，我的小说都能相对容易地找到它们的容身之地。直至十几年之后的今天，我的新作腰封上都还会醒目地摆上这部电影的信息，为此我感觉既庆幸又难堪：在《余震》之前和之后，我都写了许多小说，但人们记得的，依旧是一部电影。我实在是没出息，至今还得伸手借力。

在《余震》的引领之下，我的写作开始向我所不熟悉的疆界拓展，将我带到了与我的故土温州并无关联的广东。那几年里，我写出了华工到落基山脉讨生活的世纪家族小说《金山》，以及与金山题材相关联的《睡吧，芙洛，睡吧》。那是一些属于另一个时空里的故事，陌生的朝代、陌生的土地、陌生的风土人情、陌生的社会阶层，案头和田野调查耗尽了我的业余时间和钱包。那几年真是一个烧钱烧心烧气血的过程，经受的磨难使我很久都对人群产生恐惧心理。庆幸的是，我并未因此厌倦文字。作为人和作为字匠的我都活下来了，一如当年我写《望月》之时。我依旧还是我，却又不再是我，最根本的变化是：我更加坚信一个字匠最牢靠的发声渠道是作品。

我在他乡游移了数年，却没有驻留。最终，我的灵感又从他乡回到了故里。近年里，我写下了以故土温州为背景的《阵痛》《流年物语》和《劳燕》。在这三部小说里，《阵痛》是我眼中所见的家族女性身上的生命韧性的折射。《流年物语》是我对人性在致富过程中的迷失的思考，在叙述形式上下了最多的功夫。而《劳燕》是我对战争题材的第一次尝试，这个尝试还会在未来的作品里持续。有人质疑过女作家写战争和灾难的能力，其实，战争从不挑选性别，灾难平等地击倒每一个人，只是他们站起来的方式各自迥异。女性的视角和男性的视角必然不同，但所有的视角都有平等存在的价值。

和当年的“江南三部曲”相比，如今我笔下的江南故事里，已经有了隐隐约约的他乡气血和神情，我毕竟走了一些远路。我终于明白，故乡其实是我随身的行囊，无论我居住在何地，行走在何方，每一种离去，只是换了一种方式回归。

看到这九本书排成整齐的一列，与我重聚，我有一种他者的疏隔和恍惚。我看到的是过程，而非简单意义上的结果。世上从不缺我的某一本书，我坚持写作，仅仅是因为一旦停笔，我将不知所措。写作将我从对时光飞逝的虚无感中抽离出来，置放到实地上，字匠是一种自由而终生的职业，一个字匠是可以做到自给自足与世无争地工作到老死的。写作让我不再惧怕变老。

在这里，我必须提到那个带领我走出舒适区的直接灵感来源，我曾经的职业：听力康复师。在很长的日子里，我都对这份职业抱着爱恨交织的心情。爱是因为它和我选择它的初衷相符：收入稳定，从不加班加点，没有人命关天的重大责任，还能遇见各种各样有趣的人。恨是因为它每天都会从我起步已晚的创作生命中抽取八九个小时，让我的写作灵感在时间的边角料中艰难挣扎。

我和这份维持了 17 年的职业（我后来鼓足勇气辞职）之间的关系，和包办婚姻有诸多相似之处，最初是出于生活的需要，但在日复一日的耳鬓厮磨中渐渐生出了感情。在我受雇的诊所里，除了听力渐弱的寻常老人，我还会接触到许多退役军人和战争难民。刚成为听力康复师的那几年里，我还见过几位从一战退役的老兵。后来走进诊所的军人越来越年轻，尤其是从中东战场和阿富汗维和使命中退役的，不乏二三十岁的青壮小伙。在我的病人中，还有被炸弹炸聋了耳朵的难民孩童。他们为我打开了思维的另一扇大门，让我对战争、灾难、心理创伤、迁徙、身份认同的话题有了深切的同理心。这也就解释了从《余震》《阵痛》到《劳燕》等一系列作品中横贯始终的一个主题：灾难、创伤和修复。

写作作为倾诉渠道的日子离我渐渐远去，因为我已经接受了生而孤独的现实，不再奢求倾听和理解。写作作为逃离之路的日子，仍然还在继续。写作为我提供了一条不宽阔但始终存在着一条缝隙的逃离路径，让我能够努力尝试逃离偏见，逃离说教，逃离受害者思维陷阱，逃离我那个时代赋予我那代人的控诉腔、粉饰腔、主题先行腔、套话、虚话、场面话，尽量真实地理性地面对事件和自己的内心。写作不一定能帮助我完成这条逃离之路，也许生命本身也不能，但它至少可以提示我处在路的哪一段。因此，我借用爱丽丝·门罗的一部小说《逃离》（*Runaway*）的名字，作为这套作品集的序言的标题。

突然想起一个故事，权且把它作为结束吧。

在很久以前的某个年份里，一个小女孩进了小学。她生活的那个城市，当年只有一条海路通往外边世界，消息闭塞滞后。她在入学之前识得几个字，会写自己的名字和阿拉伯数字，但和其他孩子一样，她还不能用那几个掰着指头也数得过来的字写成一篇作文。老师在教他们识字，也在逐步开启他们的作文能力，第一个步子就是看图说故事。图和故事都是那个年代很熟悉的模式：阶级斗争，好人好事。

那天老师在黑板上挂了四幅图片：一个红领巾在上学的路上帮助一位老大爷把板车推上桥。老师按照座位的顺序让孩子们一一根据图片讲述故事。老人、孩子、桥、板车、雷锋，来来去去都是围绕着这几个元素，没有人注意到天空上有个圆圈。

轮到那个小女孩时，故事已经在很多孩子的口中咀嚼得成了渣子，再无新奇可言。女孩停顿了一下，脱口而出："早晨，东方升起一轮金灿灿（也许是红彤彤）的太阳。"女孩讲完这句话时有些忐忑，因为她看见老师怔了一怔。

几天后，老师来女孩家中家访（那个时候老师都有定期家访的传统）。女孩胆小，躲在另一个房间里不肯出来，却隐约听见老师对母亲说："一个七岁的孩子，知道从描述景物开始讲故事，还能给黑白图片加上颜色，好好培养，将来能成为作家。"母亲并无格外的喜色。大人世界的各种担忧和恐惧，小孩无从得知，小孩却已明白此生的目标。

那个孩子就是我。未来的种子已在那时播下，但是萌芽的日子却遥遥无期。我的文学种子从扔下到真正发芽的日子，间隔了三十几年。在我长大的日子里，关于写作的兴趣没有得到任何鼓励和“培养”，这个高危职业让大人们噤若寒蝉。在一连串错位的时代和事件中，经历了无数次与环境的碰撞迂回妥协，我的种子竟然最终萌芽，长出了枝叶。在母语并非汉语的土地上，在读者和出版社都遥隔一片大洋的尴尬境地里，在与为生的持续博弈中，我写出了这些书，这本身就是我儿时所无法想象的奇迹。

我怀念少年记忆中的那片故土，还有那些走入我多病寂寞的童年和少年时代的旧友。时空的巨变把我的故土和旧友都裹挟而去，我们再见时，城已不是旧城，人也不是旧人。我只能在唠唠叨叨的书写中寻找和重塑你们。我想念你们。

感谢所有在我困窘的写作之路上帮助过我的人，感谢为推出这套作品集付出了辛勤劳动的出版团队，恕我不一一列举你们的名字，因为这样做必定会坠入挂一漏万的黑色陷阱。

张翎

2021 年 8 月 12 日于多伦多

喇路于一八五三年九月十一日出生在中国北方的一个村落。早在童年，她家里就按当时的习俗给她裹了脚，期待着将来她能有一份体面的嫁妆……后来她被放了脚，和父亲一起下地干农活。由于裹过脚，她终生走路的姿势都有些怪异。

在她长成少年人时，中国北方经历了一次非常严重的旱灾。家里出于无奈，将她出售……她如何被私带进美国的细节，至今不得而知，但是人们相信她是从中国上海离岸由三藩市进入美国的。喇路抵达爱达荷州的沃伦镇时，是一八七二年的七月八日——该镇是十年前由于发现金砂而兴旺起来的……抵达沃伦之后，喇路被交到一个开酒馆的中国富人手里，从此改名波莉……波莉的机智美丽是酒馆的一大景致……不久，波莉认识了另一家酒馆的老板查理·伯密斯，查理有一阵子当过当地的副司法长官，波莉一有麻烦，查理就以保护者的身份来帮助她摆脱困境。

……沃伦镇都传说，查理是在一次扑克牌赌博中把波莉从那个中国男人手中赢过来的……一八九〇年查理在一局扑克牌比赛之后被输家开枪在颧骨处打伤，医生说他将死于感染。可是波莉用钩针清洗伤口并用草药医治……尽管爱达荷州法律严禁白人与非白人结婚，两人还是于一八九四年八月十三日结成夫妻，因为给他们主持婚礼的法官本人，他的配偶就是一个印第安人。

Answers.com 波莉·伯密斯生平

贝拉·霍金森*靠给人洗衣养活自己，有时甚至养活她的丈夫比利。她一直很骄傲地夸口说自己是威廉姆斯河及其支流一带的金矿区里最早起床的人。几乎没有人反驳她，或企图和她比赛，尤其是她的丈夫。每天清早，炉灶和水盆的声响就会把比利吵醒，他总是央求贝拉再睡一会儿。然而贝拉总不肯听他的……当最后的时刻降临，炉灶和水盆终于不再发出响声，人们将她送往安息之地时，比利·霍金森哀伤地在她的墓碑上刻下了："睡吧，贝拉，睡吧，我们信奉上帝。"

布鲁斯·拉姆齐（Bruce Ramsey）

《巴克维尔：嘉瑞埠金矿区图文指南》

* 本书女主人公芙洛，系作者根据喇路、贝拉·霍金森为原型所创作。

一八六一年。

这一年，一个叫卡尔·马克思的德国人，正在伦敦西北肯蒂士镇的住所和大英博物馆之间的路上频繁穿梭行走。路很远，可是他并不觉得，因为他的心思不在路上。他的心只在一部冥思苦想多年的书上。这本书的名字叫《资本论》。

这一年，一个叫林肯的人入主白宫，拉开了一场以解放黑奴为由的内战序幕。当然，他并不知道，这场战争将耗时四年，把一个巨人般的美国拖得骨瘦如柴。他更不知道，这场战争的胜利，是以他自己的死为印章的。

这一年，中国紫禁城里，一位新丧了丈夫的贵妃，手捏着一枚“同道堂”的御印，带着一腔跃跃欲试的急切，坐在一块帘幕之后，走起了一国命运的棋子，一走就是四十七年。

这一年，距离加拿大自治领的成立，还有整整六年。

从这一年数开去，还需要二十五年，温哥华这个城名才会出现在加拿大地图上。

这一年世界上发生了很多的事情，不过这些事情和巴克维尔镇似乎没有多大关联。

倒也不是因为这块位于英属哥伦比亚领地里的镇民的无知。

虽然通往巴克维尔镇的路还要再过三年才会修成，可是在陡峭的洛基山林里穿行的马帮，还是可以时不时地带来外边世界的消息的。镇上咖啡馆的桌子上，也摆放着马帮带进来的过时报纸。镇上喝咖啡的人，在两支烟中间的空隙里，也会拿起报纸，半心半意地看上几眼。只是对他们而言，外边世界发生的事，遥远得几乎像另一个星球，悬在天上，却不着地。

巴克维尔镇的人，在忙着另外一些事——一些着地的事。外边的世界在翻动着滚滚红尘，巴克维尔镇里也在翻动着滚滚红尘。只是巴克维尔的红尘和世界的红尘，是不一样的尘。

那是一个清晨，镇尾中国人养的鸡群，在扯着嗓子嘶鸣。初醒的人们还在眷恋着被窝里变得渐渐稀薄起来的那丝暖意。洛基山里的秋天来得早，还是八月，玻璃窗上已经有了一层雾气。

第一个推门出去的是理发铺的东主裘德。巴克维尔镇是在这一两年刚刚冒出来的新居民点，而裘德的理发铺子，是这个新居民点里最新的一家铺子，新得连一个红蓝白条纹的旋转标志都没有。裘德一个月前就已经从维多利亚城里预订了一个这样的标志，这会儿恐怕还在哪匹马的背囊里，遥遥无期地行走在某一段山路上。裘德自己用一张红纸和一张白纸在门前的煤气灯柱上绕了几个圈，就算是一个临时标牌了。此刻裘德正站在一张木凳上，往这个标牌底下钉一张广告。

敬告镇上各位居民：

鉴于本镇女性居民人数的增长，本店从下周一起开始提供热水浴服务。各式香薰浴液，皆是欧洲最时尚之产品，并提供擦鞋服务。价格低廉，热水浴不分男女一律一元。擦靴二十五分一双。

又：女客分门出入。

裘德叮咣敲钉子的声响，叫隔壁铺子的丹尼皱起了眉头。其实丹尼醒得比裘德还早。丹尼早就起了床，却还没有开门。丹尼经营的铺子是一家叫“苏格兰高地”的酒馆。镇上的男人爱喝酒，可是现在还不到喝酒的时辰。丹尼是想借这一刻的清静，给他在苏格兰的爹妈写一封信的。丹尼到巴克维尔镇已经五个月了，却一直还没有给老家写过信。丹尼的信本来可以多写几句的，可是裘德的钉子把他的思绪给搅散了。

亲爱的老爹老妈：

我很好。跟我一起来的亨利和菲利普也好。这一趟没白来，巴克维尔果真有金子，亨利的地皮上一天能淘到三百至五百元的金砂，菲利普有一天淘到了三千元。他们赚金砂的钱，我赚他们的酒钱。我只想抽这个空给你们写几个字，告诉你们我很好，时机也很好，钱一抓一把，就是威士忌差些，除非你骑马走到瑞奇菲尔，那里才有可能找到凑合些的威士忌。

你们的儿子丹尼

丹尼草草地签下自己的名字，就推开窗来，正想对裘德嚷一句“你怎么比中国人的鸡还闹啊”，可是丹尼的嘴唇刚吐出一个“你”

字，就固定在一个惊讶的圆形上，因为他看见镇口的砂石路上，卷起了一团飞尘。飞尘里头，裹挟着一团黑蚁般蠕动的物件。

“马，马帮！”

丹尼扔下手里的笔，飞快地推门跑下台阶，朝街上走去。巴克维尔的地势是一只倒扣的脸盆，盆沿上有个缺口，缺口直直地连着威廉姆斯河，一场大雨就能淹死一个镇里的猫狗耗子。所以巴克维尔的房子，地基都垒得高高的，出屋上街，都得踩过好几级台阶。

马帮是巴克维尔和外边世界的狭窄通道，镇上人的家书报纸、淘金用的器械、嘴里叼的烟、刷牙的牙膏、抹头的发蜡、擦靴子的鞋油，都是靠马帮一样一样地驮进来的。前阵子连下了几场暴雨，威廉姆斯河上的小石桥被洪水冲垮，马帮已经整整三周没有进镇了。

所以当耽搁已久的马帮踩着临时铺就的乱石滩，过河走进镇里的时候，全镇的人一下子就醒利索了。

黑蚁渐渐变大了，丹尼看清了马的轮廓和马鼻子里喷出的一团团白气。马走了夜路，大约累了，蹄子踩在砂石上的声音，有些蔫软。押马的汉子很肥硕，一座小山似的，压得马似乎矮了一截。

又近了些，丹尼就看见押马的原来是两个人，一前一后地坐在同一匹马上，难怪看起来那么胖。前头的那个是中国人阿福。阿福的马帮小，只有五匹马。虽然阿福只来镇里送过两三次货，镇里人却也认得他。关于阿福带进来的货物，镇上人有许多传说。有人看见过阿福把几个黑乎乎的油布包，交给镇尾旺记酒馆的老板吉姆。那人赌咒发誓，说包里是鸦片膏。

再近些，丹尼就听见裘德手里的锤子咚的一声落到了地上，因为裘德和丹尼同时看见阿福身后那个人的裤腿边上，镶着一条蓝花绲边。

这回阿福押的货里，竟然有一个活人——一个中国女人。

巴克维尔是碗大杂烩，里头什么样的人都有。四方的淘金客，喝着一家酒馆里的酒，围着一张桌子赌扑克牌，站在一个台子底下看女人跳舞，便忘了原来你长的是白皮，我长的是黑皮，他长的是红皮。

只有中国人不。中国人孤孤单单地住在镇尾。

“镇”是一种极为夸张的说法，其实整个巴克维尔不过是一条街而已，街头住着所有的白脸红脸黑脸，而街尾单单住着黄脸的中国人。中国人吃着自己的饭食，喝着自己的酒，玩儿着自己的牌九。中国人面街的地方，养着鸡狗，也养着猪。中国人背街的地方，种着瓜果蔬菜。面街的是一种臭，背街的是另一种臭。面街的臭，是鸡粪猪屎的臭。背街的臭，是人屎人尿的臭——那是中国人肥田的料。外人走过，掩着口鼻，便都渐渐疏远了。镇上人偶尔也看见一两个留着长辫穿着布褂的孩子，在街上和别的孩子玩耍，却难得见一眼这些孩子的母亲。即使见着了，也分不出到底是孩子的妈还是孩子的奶奶，都是那种低眉敛目粗布旧衣的老相。

原来，中国女人也是可以有另外一种样子的。丹尼心想。

马帮的四围，渐渐地聚集了几个人。人群面团似的越滚越肥，滚到街尾的时候，已经把整条街堵住了。街上的狗从没见过这么多的人，吓得忘了吠叫。

一街无声。

马帮在旺记酒馆门前停定，那个中国女人搭着马夫的肩膀跳下马来，落地的时候腿软了一软，跌跪在地上。马夫伸手去拉，女人没有接马夫的手。女人揉了揉被粗粝的石子擦破的膝盖，掸去裤腿上的一摊鸡屎，揪着马鞍缓缓地站起身来。

人群这才发出一声惊叫——他们发现女人站直身子的时候，竟然比马夫阿福还高出一两英寸。

还有，女人是个外撇子，走路的时候，脚像踩在水里，一颠一摇。

山。那是山。

在路上，马夫对她说。

她是第一次看见山。后来她才知道，那一排山脉的名字叫洛基。一个古怪的名字，听起来像是阿妈吃的一帖中药。

她在江汉平原一个叫顺阳村的地方长大，最远也只跟大大（父亲）和阿妈去过十里之外的姑姑家。她家所在的地方，地势平得如同一张纸，连个皱褶也没有。坐在树梢上，一眼可以望到天边。她不是没有见过岩石，只是没有见过这么大、这么陡峭，把天都遮暗了的岩石。

在山里看天，天也变了一个样子。在家看天，天是方方正正的一块，日头是滚圆滚圆的一团，照在身上，像贴了一排滚烫的饼子。在山里看天，天被树戳得千疮百孔，日头从那样的细孔里漏进来，比阿妈织布机上剪下来的线头还软绵。山是没有路的，可是马总能找出路来。马似乎认得山里的每一块石头每一棵树，马夫手里的缰绳一松一紧之间，马蹄就在两块石头两棵树之间的窄缝里，踩出一条路来。

她从来没骑过马，坐在马上，却也不怕。不是不怕，只是懒得怕。马帮在山林里走了一天又一天，她被颠得昏昏沉沉，早记不得日期了。每回停下过夜的时候，她就在裤腰带上打一个结。进镇的前一天她数过裤腰带上的结子，总共是十四个，她就知道，她在山林里已经走了半个月了。

前几天马夫来轮船码头接她。马夫一身的腱子肉，把布衫撑得实实的，身子一扭动，仿佛就要把衣裳挣破一个口子。马夫的脸比身子瘦，棱是棱、角是角的，不说话的时候，就有一两分凶气。她不怕他的凶。真正叫她心惊肉跳的，是他的头发。那天他把毡帽取下来扇风凉，她一眼就看见了他刮得发青的光头皮。剪辫子是满门抄斩的罪啊，还好，这是在金山。金山的皇帝，大约是不管男人的辫子的。

第一眼看到马夫，她就暗暗庆幸，心想反正是一条贱命，不是给这个男人就是给那个，至少这个看上去还算顺眼。第二天她跟着马帮进了山，才知道他不过是那个花了两千个洋元买她的男人雇来送货的人而已。

她一下子泄了气。

疼啊，那一路的疼。

最先是热烧火燎的烫。从烫里，渐渐生出钝疼，钝疼再渐渐长成了刺疼。马每走一步，马鞍就在她两腿之间磨一下。先是磨在皮上，皮磨透了，就磨在肉上。再到后来，她觉得肉磨穿了，是直接磨在骨头上的。马鞍硬，骨头也硬，两样硬东西磨在一起，磨出来的是没有一丝水分的干疼。她很想叫马夫停一下，可是她知道说了也是白说。前阵子的雨毁了路，马帮已经耽搁了多日。马背上的货物，都是人急等的，马夫耽延不起。马夫吃的这碗饭，就是要和时辰赛跑，总想着要跑在时辰前面。

后来马夫终于停了下来，是为了喂马。马夫看见了马鞍上的血，有棱有角的脸抽搐了一下。他没说话，只是从马背囊里抽出一条夹裤递给她。她不要，他脸上的棱角就竖了起来。“这个地方，鬼都没有，谁看你？”

她把夹裤套在了她自己裤子的外边。那是男人的裤子，裤裆、裤脚、腿弯哪个地方都不合身，却总算多了一层挡垫。其实，到了这时，她磨破的皮肉已经结成了痂，她已经习惯了那样的疼痛。

马夫把她重新扶上了马，她听见他叹了一口气：“你这个婆娘，真能忍。”

忍？遇到她这样的事，除了忍，还能怎样？她识字不多，除了她大大和她自己的名字，她就认得一个“忍”字——那是阿妈教给她的。阿妈是阿妈的阿妈教的。“忍就是心头插着一把刀。刀插在心头，也不能出声。”阿妈告诉她。

心头插着一把刀，若不想忍了，只有两条路。一条是把刀拔出来，一条是把刀插得更深。现在她的手正握在刀把上，到底该往里还是往外使她的力气？

一路上她都在想这件事。

“你认得，买我的那个人？”她问马夫。

马夫没说话，只点了点头。

“他，人怎样？”

马夫的回话来得很慢，只有两个字：

“有钱。”

马夫的话留着长长的一条尾巴，似乎还没有说完。她等了很久，却没有等到。马夫的犹豫最终还是被沉默掐断了。

“两千块钱，要挣多久？”她问他。

“看谁挣。自己买了地皮的，有时一天就能挖出这个价钱的金子。不过挣得快花得也快，一两个晚上就能喝完赌完。没地皮的，给人打小工，一天挣两三块钱，你自己算。”

两年零九个月，最多。她已经算出来了。

很长，但不是那种走不到头的长。

街头的人围了一圈。街尾的人也围了一圈。两拨平日极少聚首的人马，因着马夫带进来的这个女人，在旺记酒馆门前撞上了头。

撞是撞上了，说的，却是各自的话。

“两千个大洋，买回来一匹马。”

“那双脚，比过埠的轮船还大。”

街尾的人在嘲笑着女人的高大。街尾的人听说这个女人是从北边买过来的，听不懂广东话，用不着忌讳。

“听说后边那间屋子就是鸦片馆。还有女人，那种女人，最小的才十一岁。”

“说不定，这个也是。”街头的人说。

街头的人知道街尾的人英文很有限，街头的人说起街尾的事来，也用不着忌讳。

“她不是婊子，她是我花钱买下的老婆。”

门里走出一个男人来，对街头的那伙人嚷了一句英文。

那是旺记酒馆的老板吉姆。吉姆当然是洋名字，吉姆的土名字叫阿旺。吉姆叫得顺了口，现在除了他自己，大概别人都已经忘了他还有过另外一个名字。吉姆的英文很烂，烂得跟碎布片似的，不过，街头的人还是听懂了。

门前围着的人看见女人微微抬了一下头，又把头垂了。吉姆很矮，站得笔直也刚够得着女人的肩膀。女人用不着抬头，轻而易举地，就能看见吉姆左脚那只空空的裤管，和刮得铁青的前颅上，那颗长了一根白毛的黑痣。

“阿吉姆你一条腿怎么上得了马啊？是前头上还是后头上啊？”街尾的人问。

“丢你老母，你有本事买根马毛回来我看看。”吉姆咧嘴回了一句。

街尾的人哄哄地笑了起来。

吉姆的嘴就没有再合回去，一口烟牙，在日头里泛出屎黄的光亮。

“我煮了鸡粥，你喝过一碗，再卸货。”吉姆拍了拍马夫阿福的肩膀说。

“拿了东西，进屋。”吉姆对女人说。

女人没动。

“吉姆你鸡同鸭讲哩，她哪听得懂广东话？”街尾的那伙人又哄哄地笑。

吉姆对女人指了指马背上的东西，又指了指屋里。女人就来解马背上的那个蓝布包袱。包袱系得很死，女人解了几回，也没解开。街头的丹尼离女人最近，就帮女人解开了，不是用手，而是用牙齿。丹尼刚刷过牙，包袱上留下了一丝薄荷味。女人没闻过这种味道，觉得有点怪，蹙了蹙眉头，拿过包袱就往台阶上走。女人要走，围看的男人们用眼光紧紧地拉着女人不放。男人的眼光一片一片地剜着女人身上的肉，胸脯的、大腿的、臀上的肉。女人觉出了疼。女人走到最上一级台阶的时候，突然转过身来，说了一句话。女人的这句话，叫街尾的男人们都怔了一怔。

女人说的是："扑街！"

这句话翻成官话，就是"滚"。

街尾的男人没想到女人能说广东话，而且是那样的一句话。愣了半晌，不约而同地爆发出一阵惊天动地的大笑。一街的鸡惊得满天乱窜，羽毛飞了一地。

吉姆骂了一声丢，也忍不住哈哈大笑起来。笑完了，就对街尾的人说："散了，散了。晚上收工回来，到我这里喝酒。我请客。"

丹尼虽然没听懂吉姆的话，却也猜出了大概的意思，就走到台阶底下，对台阶上的吉姆招了招手："老吉姆，怎么不请我啊？"

吉姆认得丹尼。吉姆认识丹尼，这并不稀奇，镇上几乎每一个人，都知道丹尼。镇上摆不平的事，比方说你家的狗咬破了我家的篱笆，我家挖金的小工挖过了你家的地界，等等。管金矿的长官也管不动，丹尼出面，就摆平了。可是认得归认得，街头的人，从不到街尾的酒馆来喝酒。街尾的人，也从不到街头的酒馆去赌牌。街头八家酒馆，街尾两家酒馆，从来是各进各的门，各喝各的酒，谁也没想到丹尼会跟街尾的中国人讨酒喝。

“当，当然，你也请。”吉姆回答得有些迟疑。

丹尼没看见吉姆的迟疑，因为他已经走在路上了。丹尼一路走，一路挥着手里的帽子，“晚上见。”

围看的人终于散了，吉姆关上了门。屋里马夫阿福坐在凳子上抽烟，抽的是从印第安人那里换来的土烟，辛辣得紧，女人捂着嘴喀喀地咳嗽。

吉姆对女人说：“芙洛拉，你去把炉子上的鸡粥端过来，给阿福盛上。”

女人愣了一愣，才明白过来吉姆是在叫她。

女人就去了后面的厨房。

一阵叮叮当当的声响，两三分钟的样子，女人就出来了，手里端着锅，锅盖上放了几个碗勺，一把筷子。女人把手里的东西放在桌子上，从锅里舀出两碗粥。女人拿东西放东西的神情，仿佛已经在这里住了十年八载。

吉姆把粥碗往女人面前挪了挪，说我吃过了。女人坐下来，端起碗就喝，没用筷子也没用勺，飞快地把一碗粥喝得见了底，自己起身又添了一碗。

丢，真他妈的能吃。吉姆心想。

“我不叫芙洛拉。”

女人放下添过两回的空碗，肚子有了点底，才对吉姆说。女人说这话的时候，依旧没有抬头看吉姆。

“在我这里，你就叫芙洛拉。”吉姆哼了一声。

女人还有话。女人的话在肚子里叽叽咕咕地翻着滚，却一直没有翻到嘴上。

顺阳村有一条小河，从村东头一个猛子扎进来，把一片黑土地掏出一个坑，然后沿着村西慌慌张张地逃走了。

江汉平原里这样的河流很多，隔几个村落就能见着一条。河一多，就有了起名字的麻烦。懒得想名字，这条小河干脆就没名字。

小河就叫小河。

顺阳村的人大多姓刘，这条河认得所有的刘姓人家。

不下雨的时候，刘姓人家的女人们就到河边洗衣，一边说着没处说的家长里短，一边用棒槌把抹了茶碱饼的衣裳砸出薄薄一层的沫。那咚咚的声响叫小河撩过去，添油加醋地抛过那岸去，青蛙躲在烂荷叶底下，吓得连气也不敢出。

男人下河当然不是为了洗衣。男人在田里做了一天，一手一脚的泥懒得回家洗，顺路就在河边打扫了。男人的脚伸进河里，水就浑了小小一片。洗脚的男人在下游，淘米的女人在上游，可是女人还会尖叫着骂男人：“砍脑壳的，把你的脚皮带回家煮给你老娘吃。”

她的阿妈就是在河边洗衣裳的时候，肚子突然疼了。阿妈的肚子疼得太狠了，来不及喊接生婆。阿妈自己懂，喊了几个女人把她抬到树荫底下，就在河边生下了她。

阿妈生了三个坛子、一个学生。江汉人家的女子，长到十几岁，被人换走了八字，男家就会抬着酒坛子到女方家里下定。所以江汉人家生了女儿，不叫女儿，却叫坛子。生了儿子，也不叫儿子，却叫学生——是盼子成龙中举仕进的意思。

阿妈连生了三个坛子，才总算生下了一个学生。阿妈生第一个坛子的时候，大大虽然盼望着学生，倒也不十分着急。阿妈人高马大，胯宽得能塞得进一只枕头，屁股圆得像一扇磨盘。大大的爹娘当年就是相中了阿妈膀大腰圆的身材，才以一担米的薄礼，从一个四川逃荒到江汉的人家手里，娶走了这个女子的。奶奶说这样的女人，比猪猡还能生。可惜爷爷奶奶都没能活到阿妈生下弟弟的时候。

她是阿妈的第一个坛子。阿妈生下她，问阿爸要不要请镇上的私塾先生取个名字。阿爸说女娃取什么名字，反正是嫁人的，小河边生的就叫“小河”吧。于是她就叫小河了。那时候家境还好，大大手里有一间祖传的瓦房、几亩薄地、一头耕牛、三头猪、一笼鸡鸭。农忙的时候，大大花几个钱请短工来帮忙做田里的活儿。大大田里产的稻谷，置不起新田也盖不起新房，却够填满一家人的饭碗。可是家里男人买烟抽、女人买花戴的钱，却是要靠阿妈来挣的。

阿妈是接生婆。阿妈的阿妈在四川老家就是接生婆。阿妈从小跟在她阿妈身边，看着她阿妈把孩子从女人血淋淋的身体里掏出来，眼睛都不眨一下。所以阿妈嫁到顺阳村来，怀着身孕的时候，就已经开始给别人接生了。先是自己村里的，渐渐地，就走得越来越远，远到隔了两三个村的地界。她平素和两个妹子睡一张床，庄稼熟了大大在田里守夜，她就和阿妈一起睡。阿妈睡床头，她睡床尾。早上醒来，她的脚一捅床头，若阿妈那片被窝是空的，她就知道阿妈夜里被人叫走接生去了。到她略微大一些，若是阿妈白天去接生，就会把她放到驴背上，一起驮着到那家人去，为的是省一顿饭。

阿妈接生的手艺，是远近闻名的。阿妈给人接了十几年的生，手里统共才死过一个孩子，那还是因为路途太远，阿妈走了大半夜赶到那个村时，孩子已经生出了一个头，是个死婴。阿妈接生，生孩子的人家极少给现钱，多半给的是一篮鸡蛋、一两斗米、一副下水、一挑狗肉、一只鹅，全看那家人的方便。有给少了的，心里不安，到了年节再补上半篮鸡蛋、一包桃酥。阿妈收了，不怕多，也不嫌少。

阿妈是接生婆，可又不仅仅是接生婆，还管着孩子生出来之后的许多杂事。女人产后血崩、恶露不止、奶头溃烂、小孩头疼脑热、吐奶、淤积，阿妈样样都管。阿妈的草药方子，是跟阿妈的阿爸，也就是她从未见过面的外公学的。外公从来没有刻意教过阿妈，是觉得女儿迟早要嫁到别人家去的。外公也没有刻意不让阿妈学，因为他觉得女儿知道一两个招数，将来救不了别人，自己有个小病痛，总还是可以解救自己的。

阿妈也没有刻意教过小河，因为阿妈也跟外公一样，觉得女儿迟早是要嫁到别家去的。可是小河的脑壳是一片最黑最好的土，随便撒上一粒种子，不用肥不用水，就能长出一棵大树。她跟在阿妈身边，阿妈的招数，她看着看着就记熟了。她记熟了草药方子，原本也就是想着救自己的急的。当然后来治了别人，纯粹是手痒惹的事，那就是后话了。

只是好日子如同风里的落叶，一翻就翻过去了。家里的晦气，大概就是从五六年前那个端午节的晚上开始的。那天夜里阿妈被人叫走接生，走的时候是骑着驴子去的，回来却是两个后生用门板抬进屋来的。阿妈接完生，实在太困了，从驴身上摔下来，摔折了一条腿，怎么也治不好，从此只能拄着一张木凳走路了。

阿妈残了，不能再给人接生，可是她伤的只是一家子的皮，因为她挣的，本来也就是零碎。真正伤了一家子筋骨的，是老天爷。

旱啊，那一年的旱。从三月开始，一直旱到九月，整整半年，旱过了三季。旱得村口的小河，只剩下一潭墨汁似的淤泥。水车用不上了，水桶也用不上了。大大等天麻亮的时候，拿着家里平常舀水的瓢，下去河里，想刮起一点淤泥。那一瓢淤泥丢在田里，就像是一滴水洒在沙滩上，一眨眼工夫就没了。大大灰了心，扔了瓢坐在一潭河泥里，蚊子黑压压地爬了一身，竟一动不动。大大终于给难倒了。

于是，才有了后头的那些事。

“芙洛拉。”

“芙洛拉。”

吉姆叫了好几声，她才醒悟过来那是在叫她。这个名字太新，像风刮过来的一片鸡毛，虽然粘在她身上了，却不是她的肉。

她还没回头，身子就被一双手给箍住了。

这双手肉薄骨头厚，蟹钳似的夹着她朝屋角走去，她手里捏的那块洗碗布缠挂在她的臂弯上，一路滴滴答答地淌着水。

屋角有一张塌了一个角的躺椅，上头胡乱扔了几个黑乎乎的盘盏和一根锈得肥肿起来的铁丝。关于这张躺椅的用途，她还要再晚一些才会知晓。这一刻没容多想，她已经被急慌慌地推到了椅子上，一只脚掖在了身子底下。她还没来得及把那只脚抽出来，一张嘴已经贴上了她的嘴。馊，她闻到了一股馊味。她一下子想起了阿妈的话。阿妈说娃娃屙的屎都是香的，人老了一身都是馊味。

她知道这一刻迟早要来的。那些人千山万水地把她带到上海，再从上海带到巴克维尔，都是朝着这一刻一步一步走来的。只是她没想到这一刻竟发生在这么一个大早晨，连日头都还没有升到树梢，而且是在这么一个乌蒙蒙的灶房间里。

隔着敞开一条缝的门，她听见了屋外的声响。吧、吧，那是马夫在抽烟。他抽烟的样子，仿佛有个阎罗王差派的小鬼，在咬着他的脚跟追着讨他手里的那根烟。吧、吧、吧，他要把烟死命地吸上三两口，才肯吐出一口来。

"阿……阿福……"

她指了指屋外，压低了嗓门儿说。

男人不理。男人在摸索着解她的裤腰带。裤腰带上结了太多的结子，解起来很费劲。男人解得一头是汗，才终于解开了。男人解了她的，就来解他自己的。他自己的裤腰带解起来熟门熟路，看不出颜色的布裤子落在席子上，像一堆蒙了一层尘土的屎。她一眼就看见了他那条半截的腿上，收口处那皱皱的蝇子似的一圈黑疤。她的肚子咕地抽了一抽。

男人分开她的腿来找路。她不给路。她的身子扭来扭去扭了几下，突然啊的一声停了下来——是身后那根铁丝扎着了她。趁着她片刻的瘫软，男人找着了他的路。其实女人还是可以挣几下的，凭着她劈柴犁田的牛力气。可是她不想挣了。挣过了今天，还有明天。既然是躲不过的，倒不如把这口力气省下吧。

听吧，听吧，门是拦不住声响的，就让门外的阿福听个够吧。

女人闭了眼睛，对自己说。

男人磕磕绊绊地进去了，却待不长，三下两下就溜出来了。一条腿站不稳，就将身子靠在墙上，窸窸窣窣地穿裤子。女人直起了身，把头垂在膝盖上，髻子散了，脏得起了结子的头发绕了一脖子。男人从兜里掏出一块皱巴巴的手绢，扔给女人："擦一擦。"女人没说话，也没动。

男人就伸手去抬女人的下巴。女人仰脸的时候哇的一声吐了，方才喝的那两碗鸡粥，都吐在了男人的布衫上。男人皱了皱眉头，把布衫脱了，团成一个球丢在屋角，光着膀子跑出了灶房。

"验过了，你带来的货，是真货。你这一路，真没，动过心？"

她听见他在外头对马夫阿福说。

阿福不说话，依旧吧吧地抽着烟。

"阿哥今晚请你喝个死醉。"

今天街尾的人收工早。当巴克维尔镇上的第一盏煤气灯刚亮起来的时候，旺记酒馆已经挤满了人，却还不是来喝酒的。

今天的人不是三二两两地来的，今天的人一来就来了一群，为首的是卷毛和他的阿弟烂眼阿贵，跟在他俩身后的是阿昌。

两三年前有人在这一带挖着了金子，从此沿着威廉姆斯河进来的人，就蚂蚁似的多了起来。卷毛和烂眼阿贵是最早来到巴克维尔的中国人。兄弟俩是从三藩市上来的。两人在三藩市待了三年，三藩市的淘金热他们只抓住了半截烂尾巴。一听见北边发现了新矿脉，两人连夜收拾了家当，跟着马帮上了路。凭着在三藩市攒下的几个钱，他们下马就在巴克维尔买了一块矿皮，找了几个小工开始挖金，阿昌就是他们雇的小工之一。

阿昌今天是叫人五花大绑着押进屋来的，身后哄哄地贴着一群人，糍粑上的灶灰似的拍也拍不下去。吉姆一看阵势，心里就有数了，从酒柜的抽屉里抽出一把刀来，往腰上一掖，就迎了出去。

“又怎么了？”吉姆问。

“偷，他。”卷毛指了指阿昌说。

“你亲眼见的？”

“隔壁矿皮的阿九上茅房，看见他往裤腰里塞东西。”

“茅房出来后，他还上过别的地方吗？”

“茅房出来就叫阿贵给截住了。贼比东主还大，倒是他先动手打阿贵的。”

吉姆哼了一声，说：“你要捆人，人能坐着等你捆吗？”

阿贵把阿昌往前一搡，捆住了双手的阿昌站立不稳，麻袋似的倒在了地上。

吉姆把刀抽了出来，噌地往柜台上一插，喝了一声：“反了你，家有家规，门有门法，听了一句鸟话，就轮到你捆人了？”

吉姆嘴里的“门”，说的是洪门。

巴克维尔街尾发生的事，就在街尾解决。除非闹出人命，街尾的人从来不找街头的洋警官。街头的洋警官，也轻易不进街尾的地界。

街尾的人有事，就找洪门。巴克维尔的中国人，十个有九个入了洪门。而吉姆，就是洪门的头。

吉姆用拐杖捅了捅瘫坐在地上的阿昌：“别装孙子了，站起来。我只问一遍，你是偷了，还是没偷？”

阿昌拄着一只脚站了起来，别着头颈不看吉姆，只说：“阿九你讲假话不得好死。”

吉姆从柜台上拔下刀来，抵近了阿昌，不是割他的肉，是割陷进他肉里的绳子。绳子死蛇似的盘落在地上，刀尖挑破了一丝皮，一块血迹黑蚯蚓似的从阿昌的布褂里钻出来，越钻越肥。阿昌撩起衣襟擦血，喉咙哑哑地说：“吉姆阿哥最公道。”

话还没说完，吉姆的刀顺着阿昌的肚皮滑下去，噌的一声挑断了阿昌的裤腰带，裤子噗地滑落到地上，飞起一团泥尘。泥尘落下去，众人就看见了阿昌那条洗得挂了纱的短裤，和短裤底下被山石磨得到处是疤痕的瘦腿。

吉姆把刀别回到腰上，搬了张凳子坐下了，慢悠悠地点起了一根烟。吉姆只抽了一口就停了，由着那根烟嗞嗞地烧着，烧出长长一坨的烟灰。

“是叫卷毛动手呢？还是你自己来？”

吉姆抖落了烟灰，松木地板上漫起细细的一股焦煳味。

阿昌的腿簌簌地发起抖来。过了一会儿，终于把手伸进裤裆，摸出一样东西来。那样东西躺在他的手心，眼神再不济的人，也隐隐看见了些个暗光——那是一块鹌鹑蛋大小的金砂。

周围的人发出了“哦”的一声惊叫。阿贵的烂眼挣裂了，流出一股浓腻的黄水。

“丢你老母啊。难怪这几天掏来掏去都是碎石，原来大的都进了贼窝了。”

众人都盯着吉姆看。吉姆却不说话，只低头抽着烟。嗞地一口进，噗地一口出。进进出出了几个来回，终于把烟抽到了尾，扔到地上，拿脚碾灭了。

“芙洛拉，找根麻绳，还有盛水的物什。”吉姆冲着后屋喊道。女人虽然早上才进门，吉姆却很放心，用不着告诉她在哪里，她总能找得着东西。

果真，过了一小会儿，女人就出来了，左手拿着一根麻绳，右手拎着一个饱饱的猪尿脬。

吉姆用拐杖把绳子递到阿昌跟前：“先当裤腰带使吧。穿上裤子，你就走人，趁着还有点天光。规矩不是我一人定的，我一人也坏不得。”

规矩是几个月前定下的：凡是给人当雇工的，若私藏下掏得的金子不交给东主，就被立即赶出巴克维尔镇，谁也不得借给他马和干粮，只能带水徒步经过密林走上大路，自然是九死一生。

阿昌穿好了裤子，却不动身。

吉姆站起来，扔了拐杖：“我喊到五，你若还在这里，我的刀就不长眼睛了，飞到哪里是哪里，你可别怨我。”

阿昌还是不动。

“一……二……三……”

阿昌扑通一声跪了下来。

“吉姆阿爷，你说过洪门马上要起大堂，你若让我留下来，我全部身家都捐了，要留一个毫子我改你的姓。”

吉姆捻着头上那颗痣上的毛，沉吟了半晌，才斜了眼睛，看着卷毛和阿贵兄弟两个。吉姆的眼神很沉，压得那两人说不得话。

“芙洛拉，把下午煮的那两大锅鸡粥拿出来，大家垫个肚子好喝酒。今天是我吉姆的好日子，谁败我的兴我记他一辈子仇！”

吉姆扯着嗓子喊道。

那一晚芙洛拉倒酒倒到手酸。

起先是斯文的喝法，一口一口的，就着腌青瓜（广东话：黄瓜）和花生米。三个五个聚成一推，围着几张桌子不知玩着一种什么牌路。芙洛拉只见桌子上一横一竖画了一个十字，隔出来的四个方格里写了一、二、三、四，四个数目字。每个方格里都摆了大大小小的一堆金砂。有人拿了一个碗倒扣在桌子上，碗底是一把豌豆。那人开了碗，用一根筷子，四个四个地往外数豆子。数得只剩最后几个了，就喊剩下的数。有人就把空格里的金砂石，统统掸进了自己的兜里。芙洛拉看了一会儿，渐渐看出门道来了，知道众人是在赌钱。当然，后来芙洛拉才知道，这种赌法叫“番摊”。

没人理会阿昌。阿昌一个人垂头坐在屋角，露出后脑勺一块铜钱大的秃斑。身上被刀挑破的地方，已经止住了血，在布衫前襟结出污黑的一朵硬花。

“阿嫂，好歹给我一杯酒，我快渴死了。”见芙洛拉走过，阿昌就叫了一声。

“谁是你阿嫂？一身的壮力气，非得去偷？渴死活该。”芙洛拉回道。

阿昌叹了一口气：“阿嫂，他们一天净拿几百，我两头不见天光做到死，才挣三块，哪天是个头？”

芙洛拉呸了一口：“一天三块，一个月是多少？一年又是多少？积少成多，你也可以买地皮，跟他们一样。你脑壳进水，算不得账啊？该着送死。”

阿昌低了头，说不得话。

“酒你配不得，要想喝粥倒还有一口，你自己舀，我不伺候贼。”芙洛拉指了指浅得快要到底的铁锅，转身就走了。

她提着酒瓶子，已经在屋里走了好几个圈。她低着头，谁也不看，朝每一只向她递过来的酒杯里倒酒。一只手臂又一只手臂。她不知道一个肚子怎么装得下这么多的酒水，连猪尿脬都要炸裂呢。

芙洛拉倒完一圈酒，就走到门口歇口气。站在台阶上朝街头望去，煤气灯在街的两侧一路远远地亮过去，像是两条粗细不均的珠链。小时候她和弟妹去镇上看过元宵灯会，那是她一生的记忆中最亮的灯啊。可是就是把灯会里最亮的那盏灯笼挑出来，放到柱子上那些玻璃灯盏跟前，也是暗得跟飞火虫一样了。

屋里的人渐渐地就喝得没那么斯文了，不再是一口一口，而是一杯一杯。男人们兜里的金砂，也已经转换了好几拨主人。声响一浪一浪地高了起来，屋顶盛不住了，簌簌地掉着沙子。

“阿嫂，阿嫂哪儿去了？”卷毛喊道。卷毛已经喝高了，鼻子红得像一头在醪糟里泡了很久的大蒜。

“都说新嫂子脚大，我，我看看，是真大，还是假大？”

卷毛的酒气毛烘烘地扎了过来，扎得芙洛拉起了一身的鸡皮疙瘩。还没容她别过脸去，她已经被卷毛抱到了酒吧台上。

她的脚被卷毛捏住了。她扭过身子，踢了他一脚。卷毛没料到她的力气这么大，一个趔趄，差点儿摔倒。烂眼阿贵跑过来按住了芙洛拉的腿。芙洛拉力气再大，也大不过两个有了准备的男人，一边一个，就把她的绣花鞋脱了下来。一屋的人哄哄地涌了上来，都来抢卷毛和阿贵手里的鞋子。有人把鞋子高高地抛到天花板上，又正正地落在了见了底的铁锅里，一屋的人笑得前仰后翻。

“吉，吉姆……”芙洛拉喊道。

这是她第一次叫这个男人的名字，叫起来很涩口，可是她顾不得了。她看见吉姆朝她走过来，脸乌乌的像一扇没洗干净的磨盘，正想说话，就被卷毛拦住了。

“新郎官比狗小，阿哥你可恼不得。”

吉姆知道卷毛话里有话——卷毛还没过去阿昌那个坎。吉姆脸上的皱纹挪来挪去，勉强挪成一个笑意。

“兄弟们是闹洞房，给你面子呢，别给脸不要脸。”吉姆喝道。

“狗娘养的。”这是她在田头干活时听男人们骂过的最难听的一句话了。她用上了，却没人听得见她的声音，人流潮水似的把她的话淹没了。

她的布袜子给扒了下来。她死命地往后缩着身子，想把那双脚藏在柜台底下的阴影里。可是没有用。踢蹬了几下之后，她那双梦里都不想看见的丑脚，终于明明白白地展露在这群男人眼前。

“船，水船啊。”卷毛说，鼻子湿漉漉地凑了上去。

卷毛的手蛇似的绕着她的脚趾爬了一圈，爬上了她的脚踝，又慢慢钻进了她肥大的裤腿，捏住了她的腿肚子。

“卷毛，你想吃独食啊？”后面的男人在催促着卷毛。

圈子越围越紧了，紧得她的脑瓜仁子一蹦一蹦地跳了起来，眼珠子仿佛要飞出去。她想起老家下大雨前，天低低地压在地上的时候，河面上泛上来的鱼，那眼睛就是这样凸鼓着的。

那个用两千块洋元买了她的男人，正靠在墙角抽烟，眼睛盯在烟头上，耳朵不知在哪里。

咚的一声，她的心掉在了地上，摔成了许多瓣。

指望不了，谁也指望不了了。这一片天一片地里头，她靠的，只有她自己了。

她突然就有了胆。

她扬起手里的酒瓶子，对着柜台狠命地砸了下去。酒瓶砰地炸碎了，酒汁像女人的经血似的，在柜台上淌出了一团龌龊的黑迹。

“要看，回家看你老母！谁敢再过来半步，我割了你的狗东西。”

这样的粗话，在她肚子里生成的时候，只是一根细细的、怯怯的绳子。等它攀缘过心肝肺腑，一路携裹着胆气，走到喉咙口的时候，就已经粗得要挣破她的喉管了。它在舌尖蹦落，她自己也吓了一跳。那种娴熟，那种自如，仿佛她已经练习了千百次。

她终于知道，从少女到悍妇，只需要一个瞬间。

男人们看着芙洛拉手里捏着的半截酒瓶上尖利的玻璃碴子，一下子愣住了，不敢进，也不甘心退，就不知所措地呆站成了一堵墙。

这时有人拨开人群走了进来，噌地一下，跳上柜台，坐到了芙洛拉的身边。众人认出来是街头“苏格兰高地”酒馆的东主丹尼，都吃了一惊：这可是头一个进街尾酒馆的番鬼（洋人）啊。

丹尼坐定了，就开始解鞋带。

“不是要看脚吗？看就看吧，还有我的。”

洋人说的是英文。话说完了，鞋带也解完了，就脱脚上的马靴。一股恶臭从靴子里钻出来，钻进众人的鼻孔，卷毛扑哧打了个喷嚏，鼻涕水蚂蟥似的爬出了鼻孔。

“作死呢，这个番鬼，人臭毛臭脚也臭哩。”

围看的人说的是洋人听不懂的广东话，众人捂着鼻子，哄哄笑着散开了。

芙洛拉扭头看了一眼洋人，依稀觉得面熟，过了一会儿才想起，原来就是早上帮她咬开包袱绳扣的那个人。就说了一声：“谢谢你，解救我。”

洋人吃了一惊：“你会说英文？”

芙洛拉脸红了，英文顿时就结巴了起来。

“只会，一点点，几句话……”

“我叫丹尼，我可以知道你的名字吗？”

她不回话。他以为她没听懂，就又问了一遍。她的嘴唇动了几下，最后说出来的是“芙洛拉”。她说这个名字的时候很犹豫，仿佛是在一打的名字里斟酌着挑选哪一个。他听了就笑：“好名字啊，美丽的女人都像花（注：芙洛拉在英文里是植物的意思）。

“如果你能放下这个危险的玩意儿，我就可以不那么提心吊胆地和你说话。”丹尼说。

芙洛拉这才意识到她手里还一直捏着那个半截的酒瓶子，顺手一扔，却忍不住笑了。

丹尼跳下地来，捡起了芙洛拉的袜子。他把袜子递给芙洛拉的时候，就近近地看见了她的脚。他从未见过这样的一双脚：小脚指头翻转过来，压在脚板底下，脚背微微弓起，像一只受了惊的鸟儿。

“丑。”芙洛拉穿袜子的时候，手在抖，扯来扯去穿了半天才穿妥帖了。

“不丑，只是有些不一样。”丹尼说。

芙洛拉穿上了袜子，就用眼睛满屋子找她的鞋。此刻她的鞋子正躺在锅里，被浅浅一层的鸡粥泡得散开了线。

丹尼一把抱起了芙洛拉，朝吉姆走去。

“你的新娘子走了这么远的路，你不认为她需要休息了吗？”

吉姆立即接住了丹尼的话头，对芙洛拉说：“你去，别碍着弟兄们喝酒。丹尼，你也喝两杯。”

丹尼把芙洛拉放到了后屋，小声说：“你上楼，天塌了也别下来。”

芙洛拉还没来得及说话，丹尼就已经出去了。

“我不喝你那些甜水，那是女人喝的。我带了威士忌，瑞奇菲尔买的，看谁先喝倒下。就你和我，谁先倒下谁给十块钱。”芙洛拉听见外头丹尼对吉姆说。

芙洛拉倒了一盆热水上楼，坐在床前烫脚。她已经好几个月没有好好地洗过脚了。热水漫过脚面，泥垢将水搅浑了，脚掌如同一片藏了一个冬天的枯粽叶，在水里渐渐舒展开来，露出颜色和脉络。连躲在脚板之下的那两个小脚趾，也悄悄地探出了一个头。

丑啊，真是丑。这样的丑脚，却叫那班男人看见了，还有那个丹尼。

楼下酒馆里声响瘦了些下去，人大约散了。芙洛拉看了看窗外的月影，猜着大约是入更了。一路的疲乏山一样地压过来，她擦干脚，上了床，扯过床上的被子，一摸被头，硬硬地结着些黄嘎巴，不知是鼻屎还是口水。她把被子掉了个头，那头也是臭，是脚汗的臭。她从自己的包袱里拿出一件夹袄来，裹在被头上，侧身躺下了。

这个，就是她要躺一辈子的被窝了。

这会儿楼下似乎只剩了吉姆和那个丹尼，依旧在喝酒。吉姆喝得很高了，说起话来，一嘴都是舌头。威士忌泡得吉姆的舌头厚了，倒也圆了，说起英文来，竟不再东磕西撞。

“两千块钱，买匹马放家里，想什么时候骑，就什么时候骑。想怎么骑，就怎么骑。”

丹尼的声音倒是越来越小，小得几乎是在哼哼。渐渐地，芙洛拉终于听出来，丹尼是在唱歌。丹尼的歌只有几句话，颠过来，倒过去，多听了几遍，芙洛拉就模模糊糊地猜出意思来了。

我的心不在这里，

我的心在高原，

追逐野鹿……

（苏格兰诗人罗伯特·彭斯的诗）

这个番鬼，大概是想他爷娘了。芙洛拉昏沉沉地想。

顺阳村的首户刘旺财，最先就是从他女儿的脚上发的家。刘旺财家的这只坛子长相平平，却有一双遮不满一个手掌的三寸金莲。这双三寸金莲，整个乡里没有第二双。看上这双小脚的，是县太爷的公子。虽然娶过去是做二房，刘旺财收的聘礼却是五大箱笼的细软。刘旺财嫁女的排场，是村人很多年之后依旧喋喋不休的话题。

其实，小河也可以跟阿妈一样，有一双肥肥壮壮地走四方的天足的。阿妈没伤腿之前，风里雨里水里泥里走起路来，是一阵谁也挡不住的旋风。

可是命运偏偏把她放在了三寸金莲和肥壮天足之间的那个尴尬地界里，叫她在往千金小姐奔走的路途中，意想不到地拐进了一条丫鬟侍女的歧路。

在她七岁那一年，阿妈突然给她裹了脚。乡里的女子，该裹脚的，四五岁里就裹了。轮到她这个岁数还没裹的，就没有裹的盘算了。

给她裹脚，其实是大大的意思。阿妈起先不肯，说："天足好，万一将来田里缺把手，你这个坛子也可以当半个学生使。"阿爸哼了一声，说："指望我女儿下田干活，除非是家里男丁死绝了。"大大这话说得太早，也说得太绝。当然，当时他不知道。

阿妈不服，说："不下田，跟我学接生也好啊。接生婆吃四邻，你听说过哪个接生婆是饿死的？饿死老财也饿不死接生婆。"

大大又哼了一声，说："你以为接生的手艺是传家之宝呢？你妈传了你还没传够啊？我老刘家的坛子将来是穿金戴银做少奶奶的。你见过天底下有大脚板的少奶奶吗？"

自从见过了刘旺财嫁女的排场之后，大大的眼界突然就大出了一片。大大像是做了多年的瞎子，突然睁了眼，看见了满眼的天光。大大明白了，通往体面日子的路，由一双小脚走起来，也许比大脚轻省便捷许多。

阿妈顶不过大大，只好给她裹脚。七岁开始裹脚，受的痛楚自然比别人更多，她记得清清楚楚。可是她记得更清楚的，却是放脚时的煎熬。

那是大旱的那一年。头季的稻谷颗粒无收。大大把旧年存下的稻谷都做了口粮，二季的稻种是大大卖了家里的猪和鸡鸭跟人换来的。大大总算有了稻种，可是再也没有钱可以请雇工了。驾牛犁田插秧，大大一个人怎么也做不过来，就缺一个帮手。最后大大把奶奶留下来的唯一一只玉镯，抵押给村口的光棍汉刘二，说等秋天收了稻子，再还工钱，刘二才肯过来给大大做帮手。那日小河到田头给大大和刘二送饭，人人看着她，只是叹气：“你要是个男儿，大大能多活几年呢。”

那一天，回家的路上，她就把主意定了。

那天晚上，喝完菜汤做的晚饭，她就在灶边的热水罐里舀出两瓢滚水，添上些凉水，坐在板凳上解裹脚布。阿妈听见响动，拄着方凳走过来，就骂：“不年不节的，烫什么脚？这水是留着给你大大擦身子的。”

她不说话，只是一寸一寸地解着裹脚布。解完了，顺手往灶筒里一扔。阿妈想抢，哪来得及？早叫灶里的余烬一口舔着了，嗞嗞两声就烧成了一坨灰。

“你疯了？别指望我再给你买一副裹脚布，家里一个闲毫子都没有了。”阿妈嚷了起来。

在裹脚布里捆绑已久的脚乍然松开，血朝着脚尖涌过去，她疼得忍不住哼了一声。

“阿妈，我要放脚，帮大大种田。”她说。

阿妈吃了一惊，说：“你要叫你大大那张脸搁在猪屎里啊？哪有人家的坛子做田里营生的？”

她低头一下一下地揉掰着那些叫热水泡得绯红、蜷成一团的脚趾，脚趾被她掰扯得渐渐舒展开来，可是她一松手，它们又马上像螺蛳肉似的缩了回去。疼痛如针，一根一根地扎满了她的脚。她拔了这根，还有那根，她竟不知道从哪里拔起。眼泪涌到鼻尖，被她狠命地吞了回去。她知道她哭不得，一哭气就软了。

“阿妈，肚子都顾不上了，还顾什么脸面？”

阿妈摇着头，拄着方凳吭吭地去了屋里。过了一会儿，又吭吭地回来了。阿妈带来了一团棉花，那是从前替人接生时用的。阿妈把棉花择成了一个一个的小球递给她，从那晚起，每天睡觉，她都要在脚趾中间塞上一团棉球，让那脚趾撑开。

大大见她这么死性子，也不劝了，只是说："你放了脚也没用，田里的事，女人是做不动的。"

她去阿妈的接生箱里拿出一把剪子，闷声不响地进了屋后放柴火和牛草的那个小屋。再出来，手里捏着的是一根剪断了的辫子。

"大大，从今天起，你就把我当男儿使。"

大大见了那根死蛇一样的辫子，半天说不得话，脸色铁青。回屋狠狠扇了阿妈一个嘴巴，骂道："你把这个坛子宠成精怪了，这副猪样子将来还怎么找婆家？赖在家里吃死她阿弟啊？"

她跟在大大身后进了屋，跪在地上给大大磕了一个响头，说："大大，开春我就下地干活。到了十八岁没人娶我，村里有井有河，我跳哪个都行，绝不多吃家里一口饭食。"

一整个冬天，她能光脚就光脚，不穿袜子也不穿鞋子，就是为的让脚长得快些。实在冷得受不下去的时候，她就把脚团在被子里焐一会儿。阿妈骂她，她也不回嘴，可是她的身体和脚仿佛在替她回着嘴。那阵子她每天夜里都做梦，梦的都是同一个梦，都是自己从高处摔下来，腿一抽就惊醒了过来。她很小就听人说过，做那样的梦就是在长身子。那一季她睡在床上，夜深人静都能听见骨节毕毕剥剥地爆裂着，第二天早上起来，布衫似乎又短了一截，身个很快就要赶上人高马大的阿妈了。

她长的不仅是身体，也还有脚。脚挣脱了枷锁，也是一天一个样地长。只是裹脚布留下的印记，却是抹不干净了：她的两个小脚趾，永远害羞似的缩在脚板底下。脚背微微地隆起一块，所以她走路，总是内侧高外侧低，摇摇晃晃的，仿佛鞋子里塞满了沙子。

就等着看，春耕时节吧。她暗暗地对自己说。

第二年开春，动土的时候，她就下了地。

那是个细雨的天，大大等太阳已经等了好几天。节气催人，大大就等不下去了。她穿着大大穿破了的旧蓑衣，一只手拎着一只用棉絮包着的装了热汤面的瓦罐，另一只手提着一把四齿铁耙，跟在大大身后朝田里走去。大大不拦她，是因为拦不住。可是大大也不理她，这几个月里大大懒得跟她说话。大大打心眼儿里觉得这个女子脑壳坏了。

站在田边，雨冷，蓑衣千疮百孔，风钻进来像针。扶犁的事，她还不会，却一眼也不放过地看着门道。牛还是只小牛犊，去年刚学会了犁田。歇了一冬天，有些生疏，又贪玩，见了田，就撒欢地跑。大大的犁头下浅了，吃不着力，被牛拖着跑。大大在牛屁股上抽了一鞭，掌犁的手提了一提，犁头入土深了，牛觉着了力，就老老实实地低了头。大大的辫子绕着脖子扎了一圈，只穿一件短布衫，汗水已经在脊背上湿出了一团印迹。

大大歇息抽烟的时候，她伺候着他喝完了汤面，就拿起了四齿耙子补田塍。田塍过了一冬，低矮破损了不少，不补就要漏水。她虽然从未补过，却也自小看人做过的。她从身后抓起一大捧泥浆，死命地摔在田塍上。那田、那水、那泥浆都没见过她，合着伙欺生。第一捧泥太少了，摔上去就马上滑了下来。第二捧泥太多了，厚得如一坨牛屎，怎么也抹不开去。耙子捏在她手里，仿佛在和她斗着气，不像是她在使它，倒像是它在使她。她的腰和她的腿像是叫人插了一把竹刀，明明使的是手上的力，那腰和腿上的刀却一下一下地扎她，扎得她觉得腰腿已经一块一块地断落在了田里。她知道她不能停。她若停下来，这一个冬天积攒下来的心志就软怠了，她在大大和阿妈面前，就再也说不得一句响话。

她只有忍。

忍到晌午的时候，她终于把那一大片田塍修补完了，高高低低，厚薄不匀，那是叫所有靠田吃饭的人不齿的毛糙活儿。下工的时候，她坐在四齿耙子的木柄上，垂头等着大大骂她，可是大大没吱声，只是冲她指了指牛。过了半天她才明白过来大大是叫她骑着牛回家。她不肯。养牛的农家都知道，春耕是使牛最狠的时节。春耕时，大人小孩都不骑牛，为的是叫牛歇一口气。大大见她不上，就把牛停在路边，不说话，也不走，只是一口一口地抽着旱烟。她知道阿妈在家等，无奈，只好骑上了。

“大，插秧的活儿，不叫刘二了，我能学。”她说。

大大不说肯，也不说不肯，却不再骂她脑壳进水了。

回到家，阿妈已经把饭食摆在场院里等着他们了。阿妈今天做了干食，一半是米饭，一半是红薯，下饭的除了腌萝卜条，还摊了韭菜鸡蛋。这一个冬季，家里吃的都是稀的，没见过一点油腥。闻到鸡蛋，弟弟妹妹围着桌子，眼珠子都要掉到盘子里了。可是阿妈只摆了两副碗筷。阿妈拿筷子敲着弟妹的脑壳，叫他们滚。农忙的时候，各家都是干活的男人先吃，吃剩的，才有婆姨孩子的份儿。她第一次单独和大大一起吃饭，一身的不自在。

阿妈烫了酒，大大倒了满满一盅，自己喝了一半，又递给她。她咂了一口，酒一路从舌尖烧到了肚脐，辣得她眼里出了水。她知道她不用再忍了，她现在可以把眼泪流出来了。

他们终于肯把她当个男儿看了。

吃完饭，草草洗了洗，她就躺下了，刚挨着枕头她就睡了过去。夜里觉得身上痒，挠了几下，又睡着了。痒醒了，再挠。睡到天亮，掀了被子，才看见床上有两个饱胀得要开裂的软团——那是她从田里带回来的蚂蟥。床上到处是成点成团的血，阿妈看见，就跟大大说："这个坛子，真是能忍啊。"其实，这算什么呢？更难忍的是后来，她来了身上。一整天泡在田里，垫的粗黄纸被血浸透了，又结成了硬痂，把她大腿内侧的肉擦得稀烂。一直到很多年后，她才明白，她给自己做下了病。那是一世也治不好的病。

这一年，家里没有雇短工。田里收下的，除了一家人碗里的饭食，刚够还早一年欠人的工钱。

她的力气一年比一年大，田、牛，还有手里的各样农具，都一年比一年认得她，肯听她的使唤了。本来，日子是不该到了捉襟见肘的地步的，谁想刚消停了两年，又遇上了另一场大旱。这场大旱，比早先的那场，又凶狠了许多。

就是第二场大旱，断了她的命。

犁田。

犁头插深了，土沉，牛拉不动，就犯起了牛脾气，两个角刀似的耸着，再不肯走一步。

她手里有鞭子，可是她舍不得用。牛也知道，所以牛见了大大总是乖乖的，却敢跟她犯浑。

她用手掌拍了一下牛屁股，牛干脆滚倒在泥地里，刨着四蹄撒野。她把脚伸进牛肚子底下，想把牛捞起来，牛却一下子翻到了她身上。

沉啊，真沉。

芙洛拉迷迷糊糊地睁开眼睛，才知道自己做了个梦。想翻身，却翻不动，原来身上坐了个人。她看不清那人的脸，却闻见一股浓烈的酒气照着她的脸扑来，有两个玻璃球似的东西，在她的鼻尖上闪闪发亮——是眼珠子。

她吓出了一身冷汗，就醒利索了。

是吉姆。

男人的嘴在死命地吸吮着女人从睡梦里带出来的酸甜味道。男人的脚蹬开女人的两腿，找着他要找的路。那条截到膝盖的断腿，在一撅一撅地碍着他的事。他以为他硬了，其实还是半软的，半天也进不去，就丧了气，一把抓住女人的头发，将女人揪起来，狠狠地按在自己的胯下。

“吃。”他对她说。

一股臊臭堵住了芙洛拉的鼻子，她的肚子像早上那回一样，又抽了一抽。她呕了一下，呕出了一股黄水。她死命地别过头去，男人不放，更紧地按住了她的头。她吸住气，攒足了劲，一脚朝男人的裆下踢去。男人不防，哇的一声松了手，护住了自己两腿之间的那团稀软，满脸紫涨，真正恼羞了起来。

女人脱了身，远远地坐在床那头，哧地一笑，说："吃也得洗干净了再吃。"

男人没料到女人是这个意思，有点意外，犹犹豫豫地下了楼。一阵叮咣的水盆声之后，男人上了楼。男人上楼的时候，灯已经点上了。女人坐在半明半暗的灯影里，头发在脑后束成一个乱乱的髻子。布衫脱了，只剩一件贴身的肚兜。肚兜里鼓出两团饱胀的肉，肉中央隐隐的有两颗枣子。男人觉得一身的血轰地涌到了胯下，裆里的那样东西真的硬了起来。他朝女人扑过去。那截断腿依旧碍着他的事，不过他顾不得了。

"三个洋元。"芙洛拉退到床角，一字一顿地说。

"什么？"男人没听明白。

"我打听过行情了，这个镇上给人做小工的，一天挣三个洋元。我也给你做工，伺候你快活，不多要，一回也是三元。"

"丢你老母！你是我买的马，我想骑就骑，骑死不偿命。"男人破口大骂。

女人冷冷一笑："拿什么骑？一堆稀屎。没我帮你，你一辈子别想骑得痛快。"

男人一下子瘪了。

"两块五毫。"男人有气无力地说。

"公的叫cock，母的叫hen。"芙洛拉指着院里的鸡，对阿珠说。

阿珠舌头大，翻不动，学来学去学不像，便咕咕地笑，说番鬼的话真难听。芙洛拉说你整天鸡公鸡母的，就好听了？阿珠说出娘胎就听的话，听惯了。你一个北方阿姐，怎么会说那么多地方的话？

阿珠问完了，自己也觉得好笑：芙洛拉十八，比自己小两岁，不知怎的，一开口总叫她阿姐。

阿珠是卷毛的老婆，是旧年年初从开平过埠来巴克维尔镇的，比芙洛拉早来了半年。芙洛拉来之前，巴克维尔只有三个女人，一个是四十多岁的半老婆子，整日在家吃斋念佛，从不出门。另一个是恒顺杂货铺的老板从维多利亚带来的妾侍，模样靓，被男人锁在家里，谁也见不着。还有一个就是阿珠。阿珠的男人卷毛整天在山里挖金，阿珠在家孤单得紧，所以芙洛拉来了，阿珠就日日招呼她到家来说话。

阿珠刚出了月子，生的是个女仔，叫阿英，这会儿背在背上，睡得死沉，口水流得阿珠脖子一片湿。这是阿珠的第二个仔。阿珠还有个仔，是男孩，在开平生的，又跟着她过埠来，叫华仔。

这会儿阿珠坐在凳子上，一边绣着女仔帽上的花，一边看芙洛拉捉鸡。阿珠家前阵子孵出来的鸡，都长得半大了，鸡公多，长冠子长骨却不长肉，瘦得竹钉似的，整天只会追着鸡母跑，搅得一院子鸡飞狗跳。芙洛拉见了，就说我帮你阉了，叫它长肉。阿珠说只听见阉猪阉狗的，没听说阉鸡公的。芙洛拉说你不懂少说话，看着。就拿出兜里的手巾包，打开来，里头是一把磨得尖尖的竹刀，两片竹片，还有一个竹钩子。

芙洛拉抓了一只芦花公鸡，夹在两腿中间，把脯上的毛拔了，用竹刀刮干净了，一刀插进肉里，插出小小一个口子。又拿竹片将那口了撑大了，把竹钩子探进去，轻轻一钩，钩出一个黄卵子，扔了。再一钩，又钩出一个黄卵子，也扔了。说好了，就等着吃肥肉吧。那鸡吓傻了，竟不知道叫，呆呆地匍在地上，像只瘟鸡。

阿珠也吓傻了，半晌，才说阿姐你怎么有这般大的胆子，什么都不怕哩。芙洛拉拿袖口擦了擦竹刀，说忍不下去的时候，我杀人都敢呢，你信不信？阿珠说怪不得他们说你……阿珠的话吐了一个头，又咽了回去。芙洛拉站起来就走，说我不管你的事了，长不长肉也不是我吃。阿珠牵住芙洛拉的衣裳，不让走。

“他们说，说你被土匪绑得去，做……做过压寨夫人。”阿珠犹犹豫豫地说。

芙洛拉怔了一怔，半晌，才哈哈大笑起来，笑出了眼泪。

阿珠见了，有些害怕，就说：“阿姐，男人喝酒说的话，哪能真信？再说，来金山的，各路人马都有，谁都不嫌弃谁。恒顺铺子里的那个女人，听说做过那种营生，有人在广州来春院见过她的。打铁铺里的阿黄，是从皇上的大狱里逃出来的……”

芙洛拉咚地踢走脚边的一块石子，打断了阿珠的话：“我告诉你，我倒是做梦都想，当个压寨夫人呢，可惜没那个命。”

阿珠一时不知说什么好，两人都静了下来，看着一院的鸡公打斗。

这时阿珠背上的女仔醒了，惊天动地地哭了起来，两脚乱蹬，阿珠身上的背带紧紧勒进了肉里。阿珠松了背带，把女仔抱到前面来，撩起衣襟喂奶。女仔狠狠地咬住奶头，阿珠疼得杀猪似的叫了一声。女仔吸着了奶，狰狞的脸面渐渐平和下来，额上的青筋也细瘦了。

芙洛拉斜看了一眼阿珠那个被布衫半遮半掩的馒头一样松白的奶

子，忍不住笑了，说你家卷毛挖得一座金山，也不知道给你买样洋货。阿珠问什么洋货？芙洛拉说就是系奶的布。金山的女人都用的，绣了花边的那种。

阿珠就笑，说阿姐你比我还来得迟，到这鬼地方才一年，怎么就知道金山这么许多事呢？芙洛拉说我在上海的时候，就……芙洛拉的话说到这儿，突然就像叫马蜂蜇了舌头，一下子顿住了，改口说你把阿英给我抱抱。

女仔吃饱了奶，跟面团似的柔顺起来，横躺竖摆都高兴，张着小嘴田蟹似的吐着泡。芙洛拉拿手指把那些泡泡都戳破了，抹干净了，女仔把指头也当作了奶，含着不放，痒得芙洛拉一身酥麻。

“阿姐，你过门这么久，怎么还不怀一个呢？”阿珠问。

芙洛拉哼了一声，说：“他那点稀水，怀个耗子都不够，还怀什么人？”

阿珠听了咕咕地笑，说：“阿姐你说话真好玩，你家吉姆，从前可是条好汉呢。听卷毛讲，吉姆在三藩市挖金的时候，出门办了三天货，回来矿皮就叫番鬼占了。吉姆同番鬼打起来，一刀捅死了一个番鬼，犯下命案，才逃到北边来的。那腿，就是在行山路的时候叫熊咬的。”

芙洛拉从没听吉姆提过是怎样残了腿的，这回却是从阿珠嘴里听说了，倒有几分意外。半晌，才说：“他还有这个本事？”

“阿姐你家老公本事大呢，赌功天下第一。连你家的家当，都是赌来的。那回叫熊咬伤的，还有一个同路人。那人挖了好些年的金子，挖着了一块拳头大的金砂，一路掖在裤腰里。吉姆叫熊咬断了腿，那人叫熊撕了半张脸皮，印第安人发现他们的时候，血都流了几桶了。

你家吉姆睁开眼睛，就和那人赌，看谁死在前头。吉姆赌的是十块钱，那人见吉姆伤势重，只剩了一口气，就生了贪心，说要赌就赌全部家当。后来竟是那人死了，你家吉姆赌赢了，得了那人的金子，才上这里开了这家酒馆。”阿珠说。

芙洛拉听了，又是一怔，心想这个叫吉姆的男人，除了骑她时的一脸急相，平日里却是没给过她一句真话的。

“挖金的一天累到死，金子这头进、那头出，都在你们家的酒馆里喝光赌光了。别看你家吉姆不挖金，他是洪棍（洪门的头儿），挖金的都听他的呢。入了洪门抱成团，番鬼不敢欺负。老了没人管，病了没钱医的，就抬到洪门去。不讲道理仗势压人的，洪门做主申冤。有了洪门，出门的人才有靠山呢。”阿珠说。

芙洛拉冷冷一笑，说：“男人躺着不行，站着能行到哪里去？再说，洪门是男人的衙门，女人遭男人欺负，洪门管吗？女人的事，还得女人自己管。”

阿珠有些听糊涂了，就问：“女人怎么管？难道还有个女洪门吗？”

芙洛拉哈哈大笑，把阿英还给了阿珠：“你怎么啥也不懂，卷毛叫你圆你就圆，卷毛叫你扁你就扁。”

阿珠叹了一口气：“他带我过埠，他挣钱养我、阿英还有华仔，还不就得听他的吗？”

“女人要是自己有了钱，就有了腰，站得稳、立得直了，到时候谁的也不听，就听自己的。”芙洛拉说。

阿珠摇了摇头：“我大字不识一个，一句洋文也不会。又裹了脚，进不得山，蹚不得水，种不得田，我怎么能挣钱？”

芙洛拉指着一院咕咕乱跑的鸡，说：“钱都放在你眼前了，你笨得连手都不会伸。”

窸窣。窸窣。

芙洛拉一下子就惊醒了。

从窗口望出去，朦胧的天光里，果真有两只灰白色的野兔，在啃青瓜的枝蔓。芙洛拉拾起床下的一只鞋朝窗外扔去，没打中，野兔贴着地皮簌簌地跑了。

吉姆给吵醒了，咕哝着骂了一声：“丢，哪天也不让人睡安生……”

吉姆的半截话还挂在嘴皮上，翻了个身，又睡了回去。

芙洛拉光着一只脚，轻手轻脚地下楼，出了门。

天才亮了两三分，天和地交界的地方，刚有了隐约一丝的青白。芙洛拉知道，这会儿巴克维尔镇里连看门的狗都还没醒，鸡公的脑袋还窝在翅膀底下打呼噜，她是全镇第一个起床的人。金山的地盘离天近，天光好，日头也早，天睁开第一眼的时候，她就躺不住了。这是下地干活最好的时辰，蚊虫散了，风是清凉的，土带着隔夜的露水，湿湿的，下锄只用半分力气。庄稼人都是赶这个时辰下地的，地种得好不好，就得看人舍不舍得起早。

芙洛拉路过猪圈，猪被她的脚步声惊醒了，从栅栏门里探出头来，哼哼地闻着她的裤脚。猪是旧年入冬的时候买的，一公一母，如今已经长得半大了。芙洛拉推开猪嘴，径自咚咚地朝田里走去。

笼里的鸡也被她吵醒了。一只鸡公抖抖翅翼，喔地叫了一声。一只醒了，一窝都醒。一窝醒了，一街都醒，全镇的鸡顿时叫成了一片。

芙洛拉知道鸡和猪都饿了，正仰着脖子等食。她狠狠心走了。还不到喂食的时候，得等她在田里干完了活，收过了地里的烂菜叶子，剁成块，和着昨晚酒馆里的残渣剩饭，再加上几碗洗米水，那才是饲料。

下了地，她就把脚上的那一只鞋也脱了。光脚踩在土里，她只觉得有一股蛮力从脚心生出，一路升到腰腿胳膊，每块骨头每根筋，都想响响地哼上一声，连眼神，都变得清明了起来。她知道，那是土地娘娘在挠她的脚、挠她的心呢。骑在马上，走在石子路上，她都是虚慌的。只有踩在这湿黏的烂泥里，才叫她有生了根似的胆气。她像是地里的菜，在土里就有精神气血，离了土就蔫。

屋后这两大垄田，都是今年新开的。巴克维尔的中国人，有好几户都在屋后开了小小一块地种瓜种菜，可是谁的地也没法跟她的比。刚过了正月，地里的霜才化开一条缝的时候，她就劈下了第一锹。一直到门前的桃树上爆出指头大的骨朵时，才把这地开完了。地在坡上，芙洛拉从来没有在坡上种过地。难啊，没想到是这么难。光竹筐，就背破了三个。

先把低处的土刨松了，再挖高处的。再把高处的土，一筐一筐地背到低处，把低处的地势填高了。再去河边，背来一块一块的石头，在高处和低处的中间，铺上一条石子路，那是她浇水施肥除草要走的路。

高处的那一垄，她杂杂地种了好几样东西，有白菜、韭菜、青椒、豆角、葱蒜。低处的那一垄，她只种了清一色的青瓜。播种的时候，阿珠看见了，就问她怎么不种薯仔（土豆）？她愣了一愣，半晌，才摇头，说不种。阿珠说金山的人不爱吃米，倒把薯仔当成米吃，种薯仔比种米还挣钱啊。她依旧摇头。阿珠说我家还有一袋薯仔，你拿去做种吧，明年还我就行。她听了，脸突然紧了，咬牙切齿地说我的地我说了算，你们谁也别逼我。阿珠被她吓了一跳，心想这个北方阿姐，有时说话像掉石子，一砸地上一个坑，半天都平不了。

地是新开的，土生。她在屋后挖了个深坑，把茅房的粪便加上猪圈的垫草和鸡屎，一起都沤在坑里。又把旧年割下的草，烧成了灰，和粪便和在一处，沤熟了，一担一担地挑来煨田。渐渐地，土有了颜色，她就知道，土熟了。

春天里种下的菜，到这个时节都熟了。拨开竹架子上的厚枝蔓，底下便是大大小小的青瓜。最大的，已经有小孩胳膊粗细了。芙洛拉知道是到了收第一茬的时候了，再不收，怕就要老了。走进瓜田，一眼就看见地上掉了一只残瓜，心疼地捡起来，用袖子擦了擦上面的土，就啃了起来。皮嫩，牙一磕就破了，一股子汁水顺着下巴流下来，在衣襟上流成了一道绿沟。一方的水土养一方的物，金山的青瓜跟家乡的真是不同呢。金山的青瓜肥胖得一条皱纹都没有，家乡的青瓜皱巴瘦小，却长了一身的刺。香都是香的，却是不一样的香。

狗娘养的。

芙洛拉骂的是野兔。

这些该死的野兔，没让她省过一天心。长叶的时候，吃叶。长瓜的时候，吃瓜。芙洛拉听人说野兔怕闻橘皮味，就特意买了一筐的橘子，剥了皮丢在田里，倒真是老实了几天。可是没几天就闻惯了那个味，照旧回来偷食。后来芙洛拉就在竹架上捆绳子，一面一面地编墙。她用的绳子，可以绕巴克维尔镇走几个来回了。等到她终于把墙编到地尾的时候，回头一看，地头的墙已经被咬出了破洞。

野兔白天躲在地洞里，夜里没人的时候才出洞，芙洛拉就是在田里守上整整一天，也奈何它不得啊。

竹片。对，就是竹片。

芙洛拉突然想到了一个新招。

今天她回去找几个装水的竹筒，劈成几瓣，打个洞，用线穿好挂在田头，风一吹就有响动。竹片碰竹片，响声脆硬得紧，野兔胆小，兴许就能吓住了。

青瓜和白菜交杂的地方，还开了一片五步见方的地，这片地里种的物什，看上去像是一摊杂草，不用施肥，也不怕虫子兔子咬。只有芙洛拉心里明白，这却是比所有的瓜菜加起来都金贵的东西——是治病救急的草药。

那回她开田的时候，去溪滩上背石头，突然发现石头底下长了一棵草，像是小时候田头到处可见的车前草，只是叶子肥阔了些。她把草拔起来，仔细看，那根、那须、那叶子的瓣数，就是车前草。又撕了一片叶子放嘴里嚼碎了，味道也是。就惊奇，隔了千山万水，金山竟也长这样的草。

一路寻过去，竟遍山都是。

后来渐渐地，她上了些心思，就在山里找着了兔耳草、养血莲、旱莲、箭根。山越走越深，她找见的东西，就越来越稀罕了。随处可见的，她就不费心思了。只是那些稀罕的，她就连土带根挖了来，种在家里。没想到，竟蓬蓬地长了一地。

芙洛拉摘了一浅筐的青瓜，又上去高处的那垄田里，割了些白菜、韭菜、葱、蒜，也是浅浅一筐。这时肚子就擂鼓似的叫了起来，她便歇了，提着鞋、挑着担，往河边走去。洗过脚，就该回家开灶煮粥，顺便把猪和鸡都喂了。

芙洛拉走到河边的时候，日头刚刚跳出来，一眼望过去，河面上仿佛浮着一汪油腻的血。有几只水鸟竖着腿站在河边，一啄一啄地像在喝血。芙洛拉看得心惊肉跳，放下担子，捡了一块石头扔过去，将那汪血打散了，鸟儿吱吱呀呀地惊飞起来，满天都是凌乱的翅翼。

芙洛拉卷起裤腿，下了河滩，将两只泥脚洗干净了。又绞了一把手巾，将胳膊和颈子上的泥擦了。刚想走，却觉得头上有千百只的蚂蚁在痒痒地爬，就突然起了洗头的念想。她已经好几年没铰过头发了。几年的头发长成了树、长成了藤，家里最大的那只木盆才勉强盛得下，洗起来很是憋屈，洗完了半天也干不了。她洗头得择日头、择风、择水、择空闲，所以她轻易不洗一回头。

她没带皂角来，可是她顾不得了，她觉得她头发上的那些蚂蚁，就要把她的头皮咬成一只网眼很细的米筛。她解开脑后的那个大髻子，在髻子里憋久了的汗垢炸出一股恶臭，熏得她打了个喷嚏。她的手指头顺着松散开来的髻子摸进去，摸出了一个小小的布包。布包是她非常小心地编进髻子底里的，外人看不出，也摸不着。她把布包藏在筐底的一只青瓜下面，又扯了半张菜叶盖在那只青瓜上，算是记号。藏妥了，才朝水深之处走去。

日头还没有把水舔热，可是她不怕凉。她的身子出过了一茬又一茬的汗，她只是燥热得紧。她把脸整个地埋在水里，那清凉把她身上每个毛孔都激得活泛了。她把头整个扎在水里，直到憋不住气的时候，才露一个脸，将头发上的水甩一甩。她并不知晓，这时辰的日头已经渐渐高了，不再赤红，却是黄色，黄得跟巴克维尔山里的金子一样。她甩出去的，是一天一地的金珠子。

芙洛拉没想到她的金珠子砸到了一个人。

那人是来河边洗马的。

芙洛拉甩出来的金珠子，咚咚地在那个人的脸上砸出了一个又一个的麻子，那人捂了脸就喊："悠着点，你。"

芙洛拉抬起头来，抹去脸上的水，才看清是街头的丹尼。早几个月开田的时候，她在河滩上遇到过丹尼，丹尼用马顺道给她驮过一筐石头。一阵子没见，丹尼变了个样子，留起了胡子。从腮帮子到唇边到下颌，密密麻麻的像一蓬长邪了劲的草。

留这样的胡子，怎么吃饭？

想到丹尼胡子上沾满米粒菜汁的样子，芙洛拉忍不住抿嘴笑了。

"这么早，出门，你？"芙洛拉用结结巴巴的英文，问丹尼。

丹尼不回话，只是从裤兜里摸出一样东西，丢给芙洛拉。芙洛拉不防，没接住，那东西落进水里，打了个漂，漂走了。

丹尼蹬下马靴，扔了头上的毡帽，就朝水心游去。水不急，丹尼追了几步就追上了。捡起来，又丢给芙洛拉，这回就接住了，原来是块香胰子。来金山前，芙洛拉就见过了香胰子。只是这一块样子有些古怪，中间圆，两头尖，像一枚橄榄。闻了闻，味道也古怪。还要过一阵子，芙洛拉才会晓得，这个古怪的味道有个好听的名字，叫薰衣草。

“你每天，都带这个，在身边？”芙洛拉疑疑惑惑地问。

丹尼哈哈大笑，笑得岸边的树叶子哗哗地洒落。

“在巴克维尔，连女人都不会带这个东西在身边。这是给这位女士洗澡用的。”丹尼指了指他的那匹马。

“不要，味道，不好。”芙洛拉把香胰子扔回给丹尼。

丹尼脱下身上的那件布格子衬衫，拧干了，挂在树枝上吹着，就跪在地上，洗马。

丹尼给马抹上了香胰子，用马刷上上下下地刷了一遍，那马通身就裹在了白沫子里。刷过了，丹尼就提了水，一桶一桶地往马身上淋。马懒散地闭了眼睛，尾巴唰唰地甩着，也甩出一天一地的珠子，却是白珠子。

丹尼光着膀子，肩背胳膊上的肉腱子高低起伏，像藏了无数只耗子。丹尼的手一动，身上的耗子就四下乱窜。芙洛拉的眼睛再快，也赶不上那耗子跑得快，就想，两条腿的男人，跟一条腿的男人，还真不是一路货色。

芙洛拉终于痛痛快快地洗完了头，把头发拧干了，在脑后松松地绾了个髻子。这时日头高了，满河岸的知了一起聒噪起来，方才在水里的清凉，叫毒日头一舔就舔薄了，又流出了一身的汗。芙洛拉把脚在裤腿上蹭干了，就找鞋子穿。家里的鸡和猪一定饿疯了，吵得不知怎样的天翻地覆。吉姆是不管的，吉姆起床之后自有他自己的逍遥。

丹尼也洗完了马，正坐在一块石头上，倒靴子里的沙子。芙洛拉从筐子里挑了一根肥长的青瓜，扔给丹尼：“我种的，刚熟。”

丹尼接过来，叭的一声掰成两半，一半给自己，一半塞给了马。马闻了闻，犹犹豫豫地咬了一口，竟吞了下去。芙洛拉就奇怪，问它也吃，这个？丹尼说一回生，二回熟。

芙洛拉挑起箩筐，正要走，却觉得腿脚有些重，原来是丹尼用马鞭钩住了她的裤腿。

“这是，什么？”丹尼努嘴指了指芙洛拉的额角上，一块铜钱大的红斑。

芙洛拉不说话，只是把刘海儿扯下来，盖住了那块铜钱。

“是他，干的？”丹尼阴着脸问。

芙洛拉依旧不说话，转身就走，却走不动——丹尼拽住了筐绳。

“你们街尾的事，警官是不管的。不过，要是我去叫，他就来。”丹尼说。巴克维尔镇上只有两个警官，其中的一个，是丹尼苏格兰老家的乡党。

“你不懂，我们的事。”

芙洛拉去掰丹尼的手。手没掰开，人却没站稳，歪了一歪，跌进了丹尼的怀里。丹尼两只手一拥，嘴水母似的吮上了芙洛拉的唇。丹尼的舌头，蛮横地撬开了芙洛拉的嘴唇，紧紧地缠住了芙洛拉的舌头。芙洛拉的舌头，一辈子没叫人这么搅和过，只觉得心尖尖都叫丹尼吮了出去。没了心的身子轻得如同一片青瓜叶子，肩上的箩筐，咚的一声掉到了地上，青瓜滚了一地。

“总有一个头，我的日子。”芙洛拉一把推开了丹尼，使的是蛮力。

“什么头？”

“钱，我要攒上，他买我的，钱。”

丹尼终于听懂了，摇了摇头，说：“你做梦。他永远不会放你走。”

芙洛拉狠狠地咬住了嘴唇，那唇上，还留着丹尼嘴里的烟味。

“由不得他。”芙洛拉说。

“记住，他要再动你一个指头，你就在门前的那棵树上，拴一条手绢，我看见了就过来。”丹尼跃身上了马。

“等等。”芙洛拉从筐底翻出了那个小布包，递给丹尼。“你替我，换几个洋钱，不要给人知道。”

丹尼打开布包，里头是一小把碎金砂。

霍、霍。

芙洛拉从后门进了屋，看见吉姆正蹲在后屋的地上磨刀。

吉姆爱买刀，小到修脚皮的，大到杀猪宰羊的，大大小小，挂起来是一面墙。可是他轻易不把刀挂出来。他平日把他的刀，严严实实地锁在一只大木箱里。

除了那把修脚皮的刀，吉姆平日也很少用刀。他不用刀，却时常磨刀。隔三岔五地就要把刀从箱子里拿出来，摊满一地，一把一把地磨。隔一段时间不磨，夜里睡觉，就会听见刀在箱子里嗡嗡响——那是刀在喊他。

芙洛拉放下箩筐，就找了一把扫帚，到前屋扫地。昨晚酒客散得晚，她没来得及打扫就睡下了。

芙洛拉扫地扫得很是仔细，每一张凳子，每一样家具，都挪开来扫。天色暗的时候，她还会点根蜡烛，照着每个角落扫，当然都是趁吉姆不在眼跟前的时候。来酒馆买酒的人，大多身边不带现钱，只用金砂来付酒钱。吉姆的柜台上，摆着一个天平秤，那是用来称金砂的重量的。吉姆把放金砂的柜子看得很紧，芙洛拉碰都别想碰一下。可是吉姆盯得再紧，他也不是千眼菩萨，总有走神的时候。金砂块头小，有时会掉落在地上。芙洛拉刚来没多久，就在一只凳脚底下，意外地发现了一块小金砂。从那以后，她就多长了一个心眼儿，每天扫地，都仔仔细细地查看有没有掉下来的金砂。日积月累，竟也收集了小小的一把。

今天什么也没有。

已经好长时间什么也没找见了。可是芙洛拉不甘心，依旧天天把心揪在眼睛上，一寸一寸地寻。

扫过了地，她回到后屋，吉姆还在磨刀。

吉姆已经吃过早饭了。

吉姆从来不和芙洛拉一起吃早饭。他不同别人一起吃早饭，是因为他有他自己的吃法。吉姆的早饭，是一碗黑乎乎的浆，再加上一小碟腌青瓜，日日如此。芙洛拉知道那碗糊糊是用碎米煮的粥，却不知道那黑颜色的是什么物什。刚开始的时候，吉姆总是躲着芙洛拉吃早饭，后来有一回叫芙洛拉撞见他往粥碗里倒一样黑面，就问，他却不肯说。后来叫她问急了，才面红耳赤地骂了一句："男人的事，你管得着吗？"芙洛拉这才猜到了大约是样什么东西，就冷笑了一声，说："没用就是没用，吃一座金山也硬不起来。"

这话大概真是把吉姆惹恼了，他拿起粥碗，就朝芙洛拉的脸上砸去。碗裂了，芙洛拉的额角血流如注。那天的血流了多久也止不住，吉姆脱了褂子堵，堵成了一坨滴滴答答的红布。那天连杀过人的吉姆也给吓住了，后来的好几天里，他都没有碰过她。

打那以后，他吃早饭就再也没避过芙洛拉。

吉姆的大烟瘾也已经过完了，烟灯灭了，却还带着热气。烟榻上胡乱扔着几碟吃了一半的下烟点心，芙洛拉挑了一块干净些的杏仁饼吃了。

“上哪儿去了，这会儿才回来，鸡都快叫疯了。”吉姆抬头看了她一眼。

芙洛拉不回话，擦了擦嘴角的饼屑，就要起身去后院喂猪喂鸡。还没容她打开院门，吉姆已经堵在了门上。吉姆不使拐杖的时候，走路一跳一跳的像田鸡，却跳得极快。吉姆手上沾的磨刀石泥浆还没擦干，就急急地探进她的布衫里，去解她的裤腰带。芙洛拉知道过完了大烟瘾的吉姆，是精神头最好的时候。抗也没用，就由着他把自己按倒在烟榻上。

吉姆扑上来的时候，觉得一身都是力气。可是那一身的力气，却是虚虚地浮着，总也不肯在该着力的地方着力。胯下的那团物什，扭过来扭过去地和他别着劲，就是硬不起来。他知道只有身下的这个女人可以帮他。这个女人已经熟知了他身体的每个秘密，这个女人能叫他胯下的这块肉从死里变活，也能叫它从活里变死。自从这个女人进了他家的门，他就多了一样瘾念。这个女人就是他的第二种烟土，他再也戒不了她了。可是今天这个女人就像是剔走了筋骨的一团烂肉，任他揉捏，却纹丝不肯替他使着一两的劲。

他颓然地爬下女人的身子，扇了她一记耳光："你死了，动都不会动？"

芙洛拉的颊上，鼓起了五道红纹。芙洛拉坐起来，慢慢地系上了裤子。

"你要我帮忙，先问问镇上的行情？这一年万物金贵，早不是旧年的价了。做小工的，都涨到三块两毫五一天了。给什么价，做什么工，我没亏你。"

芙洛拉的话，像一口浓腻的痰，正正地堵在了吉姆的心口，咳也咳不出去，吞又吞不下来，憋得他脸色从白转到青，青转到红，红转到紫，最后终于渐渐地变回了白。

"两块七毫五，多一厘也别想。"吉姆的牙齿咬得咯咯生响。

芙洛拉抻直衣襟走出了院门。

"每个月再给二十块，寄给你乡下爹娘。"吉姆在她身后嚷道。

院里响起了咚咚的声音，是芙洛拉在剁猪饲料。

"三块，少一厘也别想。我家的人都死绝了，你把那二十块钱算给我。"

"丢你老母！"吉姆破口大骂。

转眼又是一年。

"Veggie, chicken, egg, fresh, come!（青菜、鸡、蛋，新鲜，快来买！）"

芙洛拉挑着担子，跟在阿珠的儿子华仔后面，走进了街头的市场。箩筐很重，把扁担压得低低的，像是一张拉满了的弓。前头的箩筐里装的是青瓜、白菜、韭菜、葱蒜，后头的箩筐里是十几只鸡。鸡的翅膀都用草绳捆住了，只剩下脚爪还能动，踢来蹬去的，洒下一路的聒噪。

芙洛拉后边跟着阿珠和阿珠的女儿阿英。

阿珠背上背着阿英，手里挽着一个沉甸甸的竹篮，篮子上盖了一条手巾，手巾底下是密密麻麻的几十个鸡子，一半红皮，一半白皮。

两个女人，一个是小脚，另一个是曾经的小脚，走起路来，都是一颠一颤，却是不同的颠颤法。阿珠的脚颤出来的是细细密密的小波纹，芙洛拉的脚板划出来的，却是龙舟走过之后的大波纹。

旧年芙洛拉开了地，收了许多的瓜菜，除了自己吃，就卖给了街尾的中国人家。街尾的人在自家后院多少都有一小片菜园，芙洛拉的菜卖不出去多少，剩下的，就腌成各样的咸菜，吃了一个冬天也没吃完。今年收了菜，便有心要挑到番鬼的集市去卖。只是从未去过街头，心里有些慌，就喊了阿珠做伴。谁知阿珠的胆子只有一粒蚕豆大，张不开口，就叫了儿子华仔走在前头呼喊叫卖。

来旺记酒馆喝酒赌牌的中国人里头，有少数几个是在番鬼的矿皮里做小工的，有时也在街头和街尾来回走动。这几个小工在旺记喝过了酒，起了兴，免不了要讲起街头的种种新鲜事，比如街头的商铺里卖的是什么物什，街头的女人是如何穿着的，街头新近在演什么戏，等等。芙洛拉竖着耳朵听着关于街头的种种，总觉得街头很远。其实两年前她骑在马上走进镇里的时候，就已经路过了街头。可是那天她的心不在街头，也不在街尾。那天她的心完全没在街上，所以至今她竟然一点也想不起街头究竟是怎样一副样子的。

虽然巴克维尔只有一条首尾相连的街，可是街头和街尾却仿佛是两个世界，中间隔着一条舟船不通的河。芙洛拉有时站在旺记门前的台阶上，远远望过去，看到街头隐约走动的人流，感觉那都是些前生来世的人，跟她的今生有着些依依稀稀的说不明白的关联。她的眼睛看不了那么远，而那些给番鬼做小工的人，却做了她的眼睛，把街头那些遥远的事，近近地钩扯到她眼前给她看。

可是今天，她却要做自己的舟船和眼目，来蹚那条河，来看那片似乎跟她完全无关，又似乎跟她隐隐相关的地盘了。

日头已经升到半棵树的位置了，淘金的汉子们，早已经进山了，街市上稀稀拉拉的没几个人。芙洛拉放下担子，掏出手巾铺在斗笠底下挡着毒日头，推了推华仔，说："喊啊，你。"华仔的鼻孔里塞了一团草药，湿湿地流出两条绿鼻涕。今天阿珠一早来擂旺记的门，说华仔起床就流鼻血，流得泉眼似的，怎么也止不住。后来是芙洛拉扯了一把老鼠耳叶子，捣烂了加了碎冰糖堵在他鼻孔里，才总算是止住了。

华仔流了这么多血，受了惊吓，就有些蔫，低着头蚊子似的哼了两句。阿珠就掐了他一把，骂道："屋底大，没用的东西。"华仔扁了扁嘴，哭了。华仔一哭，阿英也哭了，两个细佬仔（孩子）一粗一细地哭成了一团，懒懒散散的街面上顿时有了声色。

就招来些人。

这些人最先不是来买菜的，他们是来瞧稀罕的——他们从来没见过这样的稀罕。他们是来看这两个女人身上样式古怪的斜襟布衫，那个女娃的肚兜上绣的那朵色彩艳丽的芍药，还有那个矮个女人宽腿裤底下露出来的竹笋般的小脚的。

“给你，这个。”

终于有一个女人，搅碎了锅底一样厚实的沉默，往阿英手里塞了一样东西。这样东西，阿英是见过的。过年的时候，她阿爸卷毛从维多利亚买来给她吃过，说那是洋番的太妃糖，软软的，带着牛乳的香味。就那么一回，后来她还想要，她阿爸就再也不肯买了。阿英怯怯地剥了外头的那张纸，放进嘴里，又把那张花花绿绿的纸小心翼翼地摊平了，折成两折，放进兜里，便止了哭。

给糖果的是一个番鬼女人。

在上海等去金山的轮船时，芙洛拉也见过几张番鬼女人的相片，戴着插了山鸡羽毛的帽子，紧身衣裙把腰扎得仿佛轻轻一碰就要折断，脸白得像搽了一碗的细白面粉。这个番鬼女人，倒是没那么张扬。面皮虽然是青白的，身上穿的，却是粗布衣裙。

“快谢人家，都教过你的。”芙洛拉推了推阿珠。

阿珠一慌，死活想不起那句英文了，就把一张脸憋得赤红。

白皮女人俯下身来看阿珠篮里的鸡蛋，问怎么卖。阿珠练得好好的几句英文，到了这时就在肚子里散成了渣，只知道慌慌地丢眼色给芙洛拉。芙洛拉原本想说五个铜板，话到舌尖时突然没了底气，打了个战，出口就变成了四个铜板一个，四个毫子一打。说完了，就后悔，却改不了口了。

白皮女人又从芙洛拉筐里抓了一根青瓜，问多少钱？芙洛拉这回硬硬地回了一声：“五个铜板。”

白皮女人听了，就跟旁边一个黑皮女人相视一笑。芙洛拉猜不透这两个番鬼女人是笑她把价说贵了还是说贱了，就结结巴巴地解释着："田里种的……不是外头，运过来的。不信你看，上边的土，还是湿的……"

白皮女人也不知听没听懂芙洛拉的破絮英文，并不理会，只指了指前头，说："跟我来。"芙洛拉猜想女人是叫她送菜过去的意思，就重新挑起担子，跟着女人上了路。身后渐渐聚起了一团影子，都是看热闹的人。

芙洛拉和阿珠领着两个孩子，跟在白皮黑皮女人身后颠颠地走过了小半条街，才在一座木屋跟前停了下来。那座木屋跟街面上的房子有些不同，没有楼，只有一层，却扁扁平平地铺得很开，占了一大片地。房顶上两头都开了烟囱，两侧都有晾衣绳，上面挂满了床单毛巾，被风吹得旗子似的噼啪作响。窗户底下堆了高高一垛劈成一尺见方的圆木，是烧灶的柴火。门上挂着大大一个招牌，牌子上有三个英文字，其中有一个芙洛拉认得，是"旅馆"——那是她在上海时学的。旅馆是洋名字，从前乡里的人管这种地方叫车马店。

白皮女人领着他们几个上了台阶，进了屋。外头的日头洗得一天一地白花花，乍一进屋，就显暗了，芙洛拉一时看不清里头的摆设。模糊的只是眼睛，鼻子却一直是警醒的，老早就闻到了屋里有男人。男人抽的烟味跟寻常街尾闻到的烟味又有些不同，更是辛辣。

白皮女人冲里头喊了一句话，一个伙计模样的人跑出来，就要拿芙洛拉放在地上的箩筐。芙洛拉一惊，心想这女人还没问过她鸡的价钱呢，就死死地抓住筐绳不放。筐里的鸡也吃了一惊，你踩我、我踩你地都想站起来，鸡毛飞成一团。

白皮女人从手上揣的那个小布包里取出一沓边角翻卷成一坨的票子，数出来几张递给芙洛拉："你俩的东西都留下，我全要了。"

芙洛拉接过钱，细细地数过了，是十三块整。她飞快地在心里算了一算，除去阿珠鸡蛋的两块钱，她得十一块，比她原先盘算的零卖价要低。可是谁能担保她就能把筐里的东西都卖完了呢？即使全卖完了，还不得在这样的毒日头里搭上一大半晌的时辰呢。如此一想，就认了，把钱掖在裤腰上，准备收拾空箩筐行路。

这时屋里就有个男人扑哧地笑了一声，说："裘德你这个老婆也真是的，一块钱当成两块使呢。也就中国人老实，说什么信什么。"

裘德哼了一声，说："中国人老实？巴克维尔的钱，都在你眼皮底下叫中国人挣光了。"

芙洛拉这才看清了，车马店的柜台后边，坐着丹尼和裘德。两人的脚都跷在柜台上，手里各端着一个酒瓶，嘴里叼着一根大号雪茄。芙洛拉突然想起，丹尼曾和她说过，裘德的老婆苏珊和妻弟庄尼，在街头合伙开了一家旅店，原来就是这一家。

"嘿，芙洛拉，你们街尾的耗子，饿死了也不会到街头来寻食。你今天来这儿，是不是实在是想我了？"丹尼对芙洛拉眨了眨眼睛。

对付这句话，芙洛拉的英文勉强还是够用的，可不知怎的，她竟没话，只是脸唰地烫了上来，她知道是脸红了。倒不是怕阿珠听懂，而是觉得连自己也没敢承认的心事，竟然被丹尼说中了。

旧年那次在河边遇到丹尼，被他强行亲过了嘴，芙洛拉回到家里，竟半天静不下心来。那个吻就像是一片炭火，贴在她的嘴唇上，好几天也揭不下来。烧得她嘴唇起了燎泡，手心脚底都是烫的，连腿根也是湿烫的。从那时起，时不时地，芙洛拉就会想起丹尼来。可是这一年里她只见过丹尼两回，两回都是在旺记——是丹尼带了裘德来旺记喝酒的。芙洛拉知道喝酒只是幌子，丹尼其实是想找个机会把碎金砂换来的钱交到她手里。他明明是为她来的，却不多和她说话，只是一味地和吉姆喝酒赌钱。

头一回赌的是飞镖。墙上画了个圆，两人各扔五回，看谁扔中的回数多。是丹尼输了，输掉了一根皮带。丹尼是提着裤子走的。

第二回赌的是丢石子，看谁能扔到对过空地上印第安人留下的那根木柱。结果还是丹尼输了。丹尼这回输掉了脚上的马靴。这双马靴是上好的麂皮做的，从鞋尖到鞋帮雕满了密密实实的三文鱼，是丹尼用一块小指甲盖大小的金砂跟一个印第安人换来的。

“一只脚你穿得了两只鞋吗？”丹尼把马靴脱给吉姆的时候，很有些不甘。丹尼那天是光着脚走回家去的。

第二天，吉姆就以十块钱的价儿把马靴卖给了烂眼阿贵。

从那以后，芙洛拉就一直没见过丹尼，只是听来旺记喝酒的人说起，丹尼跟人打架，在镇公所里关了两夜，又给放了出来，也不知为的是什么事。芙洛拉想问问他，突然想起丹尼从前说过，有事找他就在门口的树上拴根手绢的话，差点儿就想拴了，最后想想还是作罢了。

白皮女人斜了一眼丹尼，说：“大早上就喝成这样了，什么女人，你都敢吊膀子啊？”

丹尼的舌头有点大，在嘴里行路有些困难。“我早上喝……喝酒，晚上不喝，只管卖酒。怎么就不能，吊这个女人，的膀子？”

裘德咕哝了一句什么东西，两个男人哈哈大笑起来。芙洛拉没听懂，却也猜得出不是句好话，就收拾了空箩筐要往外走。只听见丹尼在她身后说："下回别那么傻，你卖土似的卖给她，她往锅里一……一煮，金子似的卖给……住客。"

这个叫苏珊的白皮女人听了，不以为忤，反而咯咯地笑，挥了挥手叫芙洛拉快走，说："下个星期再来，我多给你一块钱。"

芙洛拉挑着空箩筐，和阿珠几个一起走出了车马店，掏出腰里掖的钱，数出一张两块的给了阿珠，说："收好了，这是你自己的钱，天知地知就行了，用不着告诉卷毛。"

阿珠拿了钱，收在怀里，抬头看天，日头还没有到树梢，还有大把的天光不知如何打发。原本以为要在街头待到晌午的，连中饭吃的糍粑，都裹在粽叶里带在身边了。谁也没想到这么快，就把东西全卖出去了。

"要不，咱俩去番鬼的店里看一眼，有没有那个，你说的，系奶的布？"阿珠看了一眼芙洛拉，犹犹豫豫地问。

屋里很黑。

芙洛拉站定了，就闻到了一股酸腐的味道——那是死人的气味。死人已经抬走半年了，可是气味已经粘在墙壁地板上，刮也刮不清净了。芙洛拉竖起耳朵，听见了一些窸窣的声响，兴许是风从墙缝里丝丝缕缕地钻进来，兴许是阴魂在屋里的某个角落蹑手蹑脚地行走。

可是芙洛拉不怕。

芙洛拉擦着火柴，点燃了一根粗蜡烛，火苗刺啦一声把黑暗撕开了一个口子，声响顿时就安静了下来。她从小就听人说过，每个人生下来头顶上就有一盏灯，活人看不见，阴魂才看得见。命性大的，那灯就光亮。命性小的，那灯就昏暗。鬼魂也欺软怕硬，鬼魂见了灯火光亮的人，就不敢近身。芙洛拉觉得自己头顶上的那盏灯，就跟手里的这根蜡烛一样，风风火火地生着亮，连片影子也没有。她不怕鬼魂，鬼魂怕她。

房子很小，只有一间屋。从横里走过去是六步半，从竖里走过去是十步。跟街尾其他的房子一样，这房子也盖得潦草，薄木片的墙，裂着大大小小的缝，通身找不见一块砖。头顶漏雨，地板踩上去吱扭作响。芙洛拉一脚踩进了一个坑，一团黑乎乎的东西从她脚边嗖嗖地爬了过去，钻进墙角不见了，是饿久了的老鼠。

街尾的房子盖得潦草，是因为街尾的中国人居多不在这里过冬。街尾的中国人大多是单身汉，还没等第一场雪落下来，他们就像天上的大雁一样，收拾了铺盖飞往维多利亚，找暖和热闹之处，好花掉他们口袋里攒了三个季节的金砂钱。等到街边的东洋花（樱花）爆出骨朵的时候，他们就又回到巴克维尔，再早出晚归地把瘪了的口袋重新填满。

可是这间房子，就是等到春暖花开，淘金汉结伙回来的时候，也不会有人住。

因为这里死过人。

死的是一个台山阿伯。阿伯是跟着大儿子来巴克维尔的。大儿子进山里淘金，下雨路滑，从山上摔下来，连块布片也没找着，就不见了。大儿子死后，洪门的人凑了钱，买了张船票要送阿伯回唐山（中国）。可是阿伯还没登船就病倒了。阿伯病了很久，却一直不肯死，他在等二儿子。听说二儿子有个马帮，在维多利亚和鹰谷一带来回送货。洪门的人找了很久，竟没找着这个儿子。阿伯等不住，终于死了。死了还睁着眼睛，怎么也抹不下去。后来有人拿了两个角子盖在上面，才勉强下了葬。明明入了土，却依旧有人在下雨天里看见他坐在门前哭。所以这座房子空了这么久，也没人敢搬进来住。

芙洛拉把蜡烛摆在窗台上，从兜里摸出条手绢铺在地上，就地跪了下来，冲着四壁重重地拜了几拜：

“阿伯，要怨，也只能怨命。你我素不相识，却都是命苦。你没有儿子送葬，我没有爹娘送嫁。你若容我有个栖身之地，相安无事，我每逢清明年节，必给你烧纸拜佛，保佑你在那头安安稳稳，不饿肚子。”

芙洛拉起身看了看四周，心里渐渐就有了数。墙上漏风的地方，熬上糨子糊上厚纸，就能对付一年了。床和饭桌都还在，床上的席子和被褥，下葬的时候一并烧了。她得烧一锅滚烫的水，把床板仔细烫过一回，再带上自己的被褥就行了。炉灶是件大事。炉灶兜火，一屋都暖和。这个炉灶裂了一条大缝，外头的一边塌陷了下去，需要好好修补。小时候她看过村里的人是怎样垒灶补灶的。她要去后院山边挖土过来，混上切成条的芦秆就可以补灶了。这件事她等不到天暖和了，因为土稍一松动她就要开地，开晚了就误一季的收种，她等不起。现在的土虽然硬，她可以打个火把去把地烘软了，再挖。只要一桶泥就够了，心急的淘金汉，有时就是用这个法子在冻土里挖坑的。

芙洛拉的两只眼睛，分成了两处使，一只看着屋里，一只盯着窗外。今天早上给阿珠送绣花线的时候，阿珠告诉她，她的小叔子烂眼阿贵中午就要跟马队去维多利亚了。卷毛有家小，走起来麻烦，就留在巴克维尔镇过冬了。芙洛拉听了，不动声色，却长了个心眼儿。她知道台山阿伯的房子地势高，从街尾往街头走的人，都能落到她的眼里。

果真就看见阿贵挑着一副担子远远地走了过来。

阿贵的担子前边是一套铺盖卷，后边是锅碗杂什。阿贵今天换了一套干净的棉袄棉裤，辫子盘在头上，掖在一顶新毡帽里，脚上穿的是一双大得可以行船的鹿皮马靴。棉裤腿肥，塞不进去靴里，就在靴筒上堆成鼓鼓囊囊的一坨。

芙洛拉一眼就认出是丹尼赌输了的那双靴子。

芙洛拉冲出屋来，正正地堵住了阿贵的路。“猴子穿了皇袍，不认人了？”

阿贵见了鬼似的吃了一惊：“你……你，怎么在这……这鬼屋里？”

芙洛拉不搭理，只是一把揪住了阿贵铺盖卷上的捆绳。

“哪有旧债欠过新年的？你想一走了事是不？你瞒不过我。”

阿贵就来掰芙洛拉的手。芙洛拉是使了蛮力的，阿贵也是使了蛮力的。两股蛮力螳螂斗法似的咬得紧紧的，芙洛拉的指甲把阿贵的手背划破了，渗出一颗黑血珠。

“烂货，那是你自己情愿的，想赖我？你到街面上问问我阿贵怕过谁？连你老公也得让我三分哩。”

芙洛拉倏地松了手，阿贵不防，一个趔趄几乎跌倒。

芙洛拉从怀里掏出一个瓶子，拧开盖头就朝阿贵泼去。

“你要敢赖，我一把烧了你，那是煤油。我一条贱命，赔你正好。”

阿贵看见芙洛拉的鼻孔像两个坟穴般黑洞洞地张着，唇边一圈细茸毛水草似的起伏着，就知道这女人疯了。便后退了几步，哆嗦着嘴唇说：“你再……再啰唆……我找，找吉姆说去，看他……他不一刀把你片了……”

芙洛拉哗地擦亮了一根火柴，高擎在手里：“来不及了，没等你找到他，你已经是一把炭灰了。”

阿贵的脸唰地白了：“别……别，快灭了那鬼火。给就给，值得为那几个钱，弄……弄出两条人命吗？”

说着就放下担子，脱下一只靴子，从鞋底里抽出两张票子，递给芙洛拉。

芙洛拉瞟了一眼那两张散发着烂脚臭的票子，知道是四块钱，就别了脸，不接。

“明码说好的，三回五块。短我一个毫子，明天就是你入土的日子。”

阿贵从鞋底里又抽出一张票子，塞给芙洛拉，骂了一句：“你以为你是皇宫里的娘娘呢？一把贱肉，还要天杀的价。”便飞也似的逃了。

看着阿贵的棉袄一路湿湿地淌着水，芙洛拉忍不住想笑。这个天，那水，怕是没干就结上了冰。活该。

芙洛拉把那个瓶子里剩下的东西，咕咚咕咚地喝了个干净——那是她怕干活儿渴，从家里带出来的温开水。

芙洛拉扔了空瓶子，摸了摸裤腰，那个布包厚厚硬硬的还在，心里就有了底气。

那包里是一沓票子，大的小的都有。她清清楚楚地知道，里头是个什么数，因为她已经数过不知道多少个来回了。

总共是九百六十二块八毫，不算手里的那五块钱。

路终于修到了巴克维尔镇。

虽然是条简陋的路，但毕竟巴克维尔的人，再也不需要单靠马背，一小包一小包地驮送日常所需了。如今巴克维尔通了送货的大马车，从前外边世界零敲碎打地运进来的精彩，现在终于可以整成一个大包，搁在车上像模像样地领进镇里来了。

变化当然总是从街头开始的。

街头有了教堂学堂和剧院。街头乱跑的淘气孩子，终于有了一个去处，虽然依旧淘气，却是眼不见为净的淘气法了。街头的淘金汉子，每天背着工具袋收工的时候，终于在酒吧和饭馆之外的地方，找到了另外一些略略体面些的消遣方式了。街头的番鬼婆娘，也终于有机会把在箱底压了多年的漂亮衣裙，拿出来熨平了，在星期天里穿着走进教堂，一只眼睛看着牧师，另一只眼睛瞟着别家女人的穿着，感叹着时尚不可预测的寿命。

这些变化都是体面的变化。体面的变化是叫人往好里做人的。体面的变化是乏味的，让人抻着脖子地紧张着的。那些在金矿里流了一天臭汗的男人们，却不想总是往好里做人。他们觉得星期天在教堂里做半天好人就够一个星期受用了，其余的日子里，他们宁愿要那种扯了领带的、松松垮垮的、不那么体面的热闹。

于是街头就有了另外一些变化。

这些变化不是那个英国女皇指派的金矿长官带进来的，也不是巴克维尔镇委会带进来的。这些变化跟政客一点关系也没有，全是老百姓自己的闹腾。

最大的变化是从酒馆开始的。这一年街头的几家酒馆从三藩市用马车运来了几个金发碧眼的德国姑娘。这几个英文和街尾的中国人差不多烂的姑娘，不是来巴克维尔替淘金的汉子洗衣做饭的，也不是帮淘金汉的女人们料理家务的，更不是来教淘金汉的孩子们说德国话的。这几个姑娘每天只做两件事：白天昏睡，夜里狂舞。

不，她们跳的不是狐步，也不是华尔兹，那些舞都太古板太体面了，不过瘾。她们跳的，是那种能叫男人把手掌拍裂了，嗓子喊飞了的舞。其实，她们的舞姿分解起来很简单，只有两个动作：旋转和跳跃。旋转的动作是她们自己完成的。在尖锐的胡琴声中她们像陀螺一样地飞转，层层叠叠的布裙旋成一团一团眼花缭乱的云雾。可是跳跃的动作她们却需要别人的帮忙。男人的帮忙。酒喝到七八分的男人气力很大，能把那些女人抛到离天花板很近的地方。据说有一回有个女人在抛跳的时候，撞坏了天花板上挂着的顶灯。胡琴声越来越尖，尖得在耳膜上刮出一片片肉屑。男人们的嗓子，喊得只剩下几条丝。跳得最高的女人和那个把她抛起来的男人，就会得到一杯最上等的威士忌。胡琴手还没把三支曲子拉完，男人和女人已经醉成了一团。

街尾也渐渐有了些变化。风是从街头吹到街尾的，所以街尾的变化总是比街头慢半拍。不过，风在吹的过程中，也会自作主张地变了方向，所以街头的变化传到街尾的时候，常常已经变了味。

从街头吹到街尾的风，是由街尾的孩子带过来的。卷毛和阿珠的儿子华仔，到了年纪，就进了街头的学堂，免不了把街头的新鲜事，学嘴过来传给街尾听。华仔没见过世面，生下来就在猪圈鸡窝烂泥潭里打滚，华仔传过来的话，也就免不了沾带了些泥腥味。

比如街头有了教堂，华仔跟学堂的老师去看过了一回，回来就告诉爹娘，街头盖了个气派好大的菩萨庙。在华仔的眼里，世界上的神仙只有一个名字，都叫菩萨。

又比如街头盖起了皇家剧院，华仔就报告大人，说番鬼造了戏园子，台子大得好跑五匹马，十个关公也舞得开大刀。

街尾的大人听了华仔带过来的话，眼也热，心也烫，也想学着办几件新鲜事，和街头的番鬼比试比试。于是，就有人去三藩市，请来了一个戏班。

戏班很小，只有五个人，一个弹琴，一个吹箫，三个唱戏。白天唱《李后主和小周后》，晚上唱《白娘子许仙》和《六月雪》，一天一换。街尾没有戏院，只是一片空地上支起几根木头，架上几块板，头顶上铺几块油布。日场两个毫子，夜场三个毫子，一唱就是十四天，场场都站了满满一地的人。唱到后来，看的人全会了，台上唱，台下也唱。台上不唱，台下也唱——是哼过门。吉姆的酒馆里，人反而少了。

吉姆生意淡了，倒也不十分在意，因为他的心思，最近在另外一件事情上。吉姆听见街头有了教堂，自己跑过去亲眼看了。堂也是木头盖的，房顶上有个尖顶，尖顶上有个十字架，并不十分起眼。可是到了星期天，老番鬼带着小番鬼，穿戴光鲜人模狗样地来了，把一个屋子坐满了。屋子有了人气，就像宗祠有了香火，就显得气派起来。气派是靠人撑出来的。

可是再有人气，那也是番鬼的堂。巴克维尔的中国人，没有自己的堂。巴克维尔的中国人，不是一个乡来的，姓得杂，口音也杂，没有宗亲会，也没有拜祖宗神灵的地方。年节之日，调停纷争商议大事之时，竟无一个聚会场所。泥不捏成团，成不了器。人不聚到一处，成不了势。洪门的堂，是不能再等了。所以吉姆的心思，这阵子一直在筹款建堂的事上。

酒馆里，今天只有几个客人来买吃的，都是拿荷叶裹了带走的。自从芙洛拉来后，旺记不仅卖酒，也卖叉烧卤鸡烧鸭。今晚戏班演的是《白娘子许仙》，淘金汉子收了工来不及吃饭，就在旺记买了现成的饭食，包了赶去看戏。客人都走了，芙洛拉收拾完了锅灶盘碗，扫了地擦了柜台，坐在凳子上剔牙花。吉姆知道她在等他的一句话，就锁了门去看戏。反正这会儿不会有人来买酒，要买也得等散了戏。

吉姆斜眼看了一眼芙洛拉，今天换了件衣裳，是掐腰的短袄，荷绿色裹了蓝边，腰收得紧，周身看上去倒反更圆润了。那年进镇时的一脸青黄，现在像水洗过了一遍，再也不见了。这个北方婆娘通身上下没有一处不壮实，脚大手大奶大臀大，脸盘嘴巴鼻孔眼睛都是大的，大到了一处，倒不难看。那日她被送进镇来，他第一眼瞅见她，就知道这女人若脸上添上几两肉，就不丑。果真如此。

其实这女人最大的，还是气力。真像一匹纯种的蒙古母马啊，怎么骑怎么踹也折腾不烂。屋外的地、屋里的锅灶，哪样活计都不需他吩咐两遍。连房顶漏雨，她也敢爬到树上去补。

这个女人站着是匹马，躺下也是匹马。他也是马，在还有两条腿的时候。那时候他是一匹能驮得起一座山的马。现在只剩了一条腿，虽然驮不起山了，却还有驮山的雄心。只是躺下去的时候，他再也不是马了，他只是一堆屎。他骑不了她，却又断不了骑她的念想。他只能倒过来求她来骑他，让她骑也是一种痛快啊。那痛快是叫他上了瘾的，试过了就戒不了了。这个女人蛮，只认钱。不过还算公道，拿了钱，就真做事，回回让他痛快得想撞到墙上就死，这个女人有这个本事。他求她，就得用钱，可是世上有哪样痛快是不要钱的？大烟膏不花钱吗？睇戏不花钱吗？喝酒赌钱哪样不花钱？况且他给的，只是二块七毫五一回的价呀。矿皮上随便雇个小工搬石头钻眼，都比这个价高，而且那都是有收工的时候的。可是这个女人除了夜里睡觉闭眼，就永远没有收工的时候。

吉姆从酒柜最里的那个门里，摸出一样物什，扔给芙洛拉。“别在这里装样子了，我知道你心在哪里。”

芙洛拉打开纸包，看着了里面的东西，一时怔住了。吉姆从来没给她买过任何东西，连根针头线脑、一块香胰子都没有过。就犹犹豫豫地看了吉姆一眼，问你不去吗？吉姆骂了一句丢，还要等到许仙真成仙了才走啊？芙洛拉这才把纸包揣在怀里，出了门。

只是这婆娘的肚子怎么总是空瘪的呢？吉姆看着女人的背影，暗想。

他吉姆过了这个年就是四十六岁了。这个岁数在乡下老家是可以做太爷爷的岁数，可是他连当爹的影子还没看到。她年轻得紧，肥乳丰臀的样子，白长了一副下仔的身段。等两天他跟马车去一趟维多利亚，找庄口那个姓周的先生，讨一个方子来叫这个女人喝下去，看肚皮鼓不鼓得起来。

想到这事，吉姆的脑袋就揪成了一团乱线。他冲着女人的脊背喊了一声："戏完了就回来，别整天跟阿珠老鼠嫁女啰唆个没完。"

这天白娘子的戏开场了，演到小青和小白踏青遇到许仙的时候，芙洛拉才进来，阿珠已经把脖子都等直了。芙洛拉一进来，众人不看台上了，都扭过脸来看她。原来芙洛拉的头上，戴了一顶黑呢帽子，窄檐，帽筒四周贴了一圈花，花正中有两根山鸡毛，一根红，一根蓝——那是街头番鬼女人才戴的帽子啊。

众人哄哄地笑，冲着随后进来的吉姆喊："阿吉姆，你老婆咋成大洋马哩？"

吉姆呸地吐了一口痰，说："我好歹有匹马哩，你有啥？马毛也没有一根。"

阿珠挤过来，左看右看地把芙洛拉浑身看得长出细毛毛来，半晌，才叹了一口气："这怕不是本地的货吧？麦肯色太太的店铺里，没有这样好看的。卷毛可舍不得给我买。"

芙洛拉哼了一声，心想阿珠真是眼界浅，一顶帽子也值得这样大惊小怪。这种款式的帽子，几年以前她就见过了，在照片里。

她走了好远的水路，从一个船埠头到另一个船埠头，像一只藤箱一样，被人从一双手里递到另一双手里。岸上的人说的话，她越来越听不懂了，穿的衣裳，款式也越来越古怪。她知道，她离顺阳村是越来越远了。

这会儿家里，那些土豆该下种了吧？

但愿都是些长不出芽的死种。就是长出芽了，也得活活旱死。就算是有雨，长出来的也都得叫田鼠掏光。就是没掏光，剩下的也都有毒，叫人吃了不得好……想到这里小河突然哆嗦了一下——一辈子长到这么大，她还从来没对谁起过这么歹毒的咒。

到最后一个埠头的时候，她听见有人说上海到了。她不知道上海在什么地盘上，从船舱里望出去，只见码头上车马人流灯火，又比先前的几个埠头多出了许多，便猜想是个大地方。

领她的老婆子一路上没跟她说过一句话，就是说了她也听不懂。上岸之前老婆子掏出胭脂粉盒，给她搽脸。又用小拇指蘸着胭脂膏，把她的嘴唇涂成猩红的两片，上唇就着她本来的形状，下唇只是指尖大小的一个圆点。她朝老婆子手上的小圆镜看了一眼，模模糊糊的，只觉得她的样子很像过年庙会里踩高跷的那些女人，便忍不住想笑。

下了船，一个脸上有疤的男人来接她们两个。老婆子小脚，走得慢，三个人一直走到天黑尽了，才拐进了一条小巷。刚拐进小巷，小河的眼睛就被烫着了——一排火红的灯笼，狮子滚球似的滚过来，照出巷底一处十分体面的庭院。

三人进了庭院，门童出来，放了脸上有疤的男人进去，却叫老婆子和小河在门厅里等。小河坐在石凳上，等着等着，就打了一个盹儿。被老婆子掐了一把，就看见院子里走出几个和她一样脸上搽得红红白白的年轻女子，只是她们身上穿的，可不是她身上的货色。那料子、那颜色，是叫她说也说不清楚的那种好看。她以为在做梦，想想又不是。她一辈子没出过远门，就是做梦，梦的也是顺阳村方圆十里的事，她做不出这样的梦来。

后来，她又看见其中的一个女子，挽着一个戴着礼帽的男人的手，到了二楼。二楼正中的那个房间，响起了一阵叮叮咚咚的声音。过了一会儿，小河才明白过来那是琴声。那琴声太像水声了，从小河的耳朵里灌进来，一路窸窸窣窣地流过小河的心尖尖，小河突然很想小解，却不敢问茅房在哪里。

戴礼帽的男人从窗口探出头来，已经脱了帽子。刺啦一声窗帘拉上了，琴声戛然而止，屋里的灯灭了，窗帘在簌簌发抖。

小河突然明白了，这是个什么地方。

窗帘后面的事，她虽然没有经受过，却也大致猜得出来。家里公鸡追着母鸡满院跑，田埂上公狗爬在母狗后背，她很小就见过了。即使还有不懂的地方，田头歇工吃饭的男人，也早把她不该听的话说得明明白白了。

只是这是一群不情愿被公鸡追、被公狗骑的母鸡母狗，为了嘴里的那份食，只得扭着心性忍受了。

这事，能比蚂蟥断在腿里的滋味还难忍吗？小河问自己。

疤脸男人终于出来了，招手叫她们进屋。

屋里是全套的梨木雕花家私，太师椅、茶几、脚踏，神龛里供的不知是哪位神明。这都是小河后来的模糊回忆。其实在当时，小河啥也没看见，只看见了太师椅上坐的那个女人。那个女人手里端着一个小茶盅，用一把银勺子慢条斯理地搅动着，那模样仿佛是在陈年的米里挑着米虫。女人没看小河，也没说话，可是女人鼻孔里呼出来的气，就叫小河一下子低到了泥尘里。

“多大岁数？”

女人从茶盅里抬起头来，氤氲的热气蒸得女人两个颧骨红红粉粉的。

“十五。”

不等小河说话，老婆子就抢过了话头。小河想说过年就十八了，可是婆子拽了拽她的衣襟，她只好住了嘴。

“属什么？”

女人撇开老婆子，问小河。女人说话时，露出了嘴里的一颗金牙。这颗金牙包在左边嘴角，不扯大了嘴是看不见的。女人说话声音不大，嘴却扯得很开，小河一眼就看见了左角那一小团灿灿的金黄。

“兔，玉兔。”小河说。

女人的眉毛挑了一挑。

“叫什么名字？”

“刘小河。”

这回老婆子没有替小河说话，因为婆子压根不知道小河的名字。

“几月生的？”

“六月初八。”

金牙女人终于把盅里的东西喝完了，站起身来，走到小河身边，捏了捏小河的肩胛、胳膊、腿，还有臀上的肉。捏完了，又撩起小河的衣襟，把拇指和食指张成一把尺子，来量小河的胯骨。小河穿得单薄，一下子觉出了女人手上还没有退尽的老茧皮，在她的皮肉上粗草纸似的擦刮着。

原来，这个女人在裹上绫罗、包上金牙之前，也是个劳作的人。

小河一下子有了胆量。

“我身体壮实得紧，插秧绣花田里家里没有一样干不了。我伺候你，粗的细的就随你吩咐。”

金牙女人欠身揪起小河的宽裤腿，查看小河的脚。小河的鞋底快磨穿了，鞋面上沾着船上的鱼鳞和鼻涕。女人抽了抽鼻子，冲门外喊了一声“五婶”，就有一个下人模样的女人颠颠地跑进来，带她去了后屋。

这个叫五婶的女人关起门来，在地上倒了一碗灶灰，叫她脱了裤子蹲在灰上。五婶把手绢的角卷成一条细绳，往她鼻孔里一通，她惊天动地地打了个喷嚏。一路紧憋着的肚皮就不听她管了，尿流了一地。

五婶大骂了一声蠢猪，就拿扫帚把那团湿了的灰扫了，又在旁边倒了另外一团，依旧叫她蹲下。五婶的细绳捅进她另外一只鼻孔，这回，通了几次她才又打了个喷嚏。

五婶这回倒没骂她，只叫她起来穿裤子，自己却蹲在地上仔仔细细地查看那团灰。看过了，就领她回到正屋，在金牙女人耳边说了一句什么话。金牙女人嗯了一声，从兜里掏出一把钥匙，开了茶几上的一个小屉斗，数出几个银圆，交给疤脸男人。

疤脸男人掂了一掂重量，就喊了起来：“这一路的行程呢？我不挣钱，也不能叫我赔了啊。”

金牙女人端起茶盅，嘭的一声砸在茶几上，说：“谁敢在我这里放肆？”疤脸男人立刻噤了声，只是站着不走，脸色难看得紧。

金牙女人懒洋洋地又数出一个银圆，当啷一声扔在地上，朝上面吐了一口唾沫。

“做粗活还嫌太粗的人，你敢来讨娘娘的身价？再多要一个毫子，立马领人回去。”

疤脸男人不说话，半晌，才蹲下身去捡了银圆，拿衣襟擦了上面的唾沫，灰头灰脸地领着老婆子走了。

小河看见疤脸男人的狼狈相，嘴角禁不住扯了一扯。金牙女人喝了一声：“没见过你这样没心没肺的人，还敢笑，就跟是别人的事似的。”

女人的这声喝，像是一把剪子挑开了小河嘴巴上的绳子，小河再也忍不住，咕咕地笑得一身乱颤。半晌，终于把那个笑劲发作过去了，才听见那个女人叹了一口气。

“你前世修来的好命，有人出了天价要买你去金山。指明了就是你这样的大脚娘，长得喜庆，身体壮能生仔，没叫男人碰过的。人家批过八字了，就要六月生的兔。”

“金山？在哪个地盘？”小河疑疑惑惑地问金牙女人。

“很远，皇上也管不着的地盘。”金牙女人说。

从那天起，小河就在金牙女人身边住下，一边等着去金山的船期，一边听金牙女人教她识字，讲英文，讲广东话，学习关于金山的一切。

楼梯响时，吉姆正在磨刀。

吉姆隔三岔五磨刀，可是今天的磨法，又跟平常不同。

今天吉姆磨一把，就往墙上挂一把，已经挂了大半面墙了。正中间的那把，是最大的一把，是他在三藩市淘金的时候，砍树搭帐篷用的。他也用这把刀砍死过那个占了他地盘的番鬼。刀刃上卷起来小小的一块，怎么也磨不平服了——那是刀刃和那个番鬼的骨头撞击出来的印记。那个番鬼也是条硬汉啊，骨头竟比那些在山上长了不知多少年月的红杉树干还要硬。刀砍在那人的颈上，刀软了，人的魂就留在了刀上。直到今天，好几年过去了，要是有阵子他没磨刀，这把刀就要在箱子里发出嗡嗡的声响。番鬼的魂在刀匣子里待腻味了，思念外头的热闹了，在招他来放他的风呢。

吉姆不用回头，也知道是芙洛拉下楼了。女人的大脚朝外翻斜，走起路来，外脚板咚咚地砍着地，声响藏也藏不住。女人每天都起得那么早，赶在鸡前头把他吵醒了。可是女人今天起床了，喂完了猪狗鸡鸭，突然又回了楼上，半天才下来。

“丢你老母，天天起得这么早。你不睡，天底下的人还要睡呢，你盼我死啊？”

女人下了楼梯，却没有响动。通常这个时候，是女人系上围裙，在案板上咚咚地剁菜剁肉，准备中午晚上的饭食的时候。吉姆有点奇怪，回头一看，不禁怔了一怔。

芙洛拉今天换了一套洗得发白了的蓝布斜襟大褂和宽腿布裤，手里挽了一个灰布包袱。鬓角上的那朵粉珠花不见了，只剩了裸裸的一个髻子，完全是当年进镇时的装扮。

“什么衰样子，叫人笑出屎来？”吉姆骂了一句。

芙洛拉不回话，却放下包袱，朝吉姆走过来。走到紧跟前，又停住了，手抖了一抖，突然抓住了吉姆的袖子，把他引到了烟榻上。还没容他明白过来，他的裤带已经松了，女人的手，抓住了他裤裆里的那样东西。

吉姆吃了一大惊。自从这个女人进门以来，哪一次不是打，就是先把钱拿出来哄，才肯跟他做这件事的？吉姆想退身，女人不肯，裆下这块东西在女人手里渐渐地就有些不听他使唤起来。他用肘子狠狠地朝芙洛拉心窝里一杵，女人哎哟一声松了手，手捂在了心口。

明天是洪门会堂奠基的日子，吉时早已择好，念佛的人也下了定金，祭拜关公的乳猪正在卷毛的大烤炉里慢慢地变得焦黄。他和主事的男人们都交代过了，两日之内都要净身祭祖，不得近女色，所以昨天晚上，他就是在楼下睡的。祖宗灵牌在老家乡下，他祭不得祖。可是他家祖祖辈辈是锻刀的铁匠，他箱子里，就有几样他从老家带出来的祖传宝刀。祭刀，也就算是祭祖的意思了。

芙洛拉喘了会儿气，才终于把心口那块尖锐的疼咽了下去。站起身来，从裤腰里摸出一个厚厚的布包，扔给吉姆。

那是一包票子，不知在多少人手里数过的，脏得卷起了毛边，却叠得整整齐齐，下面是大票，上面是零头。

“不用数了，是两千一百八十块。两千块是买我的价，剩下的是来金山的船票，还有雇马夫送我进镇的花销，一个毫子不短你的。”

过了半晌，吉姆才醒悟过来女人在说什么。

这个女人从进他家门的第一天起，从被他逼着第一回做那件事情起，就在一分一厘地从他手里抠着钱。原来就是为了有朝一日能够把这个布包扔到他跟前，一小块一小块地把她自己赎回来。

这个女人已经盘算了他多久？女人刚才的亲热，原来是赐给等着砍头的死囚的那杯上路酒呢。

吉姆的呼吸重了起来，重得仿佛鼻孔里塞了半穴的泥土。吉姆手里磨的是一把小尖刀，那是杀猪的时候用来挑剥猪心猪肺的刀。挑得了猪心猪肺，就能挑得了别的心别的肺。吉姆的手颤了一颤，磨刀石的泥浆在他的脚面上溅出了一团灰迹。

可是他要女人的心、女人的肺做什么呢？那物件解得了他一时的气，却解不了他一世的气。能解他一世气的，不是这个女人的心，也不是这个女人的肺，却是这个女人的身子，那个能叫他不知生死忘了岁数的身子啊。

吉姆的呼吸慢慢地轻稳了下来。他把那卷票子包回到布包里，放到女人脚边。

“你卖菜给人，菜都下锅煮熟，吃进了肚子，还要退货，有这样的道理吗？你爹娘就是都死尽了，也还总有人教过你这个道理吧？”

吉姆不看女人，依旧霍霍地磨着手里的刀。

“我看过卖身契的，不是死契。只要不是死契，就可以赎。你是洪门的头儿，你做事不照规矩，说话没人听。”

女人的话一点都不硬，可是却像一根细软的狗尾草，捅着了吉姆心头的一根麻筋。吉姆半天说不得话。

当然，吉姆还是想出了话。

“那年是什么价？现在是什么价？你能涨工钱，还不许我涨赎价？你讲给天下人听，也是这个理。”

“那你，说个价。”

“三千，一个毫子也不少。”

芙洛拉咬了咬牙：“三千就三千，立秋之前给你。”

吉姆不回话，只是手下的气力又重了几分，脖子上的青筋，一隐一现，像蚯蚓在犁田。

“那时再说那时的价。”吉姆说。

芙洛拉咚的一声坐到了烟榻上。她终于明白了，她是水，吉姆是船。她的水就是涨到天上去，也漫不过他的船。

他是，永远不会放你走的。

芙洛拉突然想起了旧年在河边，番鬼丹尼对她说过的一句话。

芙洛拉收起布包，走出了门。屋外日头正好，东洋花开得一街红粉。山醒了，在雪中捂了几个月的身子，初见日头，发出些嘤嘤嗡嗡的欢喜——那是淘金汉子挖石洗砂的声响。威廉姆斯河老实了一个冬天，这回也醒了。风把水一小朵一小朵地撩拨在石头上，石头沾了水，立刻也活了，每一片褶皱里都含了风情万种的笑意。

芙洛拉从兜里掏出一条手绢，绑在了门前那棵枫树最显眼的枝干上。

丹尼的手指刚捻上这张牌，就知道它又来了。

这张牌的左下角，有一条比头发丝粗不了多少的凸痕，那是被茶水湿过又阴干了的印记。这样细的凸痕，眼睛粗粗一看是看不出来的，但丹尼的手指一碰就知道了。

翻开来，果真是那张红桃女王。

这个晚上，这张牌已经来了三次，每一次都叫他把心提到天堂，又掉进地狱。

赌牌的人，只有七个，围看的，就多了，黑压压地站了一屋。都抽烟，有从印第安人那里买的土烟，也有从维多利亚带进来的洋烟，也有自制的烟丝卷，一屋灰雾腾腾，像熏黄鼠狼。早来的，已经看了一整个晚上了。晚来的，也站了半个时辰了。都看得心惊肉跳，却没有人敢哼一个字。吉姆昨天就发过狠话了：谁敢说话，就剁指头。说几句，剁几根。

从那年吉姆随口叫丹尼进来喝喜酒起，丹尼时不时就会进旺记来坐一坐，有时喝一杯就走，有时坐一两个时辰。丹尼在自己的酒馆里待腻了，跟伙计交代一声，就溜出门来。丹尼在街头的任何一家酒馆里喝酒，都能被人找着。找他的，无非是一些鸡零狗碎的麻烦事。缠得他实在心烦的时候，他就溜进旺记。除了裘德，一整个街头没人知道他会在街尾和那群中国人厮混。

来旺记喝酒的人，从前只晓得玩番摊和牌九。得克萨斯纸牌是街头番鬼的玩意儿，丹尼把这种赌法带进了街尾。街尾的人很快就学会了。街尾的人不会的时候，就是不会。街尾的人一旦学会了，街头的人就不是对手了。

丹尼一连两天都在旺记。昨天输得很惨，输了两千块钱。今天来，原想是替昨天扳回一个脸面的，一个人总不能在一条河里淹死两回。可是偏偏就是在一条河里，他落了两回水。今天的凳子还没有坐热的时候，他已经把口袋里的一千五百块钱全部输光了。

旺记的人，赌番摊牌九，一晚上输个一百两百的，就是天大的一场热闹了。没人见过这样的阵势。这个阵势对没见过多少世面的街尾人来说，就是戳破天的热闹了。从前戏班来唱戏的热闹，跟这个比，就是拿跳蚤跟牛比了。

旺记的人很快就意识到，真正的热闹，是丹尼把口袋里的最后一个子儿都掏没了的时候，才正式开场的。

现在丹尼放在牌桌上的，是一块怀表。

这只表的表壳表链都是纯金的。巴克维尔镇的人，虽然天天跟金砂打交道，可见到这么大一坨的金子，还是稀罕的。但真正叫围看的人稀罕的，还不是金子。丹尼的拇指轻轻一抠，表壳弹起来，露出了表面上小指甲盖大小的一颗绿珠子。那是一颗货真价实的一流祖母绿宝石，是丹尼的爷爷当年在非洲探险时得来的宝物。围看的人知道是样好货，却不知道好到什么样的地步。识货的，只有吉姆。吉姆在三藩市那几年，把什么宝石都见过了。吉姆从酒柜里拿出平日看金砂的放大镜，把表放到煤气灯下翻过来转过去地看，眉毛往上抖了一抖，就没有再落回去。众人就明白这是一样绝世的宝物了。

已经下过三轮注了。桌上的那五位，手里的牌凑不齐，都已经放弃了，剩下的只有丹尼和吉姆。

芙洛拉站在柜台后面，一遍一遍地洗着洗过了无数遍的酒杯，心一个晚上都没待在腔子里。她的心一直高高地紧紧地吊在耳朵尖上，听着男人堆里的一响一动。

自从她在树上拴了那条手绢，她就在等着丹尼来。丹尼是过了两天才来的，却只字不提手绢的事。岂止是不提手绢的事，连眼睛都没朝她看过一眼，进门就在牌桌上坐了下来。昨晚是玩到发了情的疯狗都回窝睡觉的时候才回家的。昨晚他走时，她在门口站着，拿她的眼睛去勾他的。他却绕开她走了，仿佛她是一堆挡在他鞋边的屎。她糊涂了，不知道他到底是来喝酒赌牌的，还是看见了她的手绢才来的。他走到门口的时候，回头说了一句话："明天等我。"这话是说给吉姆听的，跟她无关。

今天果真又来了。天还没黑透，山上的淘金汉还没全回家的时候，他就来了。第一圈就开始输，输到现在。芙洛拉看见他一张一张地抽着票子，把裤兜终于抽瘪了，最后押上了那块怀表的时候，就知道这个男人的脑壳真的进屎了。

芙洛拉端了两杯茶，钻过厚厚的人群，往牌桌上重重地一放。茶水溅出来，在牌桌上洇出一朵黑花。"喝杯茶，醒醒脑子再玩。"

吉姆和丹尼眼睛都没有抬一下。

"看耍猴啊？光站着，不买酒，生意怎么做？"芙洛拉转过身来，对着人群嚷道。

没有人搭理她。芙洛拉的话像一阵轻风刮在一堵无缝的石板墙上，连个回声也没有。这场戏太精彩、太热闹了，谁都舍不得眨眼睛，生怕漏过金锣铜钹骤然敲响的那一刻。

"闭嘴，搅了我的牌炖了你吃。"吉姆冲着芙洛拉喊了一声，女人噤了声。

吉姆从怀里掏出一沓票子，摔在桌子上："两千。"

众人不约而同地哦了一声，仿佛鞋子里钻进了一条刺毛毛虫。那个丹尼虽然输得比这个数还要大，但却是一圈一圈输下来的，没有人一次下过这么大的注。这个数，是巴克维尔金矿里一个小工两头不见天，一泡尿也来不及撒，死死地干满几年才攒得上的钱啊。

“阿吉姆，玩大了，见好就收吧。”

有个新惠人开口说话了。一屋人里，只有这人比吉姆大一个辈分，所以只有他敢劝他。

丹尼倏地站了起来，冷笑了一声：“吉姆你是见过世面的人，不会无知到这个地步吧？把你的酒馆都押上，也不够这颗珠子的一半呢。”

众人看见吉姆的眼睛睁裂了，流出了两汪红水。

“酒馆就酒馆。”吉姆扯着丹尼的袖子，把他按回在凳子上。

丹尼不说话，却从裤兜里捻出一根雪茄。旺记的人闻不得雪茄的辣臭，都喀喀地咳嗽了起来。

“再加上，那个人。”

丹尼抬手，闲闲地指了指柜台后面的芙洛拉。

众人咳了一半的嘴，就没有再合回去，这才明白，他们先前看的热闹，不过是催场的锣鼓、串场的龙套，正剧到这时才开演呢。

嘎啦一声，装载着世界的那副风火轮突然停了下来，芙洛拉耳朵的那扇门关上了。屋里的声音都还在，嘤嘤嗡嗡的，却听不真，像是煮成了烂粥的米，没有形状，分不清颗粒了。他看见了。这个丹尼，早就看见她拴在树上的手绢了。他是为她来的。他没和她商量，是怕她沉不住气，半途坏了他的事。

众人看见吉姆眼里流出的那两汪红水，在他的颧骨上烧出了一排燎泡。吉姆的额头上，鼓出了一个乌溜溜的大包。

“那人就那人。”吉姆咬了咬牙说。

这两个晚上，他的手气出了奇地好，不管谁是对家，他从头赢到尾。他知道他是疯了，可还疯得有几分道理。

丹尼手里的窝牌，一张是红桃九，一张是红桃女王。吉姆手里的窝牌，一张是梅花皇帝，一张是黑桃皇帝。桌上的三张悬牌是红桃十、梅花九、方块皇帝。第二轮后的转牌是一张红桃丁钩。吉姆和丹尼都在等一张牌，丹尼等的是一张红桃皇帝——那是一组同花顺子。吉姆等的是任何花色的九或十——那是一组三带两。丹尼等的只能是一张牌，而吉姆等的却是两张牌中的任意一张，吉姆的机缘比丹尼大了一倍。当然，丹尼当时并不知道。

这张牌是门，不是通往天堂就是通往地狱。丹尼和吉姆的手，都已经汗津津地捏上了门把，再也没有退路了。

一屋的人大气都不敢出。芙洛拉停了手，洗碗布嗒嗒地滴着水，声音响得惊天动地。发牌的人翻开了手里的最后那张和牌。那张牌才翻到一半的时候，屋里的人已经尖声狂叫了起来，房顶裂了，天漏了进来。

丹尼闭上了眼睛。

地陷下去了，他掉到了最深的那层深渊里。他再也爬不出那无底的黑暗了。他输掉的钱里，有两千块是从裘德老婆苏珊手里偷偷挪借出来的。那是旅店的进账，他说好了两天之内就还。还有那块怀表，那是他离家之前，他父亲亲自交到他手里的。他生性不安定，从前在家待腻了的时候，也离家出走过，不过都在近处，少则几天，多则几个月，就会回来的。可是这一回，他是走过一汪大洋，到了一块连石头都还没有被人脚煨热的蛮荒之地。他父亲知道他这回走得很久很远，怕他赶不及回来送他的终了，所以才把这件传家之宝送给了他。那块表是把他的心拴在苏格兰老家的绳索，没了这根绳索，他就是个再也不肯回头的浪子了。

苏格兰哦，苏格兰，他怕是再也没脸回去了。丹尼对自己说。

也不知道过了多久，兴许是几秒钟，兴许是一分钟，兴许是十分钟，有人晃了晃他的肩膀。他睁开眼睛，看见牌桌对过，坐着一个陌生人。那人的头发全白了，额上的皱纹深得像刀，眼光落上去就给割出血来。脑门的一颗痣上，吊着一根毛，那根毛颤颤巍巍的，像在叹气，也像在哭。

过了一会儿，丹尼才认出来，那人是吉姆。

桌子上翻开的那张牌，原来是红桃皇帝。

赢家是他，不是吉姆。

丹尼觉得一身的骨头突然散了架，再也撑不起五脏六腑和脑袋。他一堆屎一样地瘫在了凳子上。

“你的酒馆我不要了，给我两千块钱。收拾收拾，明天我来，领人。”

丹尼听见自己气若游丝似的说。

咣当。

那是楼下看热闹的人散尽了，吉姆关门上闩的声音。

咚噗咚噗。

那是吉姆上楼的声音。

吉姆上个月去了一趟维多利亚，回来时就多了一条假腿。吉姆现在不用拄拐杖走路了，脚步声也变了，一声软一声硬。硬的那声是木腿在敲打着地板，软的那声是肉腿被木腿拽着在地上拖过的声响。

芙洛拉坐在被窝里，身上套了一件宽大的布衫。布衫没有系纽扣，被她虚虚地掖着。布衫只是个幌子，里面什么也没穿，连一件肚兜也没有。被子里的那下半截身子，也是光的。

一，二，三，四……

芙洛拉在数着吉姆的脚步。响到九下的时候，楼梯就走完了。

她知道他今天晚上不会放过她。她知是知道了，却不知道害怕。她想起了有人曾经说过她的话。其实，她不是不怕，而是没工夫怕。兵来将挡，水来土掩。兵和水就在门外了，她只能在最快的时间里，把她的将和土捏变出来。

她清楚他。他生气的时候是一阵粗粗的直直的风，迎着人飞过来，像刀子也像鞭子，是要活活刮一层皮的。躲是躲不过去的，她只能在他的那股风里挖一个细洞，钻进去把那股风的芯子掏空。芯子空了，风就没了劲道。

她知道怎么样来掏空他。在上海等待金山船期的时候，她学会了许许多多的招数。吉姆是个银样镴枪头，平日对付他，随便使出一招就够了。年数多了，她就把那些复杂的招数渐渐淡忘了。可是今天不行。今天她得打起十二万分的小心。她要以最快的速度让他软下来。他一软，就要倒下睡觉。他一睡就是天亮了。而她就可以趁着他打鼾的空隙里，把她早就准备好的物件带在身上，坐在楼下门里等着日头把窗户舔白。

天一亮，她就平安了。巴克维尔镇的人，有抢占别人地皮的，有放狗咬邻家篱笆的，有在砂石堆里埋几块小金砂充好矿皮，转手卖给不识货的人的。巴克维尔的人什么偷鸡摸狗没屁眼的事都做，可是唯独不赖赌债。若有人赖了赌债，不管是街头还是街尾的，都别想在巴克维尔做人了。

带走的东西很少，只有一个包袱和一个小木箱子。包袱里是几件换洗的衣裳，木箱里是一把剪子，一个竹听筒，还有几个装着碎草药的罐子——那是她随身带的药箱子。这几样东西，她早在攒完了两千块赎身的钱时，就已经收拾妥帖了，只是后来没走成，又打了开来。

七，八，九。

脚步终于在门前停了下来。门是虚掩着的，轻轻一推就开。可是他没有推。

她知道他就站在门外，隔着门她都能听见他鼻孔里的气，喘得比圈里关着的猪还响。

吉姆？

她轻轻地叫他一声。

他不回应。

她有些心慌起来，只好胡乱地套上裤子，趿上鞋子走了出去。昏暗中她绊在了一样东西上，膝盖一软，就摔了，原来是他团成一团蹲在门后。木腿弯不过来，横放在地上，叫她绊上了。

她正正地摔在了他的怀中。他不扶她，也不推她，由着她歪歪地靠在他身上。她憋了一会儿气，到底也憋不住，鼻子一松，就闻见他嘴里一股差点儿让她翻个跟头的酒气和馊味。

“什么时候，和那个番鬼，盘算好了的？”

他终于站了起来。她也想站，却站不得了，因为她觉出了脖子后一片尖锐的冰凉。她知道那是刀，一把新磨的，吹根头发上去也沾不住的刀。

她知道，此刻她的性命，就是那根吹往刀刃上的头发。来不及了，她来不及找出一个下嘴的地方，吸吮他滔天的怒气了。她默默地念叨了一声：“苍天，列祖列宗……”念叨了一半她突然顿住了。

呸，她是从石头缝里钻出来的，没根没基的人，活着也好，死了也罢，都没有人牵挂。她没有祖宗可以烧香祭拜，她也不用指望祖宗来挡她的灾祸。

“随你怎么想，杀了我吧，我也活腻味了。”她哼了一声，恨恨地说。

他没想到是这么一个回答——他是期待她来跟他讨饶的。他愣了一愣，就揪着她的衣领，把她往屋里拖去。自从他装上了假腿，脚站定了，就长了些气力。她比他高壮了许多，这会儿他揪她，却跟老鹰拖鸡似的容易。

他把她掼在床上，她虚掩着的布衫散开了，露出一团日头舔不着的细软。她听见他的喉咙口咕噜了一声，刀当啷一声落在地上。

她知道，她找到下嘴的时机了。

“让我……好好伺候你……一回。”她听见自己颤颤地说了一句话。

她翻过身来，骑在了他身上，开始下嘴。当然，她的嘴并不真的是她的嘴。她的嘴，其实是她的手。那天她的手里长出了无数张尖细的小嘴，在他身上啄出了一个又一个的洞，从洞里吸吮着他的精血气力。她知道他在抗她，他的牙齿咬得一屋都听得见，腮帮子鼓出一块一块的肉疙瘩。可是想抗她的只是他的脑袋，却不是他的身子。他的脑袋管不了他的身子。他的脑袋一遍又一遍地嘱咐他，千万别软给这个女人。他的身子却脱离了他的脑袋，自行其是地跟着她的手走。她的手走到哪里，他的身子就软到哪里。

她很快就把他吸空了。他空了的身子像是一条被撒了盐的蚂蟥，扁平地小小地瘫软在一堆虚汗里。

她撩起他的布衫擦干了身子，就开始窸窸窣窣地穿衣服。

“叫金牙阿婶再买一个来，给你生个儿子，养老送终。”

她伏在床沿上穿袜子，突然听见身后呼的一声响动，只觉得脸上被掴了一掌。那一掌有些奇怪，劲道很足，不疼，却是辣辣的麻。疼是后来的事。

她觉得肩膀上有些湿，也有些烫。她摸了一下，是黏的。

她闻到了血腥味。

她咚的一声栽倒在地上。一团湿暖糊上了她的眼睛。天花板渐渐地变了颜色。墙角上挂着的那盏煤气灯，呼地腾得贼亮，灯罩是红的，灯芯更红，红得像一粒烧得正旺的炭火。墙上出现了一个人影，也是红的。红人影手里捏着一把红刀，红刀尖上滴淌着红水。嗒、嗒、嗒，敲在她心上比打更的梆声还响。

“明天就去伺候那个番鬼了，给你脸上留个记号，叫他知道你是我骑过的马。”红人影说话了。芙洛拉觉得，那话也有颜色，是红的。

“丢你老母，是我，骑你……”

芙洛拉想说。这话在心里的时候，是一匹精壮的马，气力粗得很。可是爬着爬着，就把气力爬瘦了，最后竟没有爬出喉咙口。她知道她的气力正跟着她身上的血，一滴一滴地越走越稀了。她得赶紧抓住气力的尾巴，千万不能松手啊。

她挣扎着跪起一条腿，满地摸索着，找她的包袱，和包袱旁边的那个小木箱。木箱里有捣烂了的鲜老鼠耳叶，那是阿妈教给她的止血方子。

突然，煤气灯里的那粒炭火灭了，天花板变黑了，窗变黑了。她伸出手来，却什么也看不见。她明白了，她快捉不住，气力的最后一截尾巴了。

当的一声，一样东西踢到了她的手边。她摸了一下，是她的药箱。

黑暗中，她听见有人从牙缝里逼出一句话。

“千人骑的婊子！”

芙洛拉突然就凉了下来。

是那只手。

就是那只手。

她不知道在这里躺了多久了。床是台山阿伯死前睡过的，当然铺的不是那层草了。她铺了这么多层干草，还是硬。草是这几个月里她一点一点老鼠偷食似的衔过来，放在这里的。她觉得她衔过了一座山，用的时候，依旧嫌少。

疼啊，真疼。

疼像是一只尖嘴猴腮的鸟儿，一扯一扯地钩啄着她脸上的肉。每钩扯一下，她的心就缩一块。缩到这会儿，心已经缩得成了一粒小蚕豆。

她知道，啄她的鸟儿也饿了。这时要是能有一碗热汤面，哪怕只放一把葱花，把鸟儿喂饱了，鸟儿就懈怠了，不再那么狠命地啄她了。鸟儿睡了，她就能睡了。水缸和米缸都是空的，甚至连洋火她都没有带过来。她已经准备了这么久，可是事到临头，还是捉襟见肘。

其实，刚开始的时候，还不是疼，只是热，疼是后来才渐渐地冒出来的。开始时她觉得她正躺在一条被日头晒了七七四十九天的田埂上，从脚指头到头发丝都在冒烟。谁要是拿根洋火在她身上擦一下，她一定能腾的一声烧成一根火棍。她听见她的毛孔咧开一张张小嘴，一口一口地吐着汗。汗在她的身子上滋滋生响，像热锅底上的水珠子。

后来，有一只手，搭上了她的额。那手真凉，不，真冰啊，冰得她的牙齿咯地磕了一下。她猛一睁眼，没有人，屋里黑洞洞的，只有灯芯草上的那点黄火苗子，颤颤地抖了一抖。她倏地坐起来，只觉得屋子轰的一声塌在了她身上，天裂了，掉出好几个日头。日头跟日头撞来撞去，迸出一地的火星子。

她知道那是她的脑壳子在发晕。她咚地摔回到床上，心跳得一屋都听得见。

“阿弥陀佛，救苦救难，观世音菩萨……”她在心里磕了一个头。

“台山阿伯，你走你的路，我答应过，给你烧纸，一定会的……”

鸡叫了。芙洛拉的心定了下来。小时候听村里人说过，鸡一叫，那不该在屋里的东西，就该回去了。

自从她来到巴克维尔镇，还是头一回，她让鸡赶在了她前头起身。那啼声，像是从她的鸡窝里发出来的。她的鸡这时恐怕已经在隔夜的鸡屎上踩来踩去地等着她开门了。猪听见鸡啼，一定也醒了，仰着脑壳子拱着尖鼻子等在猪圈门口了。她屋后的那片菜地，今天本该上第二遍肥了。想到这里，她突然咧嘴笑了一笑。颊上的鸟儿狠狠地啄了她一下，啄得她的心又缩了一缩。

那鸡不是她的鸡，那猪也不是她的猪了。那菜地，那片她一寸一寸地开出来的荒地，也不是她的地了。是的时候，她做梦都想扔了就走。可真扔了的时候，她怎么就没有先前想的那种痛快了呢？

其实，她知道，她身上那游丝一样的几两气力，还是够撑着她起来，病狗一样地贴在地上，爬过那条泥泞的窄街，爬上那几级破烂的台阶，爬到旺记酒馆的门前，讨半碗米粥喝的。可是没用。就算是她把自己的脸皮撕下来扔在吉姆脚边，再吐上一口唾沫，他也不会给她开门了。

旺记的门算是对她关上了。岂止是旺记，就是整个街尾，也不知还有没有人会给她开门了。

在街尾人的眼里，她是和番鬼串通好了盘算亲夫的人。串通不紧要，盘算也不紧要，紧要的是和番鬼。和番鬼在一处，那就是跟撬祖坟、烧祖宗灵牌一样的事。她只有一张嘴，怎么辩得过街尾的百十张嘴？其实又哪只那百十张嘴，街尾还有上下五代十代人的嘴，跟在街尾人的嘴后头，像树林子似的挡在她眼前。她就是辩得吐血抽筋，也辩不过那么多张嘴。

她不再是街尾的人了。可是她也不是街头的人。

街头的人跟她拜的不是同一尊菩萨，街头的人往上数十代百代，也数不到一个跟她同宗的人。在街头人的眼里，她不过是一匹被街尾的男人骑烂了的马。街头的人不用多说，只消看她一眼就够了。过个十天半个月，她的伤就会收口，她脸上就会永远地爬着一条也许像蜈蚣也许像青虫的疤。她小时候在村里听说书先生摆古，哪个大臣得罪了皇上，脸上就给刺个字，流放充军——那是男人犯了事。男人犯事，就是头戴枷脚穿锁，喝过壮别酒等着砍脑壳，也一样能仰脸抬头，喊一句“过个十年又是条好汉”。

可是女人犯事就不一样了。

女人犯的是和男人不一样的事。女人犯了事，脸上留了印记，不至于流放充军，不至于砍头弃市，每天依旧行在街上，一街人的眼睛却能看得你一辈子抬不起头来做人。女人犯了事，脸上有了印记，活着跟死了，也没多大区别了。

街尾的门是不会给她开了。街头的门对谁都开，可是她进不去。要是今天就死在这里，街头街尾都不会有人给她收尸。

想到这里，她腔子里那颗心咚地抖了一抖。她不能，她千万不能死在这里啊。她伸手在裤腰上摸了一摸，还好，那个布包还在。那是这几年她把每一个铜板捏出水来攒下的钱啊。她的心定了一定。钱是女人的胆、女人的脚，有钱，女人就能站稳了。她懂得算账，她知道这些钱是足够她坐最体面的马车去维多利亚，买一张回唐山的船票，回老家置一块好地，再盖一座瓦房的。

可是她不能回去啊，就是不能。那是生她的地方，可那也是葬了她的地方。哪有死了的人还再回来的事？

她只能在巴克维尔待下来了。巴克维尔就是块秃石头，她也得要在石头里硬找出一条缝来，把自己像野草籽儿一样地落进缝里，一丝一丝地长根。

这些钱，也是足够她在巴克维尔买一两块矿皮，雇几个小工挖金的。可惜啊，可惜她不是男人。

脑壳进水。

芙洛拉骂了自己一声。钱虽然是她自己的，可是她的人却不是她自己的了。她是街头那个押上了祖传怀表的丹尼，把她从吉姆手里赢过去的。怎么就忘了这件事了呢？

那天她把手绢绑在门前的树上，原是想叫他替她买一包耗子药的。街尾杂货铺里也有耗子药，可是她一买就有了风声。她是想让他神不知鬼不觉地买了，街尾的人怎么也想不到她身上去。可是第二天她就后悔了：她知道她下不了这个手。她再恨吉姆，也没恨到要他死的地步。她见不得他活着，更见不得他死了。他活着，她得忍他一时，或长或短，总有到头的时候。怎么的，他也比她老出了这么许多。可是她若在他的死里有份了，她就得忍一辈子，她忍的就是她自己了。她再能忍，一辈子也实在太长了。

第二天一早，她就想去把手绢取下来，可是手绢已经不见了，她就猜到是丹尼拿走的。她又等了一天，丹尼才来。她以为他不把她的事当作一回事，现在她才知道，这两天里他是在苦苦地想着法子来解救她。她是想离开旺记的，做梦都想，可是她不能是这样的走法。他自作主张地插了一手，他就毁了她。他毁了她，也毁了巴克维尔。巴克维尔虽然分了街头和街尾，可是街头和街尾都是各有自己的脸面的。

他把她从街尾带走了，他在街尾的脸面上戳了一刀。街尾的脸面不全了，他带着街尾那块撕下来的脸皮来到街头，那不是街头自己的皮，那是长不到街头的脸上去的。

这个莽撞的、不知轻重的、夹生的番鬼啊。

他把她从吉姆手里赢过来了，可是他能拿她怎么办呢？她现在是他手上的一块烫糍粑，他吃不进嘴，也扔不回去啊。吉姆跟她说过：番鬼能牵头老母猪进家门，可就不能娶中国人和印第安人，因为金山的官府不许。旧年维多利亚有个白种女人跟着一个中国人私奔，坐船到坚禄镇，半夜里两人就不见了，十有八九是让人害了。吉姆能骑她，也能娶她。这个叫丹尼的番鬼，只能骑她，却娶不了她。就是骑，也得暗地里骑。她落在丹尼手里，比那些脸抹得红红白白的窑姐们还要低贱。

其实，女人总归是要让人骑的。与其让吉姆这样一身馊味的老瘸子骑，还不如让丹尼骑。那回丹尼在河边亲她，过了好久，她满口还是香的，那是他牙齿上的薄荷味。那天他一身是汗，可是连他的汗臭，也是另外一种的香。男人年轻，就是不一样啊。

这时鸡已经叫成了一片，蒙在窗户上挡亮的那块破布，渐渐露出了些颜色。街上响过一阵咕咕的轱辘声，那是洗衣铺的伙计阿元在推着水车去河边打水。平日这个时候，都是她开了旺记的铺门，洒水扫过了台阶，才看见阿元出门汲水的。明天，明天等她的刀口止了血，她就绝对不会让给阿元的。没来金山的时候，她是顺阳村里起得最早的人，来了金山，她是巴克维尔起得最早的人。谁也别想赶了她的先。

哐、哐，有人敲门。

芙洛拉吃了一惊。是他，一定是他。今天整个巴克维尔镇，没有别人会来找她。

她知道他会来，可是她没想到他来得这么早。也没想到，这么快，他就找到了她。

她不能开门，不能像现在这个样子。

"芙洛拉，我找了你半天了，你怎么住在这里？"

丹尼的嗓门儿很响，一个街尾都听得见。这会儿街尾的人一定都起来了，把窗开得大大的，在听一个番鬼和一个中国女人，隔着门大声说话。

芙洛拉勉强起身，开了门。天又裂了，满天都是日头。日头跟雹子似的，一个一个坠落下来，打到她身上。她身子一软，歪到了他怀里。

她身子虽然软了，脑子却还清醒。她紧紧地抓住了蒙在脸颊上的那块手巾。他看见她杠起了青筋的手背上，有一条黑色的虫子，慢慢地爬了下来。

他一把拽住了她的手，她有伤，她抵不过他，她的手叫他扒开了。他看见了她左边脸颊上那团被血染脏了的虫蛆一样的草药，那颜色和气味都叫他差点儿想吐。

"是他，干的？"他问。

"给我，弄点吃的，你……"她气若游丝地说。

"我去，叫警官。"

她听出他的声音裂了许多条缝，每条缝里都有火芽子在噗噗跳动。

她扯住了他的衣襟。她忘了她的手脏，她在他浆洗得干干净净的灰格子衬衫上，留下了一个脏红的手印。

“你不懂，街尾的事……”

话还没说完，她就昏了过去。

疤脸男人刚跨出门槛，门就咣的一声关上了。幸好疤脸男人没长尾巴，若长了，八成就夹在门缝里了。

想起疤脸男人在金牙女人跟前吓得要尿裤子的样子，小河就忍不住要笑。这一个院子里的人，都怕金牙女人。金牙女人挑一挑眉毛，连屋角寻食的老鼠，都把爪子收起来，不敢出一口气。

只有小河不怕。

小河不怕，是因为她一进门就看明白了，那个跟她说话的金牙女人，其实只是一张皮，并不是真的人。真的金牙女人躲在那张皮底下，跟她一样，也是一身的泥星子气。那些人怕她，是因为那些人看不透她。

“你这张脸，搽三层粉，也盖不住底下的泥星子气，还不如什么都不搽，落得个干净利索的土气。”

金牙女人在手绢上呸地吐了一口唾沫，来擦小河脸上的胭脂。手很重，磨刀石似的锉得她的脸生疼。

这话其实也是小河想对金牙女人说的，可是小河再莽撞，也知道这话她只配得上听，还轮不上说。

小河挣脱了金牙女人的手，走到墙边的那面大镜子旁边，看自己的样子。

顺阳村的家里，只有一面半个巴掌大的镜子，那是阿妈唯一的一样陪嫁。阿妈的阿妈把它从四川老家带出来，一路逃荒，后来把阿妈卖到了顺阳村，这镜子就跟着阿妈进了家门。镜面上长满了水锈，还裂了一条缝。日头好的时候，小河把镜子拿到外头的日光里照，才能勉强看清半个脸蛋。若看见了眼睛和鼻子，嘴巴就落在镜子外头了。若把嘴巴照进去，眉毛必定就飞出去了。从生下来到现在，小河还从来没有完整地看过自己的脸，更不用说身子了。

在金牙女人的镜子里，她看见了一张脸，搽着胭脂的半边是绯红的，除去胭脂的那边是青黄的。无论是红的半边还是黄的半边，看起来都是陌生的。那张脸额角很宽，颧骨很高，两只眼睛大大的，像两口雨后灌满了水的井。她抿了抿嘴，镜里的那张脸漾起了一汪宽宽的笑颜。她蹙了蹙眉，镜子里的脸就有了一丝怒意。只是那怒意太浅，盖不住底下浓浓的好奇。她一辈子没见过这么大一面镜子，她还没玩够镜子里的那个人影。

身上的衣裳怎么是灰黄色的呢？记得那天离家时，她明明穿的是一件阿妈腾下来的蓝布褂的呀。她用指甲在下摆抠了一抠，布料压瘪了，露出一块指甲盖大小的蓝。她突然明白过来，那灰黄的一层是沾在衣裳上的雨水和泥尘。

袖子和裤腿都短了，手脚长长地伸在衣裳外头，像一头伸着脖子等着吃鱼的鹭鸶。这一路上，她竟然长了这么多。

“五婶，带她下去洗个澡，把那一身的皮扒了，都扔火里烧了。

快点，要等到虱子做大王啊？”

金牙女人对着后屋大声嚷道，随手递给她一套换洗的衣裳。

衣裳是旧的，却洗得很干净，清清爽爽的蓝底豌豆花。小河见过金牙女人院子里送茶递汗巾的丫鬟，穿的都是这个花色的布褂。叠得方方正正的布褂和布裤中间，还夹着另一样东西，是一条白布，裁剪得前宽后窄，后边有一个褡袢。小河不认得那样东西，就拎起来对着光亮照看。

金牙女人哗地一把抢过来，骂道：“屋子里到处有男人走来走去的，也不知道害臊。那是系奶的。你娘没教过你啊？”

“我娘老早死了。”小河说。

小河说这话的时候，嘴角向上挑着，带着一丝笑意，仿佛在说庙会的小吃正月的压岁铜钱。金牙摇了摇头，说没心没肺啊，没见过你这样的。小河说本来嘛，我娘要是活着，我会到你这儿来吗？

金牙叫小河的话噎了一噎，哼了一声，说娘活着到我这儿来的有的是，你看看楼上的那些姐儿，有几个不是娘送来的？

这会儿轮到小河噎了一噎。

没心没肺？脑壳进水的人才没心没肺呢。小河暗暗地说。她的心肺，从前是掏在手掌心上送给人的，给大大，给阿妈，给妹妹，给弟弟。想不到却给人啃了，如今只剩了一小块，她再也不肯掏出来了，她得死死地收好了。

金牙不知道小河在想什么，心里倒无由地抽了一抽：小河叫她想起了她自己年轻的时候，还没穿上绸缎包上金牙的时候。于是她对小河，就有了一些特别。

金牙混过了很多码头。最早的时候，金牙的面皮是细面糍粑，一个一个码头混过来，金牙的细面糍粑上沾了一层又一层的灰，厚得连针也穿不透了。金牙在混码头的过程里，不仅沾了一层又一层的灰，也捡起了一个又一个码头上的话。金牙的苏州话、上海话熟得就跟娘胎里出来就会似的，金牙的广东话顺溜得能把三个铜板讲出五个铜板的重量。金牙也会说些四川、河北话，甚至会讲几句洋泾浜的英文。金牙不仅会说各个码头的话，金牙也识得几个字，看得懂账本、地契、卖身契。

金牙没事时就教小河识字算账讲广东话、英文，说到了金山用得着。小河问学算账做什么？他自己不会算吗？金牙当然知道小河嘴里的那个“他”是谁，就说我哪知道他会不会，你学会了就是你自己肚皮里的东西，一辈子谁也偷不走。小河问他自己不会讲英文吗？金牙说我哪知道他会不会。小河又问他多大岁数？金牙说我哪知道？小河问他做什么的？金牙说也不晓得，大概是个体面人，要不怎么能出了这么个价钱买你？楼上最头牌的姐儿，也比不过。小河说阿婶你啥也不晓得，怎么就知道他看得上我？金牙说我不知道他是什么样子，可我知道他要的是什么样子的人。收了人钱，就得给人把事办好，这是做我们这行的规矩。

小河咬了咬嘴唇，说阿婶你怎么不问问，我看不看得上他？

金牙两眼正正地瞪着小河，半晌没说话，突然偏过身来，扇了小河一记耳光。小河没防备，身子一个趔趄，几乎跌倒。这记耳光很狠，小河的脸上，立刻凸起了五道印记。先是烫，后是麻，再后来是痒，倒不怎么觉得疼。

“给你半张脸，你就以为你真值几个钱。你在乡下，就算饿不死，也是随便嫁个阿猫阿狗换几个铜板用，还到不了你的手。你要不想嫁金山，我到门口街上随便一吆喝，能来半城的人，抢着要替你去。你信不信？”

小河捂着脸，仿佛没有睡醒，懵懵懂懂地觉得自己点了点头。

“我挑了你，那是你好命。你倒真想过楼上那些姐儿们的日子？”

金牙的口气软了些下来，从抽屉里拿出一把篦梳，递给小河。

小河就给金牙梳头。金牙的头发很厚，又上了浓浓一层的刨花水，篦子钻进去，半天钻不出来。小河梳得很慢、很细，但是心思没在篦子上。小河的心思也没在头发上，她还在想金牙说的话。小河还没想好，去金山到底是不是好命。

金牙拿起从自己发髻上取下来的一支簪子，塞到小河的手里。“等你做了金山新娘，梳了髻子就戴这个吧，你就记住我的话了。”

小河拿过簪子放在掌心细细地察看，是一支碧绿的玉簪，尾上缀了一朵玛瑙雕出来的石榴花，绿得通透，红得也通透。

“阿婶，这贵吗？”小河掩不住话语里的小家子气。

“别问贵不贵，只说好不好看。”金牙横了小河一眼。

“皇宫里的娘娘，才戴这样好看的簪子吧？将来到金山挣了钱，我买两支还阿婶，一支金的，一支银的。”小河嗫嚅地说。

金牙突然把玉簪夺过来，往地上一掷，骂道：“眼界子浅。就为了买个簪子，去什么金山？在楼上当个姐儿不是照样穿金戴银？心想着你是个到哪儿也死不了，能靠自己挣钱的人，才让你去金山。钱不是让你买花戴的，钱是女人的脚女人的胆，靠哪个男人也不如靠自己稳当。你懂不懂？”

小河怔了一怔。半晌，才把玉簪捡起来，石榴花已经摔碎了。

这几年巴克维尔的人多了，酒馆多了，店铺多了，孩子多了，满街穿行的狗也多了，多得谁也叫不出狗主人的名字了。巴克维尔只有一样东西少了，那就是金子。

头一拨进巴克维尔的人，随便在山里打一个坑道，舀出来就是金子。有人骑马在嘉瑞埠山路上行走，远远望过去，威廉姆斯河谷的山脊，在日头低沉的时候，会闪闪发亮—— 那是青筋一样暴在山皮上的矿脉。头一拨淘金的汉子，挖满一桶就朝前走，懒得拾一拾桶里漏下的。第二拨就没有第一拨那么轻狂了，第二拨拾的是第一拨掉下的碎屑。用庄稼人的话来说，第一拨是开镰收新麦的，镰镰割下去都是满把。第二拨是跟着第一拨的脚印拾麦穗的。第二拨翻腾一整天，也不见得能翻到一篮子麦穗。

可是第二拨身后，还跟了第三拨，第三拨翻的是第二拨留下的砂屎。第一拨翻一遍，第二拨翻两三遍，第三拨就得翻个十遍百遍。第三拨甚至连麦穗也没得拾，第三拨是在收完庄稼捡完麦穗的田里，翻找遗漏在土里的麦粒的。

可是再稀再少，那也是金子啊。金子是什么？金子是叫人心颤手软，暗夜里两眼放光，醒着就再也不想睡的玩意儿啊。所以第一拨之后，还会有第二拨。第二拨之后，还会有第三拨。第三拨之后，还会有许许多多拨，一直到把山掏空了只剩下光秃秃的石头为止。

嘉瑞埠路越来越宽实了，那是叫马车轱辘日复一日地碾压拓展出来的。没路的时候，进巴克维尔的，是单枪匹马打天下的单身男人。有了路，马车带进镇的，就有拖家带口的男人了。有女人的镇和没女人的镇是很不一样的。连镇上的野狗都闻得出来，女人叫镇上的颜色气味声响都变得复杂暧昧起来。

颜色气味声响最复杂的，恐怕是街头那家叫“芙洛的厨房”的餐馆了。这家餐馆是旧年才开的，镇官府的记录文件上，却已经换过三次东主了。最早的东主是约翰和露丝·麦克菲尔德夫妇，后来转手给了丹尼·罗宾森。罗宾森先生只接手了几天，便又转给了别人。当然，丹尼·罗宾森把这家餐馆转手给别人的事，全镇只有三个人知道：丹尼，镇官府的登记员，还有上帝——假如你把上帝也当成是巴克维尔的镇民的话，反正他无所不在。

餐馆叫“芙洛的厨房”管事的人当然就叫芙洛（芙洛是芙洛拉的昵称）。芙洛人高马大，肤色黝黑，脸上有着被洛基山的风割出来的粗粝裂口。左边面颊上有一块疤，疤是圆的，像是被人用刀剜了一块肉。疤结得很匆忙，周围有几条边缘模糊的纹路，远远看上去，女人的脸上像歇着一只黑蜘蛛。疤把脸上的肉扯得紧紧的，女人一说话一笑，嘴就给扯到了一边去，露出黄黄的几个牙齿，脸相就很是狰狞起来了。女人的穿着，也和镇上街头做粗活的女人没什么两样，都是细腰宽摆的布裙子，系一条白围裙。可是这个女人的肤色和五官，和街头那些黄头发白脸蛋蓝眼睛的女人，就很有些不同了。

对于这个女人的身世，镇上有许多传说。有人说她是后山印第安部落头人的女儿，后来被一个来部落里收购海豹皮的英国人拐带出来，流落到了镇上。那个英国人拐了这个女人，又像一块用过的抹布一样把她扔在这儿了。可是镇上也有印第安人来餐馆里吃饭，用土语跟这个女人搭讪，女人竟是一脸的茫然。

也有人说这个女人是中国人，被人从维多利亚唐人街买过来的，在瑞奇菲尔一带操皮肉生意。后来从那里逃出来，到了巴克维尔找碗饭吃。镇里有几个老居民，也说这个女人隐隐有几分面熟，像在哪里见过的。可是这女人若真是中国人，怎么不在街尾找碗饭吃？从来也没有中国女人找饭找到街头来的。天哪，街尾那些中国人做的事，警官不想知道，金矿长官不想知道，甚至连上帝也不想知道。

后来就有人去问丹尼这个女人到底是从哪里来的。丹尼是巴克维尔镇里的百通百晓，哪家藏在橱柜里的秘密，也逃不过他的法眼。可是这回丹尼居然摇头说不知道底里。镇上人就感叹，巴克维尔真是大了杂了，竟有了丹尼不知道的事。这个叫芙洛的女人，仿佛是从石头里蹦出来的，一夜之间无根无基地出现在了街头的这家餐馆里。

再过了一阵子，街头又传出另一种说法，说这个叫芙洛的女人，是丹尼和街尾那些梳着辫子的中国人赌牌赢回来的。淘金汉子没有不好赌的，赌鸡赌狗赌马赌衣装行头都听说过，唯独没有赌过大活人。众人忍不住又去问丹尼，丹尼这回耸耸肩膀，没有说话。

“芙洛的厨房”坐落在镇里最热闹的地方，左边是新盖没多久的圣公会教堂，右边隔开几座房子，就是学堂。再过去几步，就是戏院。马车进镇，饥肠辘辘的车夫和乘客，下脚就能闻见餐馆里飘出的香味。看戏的、送孩子读书的、做完礼拜的，也都得从餐馆门前经过。不过“芙洛的厨房”生意好，还不光是地盘好，最重要的，是价钱公道。同样是一盘炸鸡翼，别家卖六毫五，芙洛也卖六毫五，只不过芙洛多送别人一杯咖啡。同样是一碗豌豆肉汤，别人怎么卖，芙洛也怎么卖，只不过芙洛的碗比别人的大出一圈。于是，“芙洛的厨房”天天客满，连早餐也得抢位置。

这一天早上和寻常一样，鸡还没叫第一声的时候芙洛就醒了。芙洛没有挂钟，也没有怀表，可是她每天起床的时辰，比有挂钟怀表的人还准时。芙洛是靠看天时的。天光伸出小舌头，把窗户刚刚舔白一小块的时候，她就醒了。可是天也有骗人的时候。天阴下雨下雪的日子里，老天爷就把舌头缩回去放进嘴里了。可是屋后林子里的鸟儿不骗人。鸟儿觉浅，比鸡醒得早。鸟儿的啾啾声像是一把小锁匙，在芙洛的耳孔里轻轻一捅，就把她捅醒了，一翻身就坐起来，从来不需要第二声。

芙洛起了床，摸着了昨晚临睡前就搭在床头的布衫布裤，穿上了，又用脚尖从床底下钩出那双青布鞋，套进去。那把缺了两个牙齿的牛角梳子就压在枕头底下，掏出来，将蓬乱的头发梳成一个紧巴巴的髻子。枕边的那朵蓝绒花，她拿起来，想想又放下了。过了一会儿忍不住又拿起来，犹豫了几回，才别在了鬓角上。所有这些事，她都是摸黑做的，却是毫厘不差。

床头的柱子上，就挂着一盏煤气灯。屋里也有镜子，是穿衣镜，照得全一张脸，也照得全大半个身子。可是她已经很久不用镜子了。自从那一天她抹去敷在脸上的那团脏草药，看清了药团底下那只成了形的蜘蛛之后，她就再也不照镜子了。她从台山阿伯的鬼屋搬出来，搬到街头这座房子后，她就用一块破布，盖住了这面穿衣镜。

芙洛穿戴完毕，从楼上下来，开了餐馆的门。每次她把手捏在门锁上的时候，她就会想：其实她开的也是镇门呢。她的门一开，巴克维尔就醒了。

她走到台阶上，仰起脸来，透透地吸了一口巴克维尔初醒后的第一丝空气。环绕着镇子的山，还有镇子后头的那条威廉姆斯河，昏睡了一夜，才睁开眼睛。她总觉得，那山那水那镇子，这会儿是个刚从娘肚子里生出来的小娃儿。小娃儿张开眼睛后吐出来的第一口气，那是世上最干净、最香甜的气呢。她每天吸的，都是那第一口气。在她后头起床的，吸的都是她吸剩的气。

可是今天她一张开嘴，就闻见那气变了味道：是一种她熟稔的、菜地里的味道。她扭头一看，看见了她的窗台上，流着一摊半干的污水，那是隔夜泼下的粪。

她再抬头看天，天光顿时就变得污秽肮脏起来。镇子暗了，暗得不像是早晨。

她知道是谁干的。

这不是第一回。

几个月前她刚搬进来的时候，有一回早上开门，发现有人在她的门上涂了两个字。那字丹尼看不懂，裘德看不懂，街头所有的人都看不懂，只有她自己懂。

那两个字是“婊子”。

那天芙洛去河滩挖了一盆沙子，用抹布蘸着沙子擦门上的字。等第一个食客进门的时候，她终于把那两个字磨下去了。当然，也磨去了一大片漆。

还有一回，是上个月初，有人在她的台阶上泼了一摊水，隔夜结了大大一层的冰。她早上出门没留神，从台阶上滑下来，滚到路边。那一跤，摔得她三天没起得了床。

她知道，这不是第一回，也不会是最后一回。她和街尾结下的怨恨，跟天一样大。她只有一张嘴两只手，她就是啃掉嘴里所有的牙齿，掰断手上所有的指头，怕也是解不开那个结子了。

她从水缸里舀出原本想留着洗菜的水，提到门外来冲窗台上的秽物。哗、哗，声响把住在隔壁的裘德吵醒了。裘德从窗口探出头来，打了一个惊天动地的哈欠。

“芙洛，我诅咒上帝把你造出来的那一天。你能不能让镇上的人多睡一会儿？”

哗，又是一泼水。

“我要是这会儿不起来，一会儿你吃个球？”芙洛插着腰冲裘德喊回去。

裘德的老婆跟妻弟合伙开着车马店，有吃有住。可是裘德不去车马店吃他老婆做的早餐，却偏偏要来芙洛的餐馆。裘德说芙洛的煎蛋里头一定是放了鸦片膏的，要不怎么能叫人吃了上瘾，隔两天不吃，肚子里就像有个填不饱的洞？

芙洛现在的英文顺溜多了。丹尼说过一个人英文说得顺不顺溜，就看能不能用英文调情和干仗。这两样事对她来说都是一回事。自从她脸上爬着这么一只黑蜘蛛以后，她说任何话，看上去都像干仗。她已经把干仗的英文操练得基本上得了台面了。

芙洛把窗上的秽物冲干净了，就坐在门前削土豆。她屋后就有大片的地，她却死活不肯种土豆。她餐馆里用的土豆，都是从别人手里买的。餐馆里不能没有土豆，薯条和土豆泥是早餐必不可少的套路。番鬼吃土豆，跟中国人吃米，是一个道理。她削起土豆来，仿佛跟土豆有仇，肩膀一抽一抖的，似乎随时要把手指头一起削到盆子里，叫人看了胆战心惊。今天是周五，每逢周五马车到得早。马车一到，就带了人马来了，芙洛今天的土豆，就得比往常多出许多。

芙洛把土豆削完，灶上的火也旺上来了。刚把土豆块摊在平底锅上，就听见了街头隐隐的声响。推开窗朝街上张望了一眼，看见远处天和地混在一处的地方，扬起了一线黄尘，那是马车。马车今天比往常的周五又早到了一刻钟。

早班的马车进镇，车夫都要带着乘客到芙洛的餐馆里停一停，吃完早饭再卸货卸人。车夫不到别家餐馆停，是因为别家餐馆这个时辰还没开门。就是开了门，也是冷锅冷灶，煮咖啡的水也是凉的。赶了夜路的人没有耐心，只想坐下来就有热水热饭。

心急的车夫把车赶得飞快，转眼间黄尘就变粗变肥了。等车夫吁地喊了一声，马蹄渐渐慢下来，终于停在门前时，芙洛已经把咖啡煮好了，土豆块也正在锅里渐渐地焦黄起来。只要数过人头，芙洛就可以下锅煎蛋了。

可是今天进门的只有两个人，一个车夫、一个客人。车夫是芙洛认得的，就是那年用马把她送进镇里来的阿福。自从街头有了这家餐馆，阿福每回到巴克维尔，再也不去街尾的店里喝粥，却总是在芙洛的店里吃早饭，是因为她不收他的饭钱。当然，她也时不时地让他从维多利亚捎点时新货过来，她并不另付他车马钱。这样，两下都合宜。

阿福带着客人坐下，芙洛就惊讶，说："怎么今天才一个客人？全装了货啦？"

阿福朝外头努努嘴，说："那里头还坐着一个呢，不肯下来，是你家阿吉姆新买来的。前两天他去维多利亚接船，没接着，才托我送过来的。"

芙洛愣了一愣，才明白了阿福说的是什么。朝门外一看，只见马车的灰玻璃窗后头，影影绰绰地坐着一个人。

"哪个地方来的？"

"新惠。"

"裹脚？"

"天足。"

芙洛哼了一声，说："这回也知道讨好女人了，肯自己去接。"

"这也叫咖啡？洗碗水似的。"阿福带来的客人说。

那人是个皮货商，皮货商喝哪家的咖啡都要挑刺，不是太烫，就是太凉，不是太浓，就是太淡。

"印第安人用咖啡末子煮的，也比你的浓。"皮货商呷了一口，就把杯子撂下了，手重，咚的一声，咖啡溅了出来，在芙洛雪白的桌布上落下几朵颜色污秽的花。

皮货商的声音黄蜂似的在芙洛的耳朵上嘤嘤嗡嗡地磨来磨去，突然就把耳膜磨穿了，轰地一下，在芙洛的脑壳里磨出了一个洞。

啪，芙洛从抽屉里掏出一样东西，往柜台上一拍。

“你舌头叫狗叼了，尝不出味道来了？这是维多利亚刚带进来的咖啡豆，我自己磨的。你敢闭着眼睛坏我的名声？”

皮货商的脸哗地白了下去，白得像退了潮的海滩。

柜台上摆的是一把枪。

巴克维尔的人跟南边三藩市矿上的人不一样。巴克维尔的人鸡零狗碎什么坏事都干，可是巴克维尔的人惜命，极少有动刀动枪的。不过巴克维尔的人也不是没见过枪。巴克维尔的人不怕女人，也不怕枪，只怕脸上有疤的女人手里有枪。

皮货商端起咖啡杯子，一口不剩地喝完了，还把杯底亮给芙洛看，仿佛喝的是和她赌过誓的酒。

芙洛收起枪，就往楼上走去。走在半明半暗的楼梯道上，她忍不住抿嘴笑了。那是一把假枪，木头做的，仿左轮的样子，漆了一层青皮，比真的还像。是丹尼用一张海豹皮的价格，专门请人做了，让她放在身边吓唬人用的。

过了半盏茶的工夫，芙洛从楼上下来了，手里捏了一个黄纸包。路过柜台，又从锅里捞出两个水煮蛋，朝门外走去。

马车停在路边，车窗玻璃上贴着一层清晨的霜气，里面的那个人只是一个裹了层毛边的模糊影子。芙洛勾起指头敲了敲窗，影子颤了一颤，却没有动，她只好自己捏着把手把门扭开了。

里头的那个人很瘦，瘦得几乎找不着几处有肉的地方，肩胛骨把一件青布褂顶出了几个小山丘。眼睛是两个大洞，洞上盖着盖——那是眼皮低低地盖在眼上，颤颤的，像心魂不定地歇在菜叶子上的飞蛾。

别看这副衰样子，吃上几顿饱饭，脸上长几两肉，就不难看了。

芙洛心想。芙洛并不知道，当年她骑着阿福的马进镇的时候，街尾的人也是这么想她的。

“怎么也不穿件红艳些的衣裳？人花了钱是娶你的，又不是买你来奔丧。”芙洛对那女子说。

那人听见熟悉的乡音，才抬起了头，刚看了芙洛一眼，眼睛就像碰着了炭火似的弹了回去。蛾受了惊，越发颤颤地抖了起来。芙洛知道她是看见了她脸上的那只黑蜘蛛。

“莫惊，那是块死疤，不会咬你的。你先把这个吃了垫个底。”芙洛把鸡蛋塞在那人手里。

“这个时候，你男人还睡着呢。日头不爬到树梢上，你别想有粥喝。”

那人终于又抬起了头。这第二眼，就把黑蜘蛛煨熟了。蛾子依旧还颤，却不是刚才的那种颤法了。伸出手来接了鸡蛋，鸡蛋滚烫，她捏不住，就从一只手倒换到另一只手上。

“阿姐，你认得他？”

那人的声音很轻，轻得如同埋在厚泥土里的一粒麦子。芙洛的耳朵尖成一把小耙子，耙了几个来回，才终于把那粒麦子刨了出来。

“认得他？我连他卵上有几根毛都清楚。”

那人一怔，剥了一半皮的鸡蛋掉在了膝盖上。芙洛忍不住哈哈大笑起来。

那个狗娘养的吉姆，这回总算找着个治得了他的人了。只是他却再也不找六月生的兔子了——这个女人看上去要比属兔的小上好几岁。

“你那个男人，不怕硬，刀压在脖子上也是一嘴的屁。他就怕你这样的软面。软面糊在刀刃上，他剁不了你，你就把他降住了。”

女人不说话，却总算把鸡蛋剥光了，一口一口地吃进嘴里，唾沫在喉咙口咽挤出叽咕叽咕的声响。

芙洛从兜里掏出那个黄纸包。

“等三个月。要是怀上了，就把这东西扔火里烧了。要是没怀上，每天舀半勺，泡在茶里给他吃。他吃了早饭就要抽烟土，抽完烟土就要喝茶。他的茶苦得像黄连，他喝不出味道。”

女人愣愣地看着芙洛，两眼睁得像要把脸撑破，仿佛芙洛说的是天书。

“你男人是一摊稀屎，生不下仔来他祖宗八代都怨你。你若生个一男半女，在街尾就站稳了，他得跟你磕头叫你祖奶奶。”

女人终于听懂了，却没有动。芙洛捏着黄纸包的手，讪讪地悬在半空。

“你不信拉倒，横竖是你自己的命，算我多事。”

芙洛扭身就走。走到台阶上的时候，她听见了两下声响。笃、笃。第二声比第一声大，是指头敲在窗玻璃上的声音。

“阿姐，给……给我。”女人从车里探出头来。

芙洛把纸包往车里一砸，头也不回地回到了屋里。

走进餐馆，皮货商刚把盘子里的煎鸡蛋和土豆泥打扫干净。他扬起空杯子，对芙洛呵呵地笑，笑得有点讨好。

“咖啡，再来一杯。”

芙洛哦了一声，却没有动身。她听是听见了，却没有听进去。她在想着自己的心事。

这个秘方，她早就有了，是她阿妈的阿妈传给她阿妈，她阿妈又传给她的。这个方子在她阿妈的家里传了五代女人，可是她从来没想过要添在他的茶里给他喝。

因为她从来也没想过，要和这个叫吉姆的男人生个一男半女。

一回也没想过。

芙洛送走最后一个食客，舀了一盆水，端到台阶上洗脸。月亮跳出厚厚的树影，站在天正中，白花花的光亮落了些在脸盆里，手一撩，全碎了，银子似的粘在了腕上。

隔壁“苏格兰高地”酒吧里还有说话声，是东主在赶客。

“明天待到什么时候也不撵你，今天该回家了，早上还得起床挣酒钱是不是？”

明天是周六，周六晚上酒客喝得再晚再醉，也不用早起上工。连教堂的牧师都知道，周六晚上是淘金汉子喝酒赌牌的时光，上帝也只好耐心等一等。所以周日的礼拜堂，十点才开门。可是芙洛知道，东主赶客，不光是为这个。她今天在窗外的那条晾衣绳上，拴了一条白手绢。窗是侧窗，正对着他的吧台，他一抬眼一斜脸就能看得见那条帕子。拴手绢是她还是旺记的女人时跟他约定的记号，那时他住街头，她住街尾，他俩中间隔的是一条看不见也跨不过的河。如今她和他是隔壁邻居，他白天常在她的餐馆里走动，夜里人静的时候，她甚至听得见他被雪茄呛着时的咳嗽。可是她觉得她和他中间依旧隔着条河。

她有事找他时，还是以手绢为号，那是她和他这些年里立下的规矩，她不喜欢破了这个规矩。

街上的狗嗷嗷地叫成了一片，是醉酒的人撞到了路边的围栏。巴克维尔的狗像七老八十的人，觉浅得紧，风一吹草一动就醒了，能把一个黑黝黝的镇咬出一个白花花的大窟窿来。

芙洛洗完了脸，舍不得泼水，就倒在木桶里接着洗脚。山里的暑气再粗再壮，也拼不过夜晚。在鞋里捂了一天的脚，伸在水里，嗞的一声缩了回去，才知道是凉。急急地把脚擦干了，搂紧了衣襟往屋里走，山风追上来，在她的颈脖上咬了一口，咬得她猛地抖了一下。

进了屋，虚掩了门，就把煤气灯捻灭了，一个人坐在椅子上，看着窗外那个越走越高越走越小的月亮。有云就好了，有云就能把亮遮了些。每回他来的时候，她就把灯灭了。她岂止是灭灯，她要是够得着天，她想把月亮也灭了。他不是没见过她。人多的时候，她不怕。人多她就有胆气。轮到只有他一个人的时候，她的胆气就成了一摊兜拢不住的稀汤，满地乱淌。她不能让他正正地看着她的脸，那比赤身裸体站在大街上还叫她难受，她受不了在他眼里找到那只黑蜘蛛的感觉。

狗吠声细了，渐渐就都静了。其实也不是都静了，山里永远是静不了的，不是这个声，就是那个声。现在外头的声响，是风在树枝中间钻挤过去的声响，还有草叶子把露水抖落在地上的声响。

当然，还有他的靴子擦在地上的声响。他一年四季都穿靴子，冬天穿的是从红番那里买的麂皮靴子，里头铺了一层薄兔毛。夏天穿的是牛皮单靴，鞋筒上缝了一圈流苏。他把脚抬得很高，落下去的时候很轻，怕把街上的狗惊醒。可是他的靴子并不总听他的管，还是没提防踢着了一粒石子。石子蹦起来，撞在石阶上，发出当的一声响。还好，狗叫累了，终于睡深了，没再醒来。她想着他提腿屏气的样子，忍不住要笑：一个敢提着一筒破猎枪只身在林子里过夜的人，竟然怕狗。

当然，他怕的，并不真的是狗。他怕的，是狗后头的人。

平时他在她的餐馆里吃饭喝咖啡，敢用最露骨的话和她调笑。他敢，是因为他和她中间，隔了一屋子的人。那是他的城他的堡，他就是说翻了天，也是安全的。巴克维尔的淘金汉子，就是这种活法的，如同喝酒赌牌，在酒吧里把跳舞的德国小妞扔到天花板上一样无可非议。可是他若是在人散尽之后，一个人溜进她的屋，那就是和赌牌输了却要赖赌债，把舞妞从天花板上抱下来往家里带一样，就不是巴克维尔淘金汉子的活法了。在巴克维尔人的活法里头的事，他什么都敢做，他是个能把地捶出一个坑的无法无天的雷公。可是在巴克维尔人的活法外头的事，他突然就没了胆气，竟能叫一只狗吓住。

她听见他的脚步在门外停了下来。门吱扭一声开了，一团黑影雾一样地漫进了屋里，屋里立刻又暗了几分。她已经在黑暗里坐过一会儿了，习惯了屋里的黑暗。这黑暗有许多破绽，在破绽里她一眼就把他看清了。他却还没有适应，睁大了眼睛满屋寻找她。后来他终于找着了她。黑影团过来，将她裹了进去。她转过了身，将背脊丢给他。他急切地撩起了她的衣襟。她没让他。他吃了一惊，因为她从来是让的。但是他的迟疑并没有维持很久，他再次把手伸进了她的衣襟。她又推了他一下，这下很狠，他觉出了她的执拗，终于放开了她，坐在椅子上，点起了一根烟。

烟头在屋里一明一灭，月影里就有了一些缭绕的烟雾。芙洛把烟从男人手里拿下来，塞进自己嘴里。她从来没有抽过烟，却丝毫没有雏儿的心虚胆怯。她把烟狠狠地吸了一口，在喉咙口憋了很久，才缓缓地往下吞去。那烟一丝一丝地在她的五脏六腑之间穿行，温软得像是一层丝棉，叫她虚虚慌慌的心落回了实处。她这才明白为何男人累了心烦了都要抽烟。

“收着，丹尼。”芙洛把一沓票子塞到男人手里。票子很厚，大多是零票，油汪汪地卷着毛边。

男人吃了一惊，问：“这是什么？”

她扑哧笑了一声，说：“钱烧手啊？这是给你的，以后每个月给一回，都在十号，算是还你的债。”

男人不说话，却把票子放到了桌子上。

“都照这个数给，什么时候，这个房契上，能写上我的名？”芙洛问。

男人又点了一根烟，塞进自己的嘴里，屋里就有了两个红点：这个明的时候，那个暗。那个明的时候，这个暗。幽幽的，像两只兽眼。

“一张纸，真有那么紧要吗？”半晌，男人才问。

“真有，那么紧要。”

也是半晌，女人才答。

华仔现在不叫华仔了，至少在学堂里不叫。

在学堂里，华仔叫山姆。

华仔不仅有两个名字，华仔还有两套衣装。

华仔叫华仔的时候，穿的是对襟布褂，宽腿布裤，裤脚上系一根绳子。不赤脚的时候，就穿青布鞋，那是他阿妈亲手做的。

华仔叫山姆的时候，就穿洋装。白细布衬衫套一件黑马甲，黑卡其布裤子，黑皮鞋。

华仔有两个名字，两套衣装，可是只有一个脑袋。华仔的脑袋，是他阿妈阿珠给他剃的。四周刮得青光，脑门上留一块巴掌大的刘海儿。阿妈说唐人男仔过年或进学堂拜先生的时候，就剃这样的头。

华仔，不，山姆，一走进教室，就知道了丑。

一屋的白人孩子，忍都没忍，就哧哧地笑成了一摊水。那个教书的女先生，把教鞭往桌子上一拍，说：“安静！”可是她哪收得拢那摊水？她自己的嘴边，也有浅浅的一汪水呢。

山姆恨不得把脑袋扎进肚皮里藏起来。他真想也能有两个脑袋，就像他有两个名字，两套衣装一样，一个脑袋放在家里使，另一个脑袋带到学堂里使。

山姆坐下了，却不敢抬头。眼角的余光里，看见那个女先生跟柴棍一样细的腰，和腰底下蓬蓬地散开来的裙裾。女先生说的话，像满把的玻璃弹子，劈头盖脸地朝他扔过来。那些弹子落到他的耳朵里，又弹回去，咣啷咣啷地落到了天晓得哪个无底黑洞里，他竟一颗也接不住。一直到下课，他只记住了一个词。其实他仅仅是记住了声音而已，他不知道是什么意思。先生把这个词反反复复地讲了很多遍，这颗弹子终于挂在他的耳窟窿眼里，没有掉下去。

“Kingdom…Britain（不列颠……王国）。”

懵懵懂懂地熬到下课，山姆抓起书包就朝外走。才走出三五步，就觉得他的影子被人踩住了，后脑勺仿佛扎着十根百根的针。便知道自己又干了件蠢事——他不该走在这群白人孩子前面。他不该把自己的脑袋，青光光地摆在这群人面前，好叫他们把它当球踢来踢去。

今天回家，就要阿爸去买一顶帽子，鸭舌的。冷也好，热也好，他顾不得了。他得把他青光光的脑袋遮上。他只能问阿爸。问阿妈没用，钱不在阿妈手里。

哧哧。

笑声已经近得要舔上他的颈脖。

“华仔，过来。”

学堂门口的枫树底下，站着一个戴着遮阳帽的壮实女人。女人朝他招了招手。

背后的笑声更响了。

“花栽、花栽。”

他们在学她的声音。这样古怪的发音，怎么可以用来做名字？他们笑得更加肆无忌惮了。

山姆觉得热，身子胀得要把皮爆出几条缝。他知道他脸红了。

树底下的那个女人弯腰从地上捡起一块石子，狠狠地朝那群白人孩子身边的树上扔过去。树叶子哗哗地掉下来，一只老鸦一颠一跛地飞走了，叫声尖厉得像挨了谁的一刀。

女人两手叉腰，大声骂了一句话。

女人的英文不怎么地道。山姆的耳朵有病，听不懂女先生的伦敦腔好英文，却偏偏听得懂女人不知哪个犄角旮旯里学来的烂英文。女人骂的那句话是：

“看什么，看？你妈还等着你回家喂奶呢。”

白人孩子哄地一下，都散了。

女人朝山姆走过来。女人走路的样子很滑稽，身子朝外一摇一晃的，好像脚心长在了脚背上。

女人走到了山姆跟前，摘下了遮阳的帽子，山姆看见女人脸上歇着一只长着毛的大黑蜘蛛。

山姆拔腿就跑。本来山姆绝对能跑脱的，可是他今天偏偏穿了一双新皮鞋，是他阿爸专门买了给他上学堂穿的。皮鞋夹脚，走起路来像走在一把尖石子上，女人三步两步就把山姆追上了。女人抓住山姆的后襟，轻轻一提，提个小鸡公似的，就把他提到了树荫底下。

“还认得我不？”女人掏出手绢遮住脸上的蜘蛛，问山姆。

山姆想说怎么不认得？就你走路的那个鸭母相。可是他什么也没说，只是点了点头。

女人有些欢喜，脸上荡漾起一朵笑，蜘蛛从帕子里伸出一只脚，在女人的皱纹里游走起来。

“你阿妈，那个没良心的蠢货，给过她多少好？上回在集市见了我，转身就走，装作没看着。”

山姆点不得头，也摇不得头，只能低头看着鞋尖，和鞋里头那堆想象中的尖石子。

“你阿爸不让她跟我搭话，是不是？”

女人弯下腰，把脸近近地凑过来。女人的鼻尖顶着了山姆的鼻尖，女人的呼吸蛾子似的在山姆的脸颊上扑来飞去。山姆觉出了背上的疼，那是身后那棵枫树的糙皮硌疼了他。他已经退到了头，再没有退路了。

便只好点了点头。

“阿爸，阿爸他说……”山姆嗫嚅地开了个头，却收不得尾。

女人揪住山姆的衣襟，再次把他提起来，放下去。在女人手里，山姆轻得像一片被日头晒干了的树叶。

“他说什么？”

“他说，他说你是，是千人骑……骑过的……马。”

山姆不敢抬头看女人。山姆虽然小，却也知道，这不是一句好话。这不仅不是一句好话，而且还是一句很不好的话。这句话，不是谁生了谁的气，就好拿来随便骂人的。这句话是专门拿来骂一种女人的。被人骂过了这句话的女人，就像是被人挖了一个坑，活活埋下去，再盖上十八层土，那是永世也出不得头的。

谁知女人听了，只是笑，是那种梆梆的，啄木鸟敲树那样的干笑。笑完了，女人用一根指头抬起山姆的下颌，哼了一声，说：“你回家问问你阿爸裆里有几根毛。”

女人从兜里摸出一个金纸裹着的小盒，撕开一个口子，露出里头黑乎乎的一块东西。女人掰开一个小角，塞进山姆的嘴里。那东西一沾到山姆的舌尖就化了，甜甜辣辣的一股味，舌头还没尝透，就直直地落进肚子了，肚子响响地快活地叫了一声。山姆知道，这东西叫白兰地朱古力，是大轮船从英国运过来的。阿爸有一回去维多利亚，带回来过一盒。阿爸那回赌牌赢了大钱，心里畅快，让他一气吃了五颗，吃得他头晕脚软像喝醉了酒，都是那里头的白兰地闹的鬼。

女人把金纸上的缺口裹了回去，盒子虽然瘪了一个角，却依旧饱实。

“都给你。一个人吃了，不用告诉你阿爸阿妈。”

山姆想说不要。当然，想说不要的只是山姆的嘴，山姆的手可不是这样想的。山姆的手比嘴勤快多了，它早早地赶在嘴前面，一把接过了女人手里的盒子。

女人用帕子揩了揩山姆嘴角上那丝带着朱古力颜色的口水，叹了一口气，问：“你阿妈现在和谁一起做鞋底啊？”

“阿妈现在和阿妹姨纳鞋底。阿妈说阿妹姨的鞋底纳得像纸糊的，一穿就破。”

“阿妹，是哪个？”

“是，是吉姆阿伯新……新讨的老婆。”山姆的回答有些结巴。

“活该。”女人从牙缝里挤出两个字。女人说的是气话，脸上倒不见得有气样子，嘴角反而有一丝隐隐的笑意。

“那狗娘养的吉姆，现在，怎么样了？”

女人其实一开始就想问这句话，不知怎的，话在嘴里跑不顺，拐了好几个弯，走了好长的冤枉路，才碎碎烂烂地挤出嘴来。

“吉姆阿伯，要做阿爸了。阿妹姨大肚皮了，堂里的阿公算过了，是个男仔。”

女人怔了一怔，仿佛被一粒鸟屎打中了头顶。女人脸上飞过一朵云，云一会儿厚，一会儿薄，蜘蛛在云里头进进出出，影影绰绰的。

山姆也傻住了，他不知道肚皮里的话该挑哪句说。他觉得最难听的话，女人听了倒不在意。他说了一件大好事，女人反倒沉了脸。

“阿妈……阿妈等……等我回家。”

山姆把身子缩得很小，急急的，要缩出女人的视线。

“你把这个，拿给吉姆那个龟孙子，做洪门堂里的花销。”女人从帕子里，摸出一沓揉成了团的脏纸币。“你告诉他，人有高低贵贱，钱没有。”

山姆抓了钱，转身就走。

“你敢拿一个毫子花了，我剁了你的小鸡。”

他听见身后传过来的，刀子一样狠的声音。

求雨的人一大早就在顺阳村口的小河边集合，要去三十里地外的龙王庙。听说龙王庙边上的那个泉眼，还娃娃尿似的淌着一小股水。四太爷说只要能取回几滴，太太平平地背回到村里来，天就能下雨。四太爷是顺阳村刘姓人家的族长，活过嘉庆道光咸丰三个朝代。四太爷说话，连村里最淘的狗，也得耷拉了耳朵听。

全村的男丁，十六岁以上的，都去。人都聚齐了，左右两排，在河边直直地站着，竟也有些小气势。

其实河早就没有水了，如今只是一个乱石滩。乱石被日头舔了一遭又一遭，舔得白花花的，远远一看，像是一堆死人骷髅。只有靠河心的地方，还剩下几汪黑乎乎的泥浆。

背水瓶的是九叔。九叔是四太爷的孙子，村里唯一一个祖父母和父母及原配妻子都健在且儿女双全的男人。

九叔两天前就不在家住了，去了村外的和尚庙，和小僧搭铺。庙里的住持给他念过了两天两夜的经，早上起床又用艾蒿给他熏过身。

背水的瓶子用黄表纸和红绸包裹好了，四太爷用麻绳前三匝后三匝严严实实地捆在九叔腰上。

开道的是十六把大刀，护送的是十六条麻鞭。麻鞭后头，才是零散的人丁。全赤膊，天太热，扛不住一丝布。

都站好了队，四太爷才让人扶着，站到了一块大石头上。四太爷的胡须簌簌地抖了半晌，众人都以为他要训话。四太爷每逢祠堂祭祀或是年节喜庆需要出来说话的时候，总是这副模样，嘴未动，胡须先动。可是这一回，四太爷的胡须抖了很久，却没有声响。众人等出了汗。九叔腰上的麻绳，湿湿地抠进肉里，就忍不住咳嗽了一声。

四太爷老了，话没有年轻的时候多。四太爷已经整整三天没说过一句话了。四太爷把这三天的话，牢牢地攒在肚子里，攒压成一个石坨子。石坨子从他喉咙里挤出来，落到地上的时候，把地砸了一个坑。嗡的一声，泥塘里惊起一团黑雾——那是蚊蝇。

“下跪！”

男人们趴跪了一地，在四太爷的令下，拜天地、拜祖宗。再站起来，个个都不是跪下时的样子了，全变了颜色，是灰灰的一团——那是蒙了一头一身的干泥尘。

这是出行前的跪拜。取水的时候，还要跪拜。那是龙王爷跟前的跪拜，是另外一番礼节。

四太爷眯着眼睛，抬头看天。日头刚醒，在天边踢出一片隐隐的青白，却已经热得没了章法。四太爷看过了天，又转身看身后那棵大榕树，这回是眯一只眼，睁一只眼。过了半盏茶的工夫，众人才看见四太爷终于把两眼都睁开了，胡须一抖，抖出一句话：

“时辰，到了。”

四太爷的话尾，还留着一声叹息。那声叹息太细太小了，黏在胡须上，一直没有抖落下来，只有站在四太爷紧跟前的九叔，听清楚了。

阿妈紧紧拽着小河的胳膊，指甲钉子似的陷进小河的肉里。阿妈的腿虽然残了，手却依旧有劲道。阿妈的手劲是从女人肚腹里掏扯娃娃时练出来的。小河觉出了疼，可是却没有挣扎。她只犹豫了片刻，便有一个男人过来，扯她的另一只胳膊。男人不肯松手，阿妈也不肯松手，小河听见自己的骨头在四只手的撕扯里咯咯作响。

最后让阿妈松了手的，是小河的一句话。

小河说：“一箩米，阿妈，一箩啊。”

求雨的事，是三天前就决定下来的。出发的时辰，麻鞭队、大刀队、扛水瓶的人选，半个时辰就都定下了。缺的那样东西，却让四太爷费尽了心神。

道光爷登基的那一年，后乡的下河村也求过雨。祭龙王的是一个半岁大的女婴，裹在荷叶里扔进了汉水。四太爷告诉村里主事的男人。

龙王爷慈悲，如今不用祭活生灵了。可是印记，总是要盖一个的。盖了印记，就算是送给龙王爷了。十八岁以下的童贞女，谁家出？

四太爷问。

众人都知道是什么样的印记。四太爷问第一圈的时候，没有人应声。

再问第二圈的时候，四太爷就加了一句话。

“谁家出了祭物，收年成的时候，全村凑一箩米给这家。”

年成好的时候，顺阳村里有一箩米存到来年的人家，能数出好几户来。可是现在是什么年头啊？一箩米，那是天一样大的一件礼物，是值得人打破脑壳去争去抢的事啊。

大大把四太爷这句话带回家来的时候，阿妈不说话。阿妈只是看了一眼大妹妹，这一眼，就把妹妹看哭了。大妹妹十四岁，饿得浑身只剩下一副骨头几根筋，可是哭起来却能把小河的脑袋蹭去一层皮。小河听烦了，站起来，踹了妹妹一脚，说眼泪水能浇田吗？我去。

这回妹子不哭了，哭的是阿妈。

大大听着阿妈絮絮地哭，不说话，只是坐在凳子上搓脚泥。搓得两脚十个脚指头个个白生生的，才抬头。

“你是得在田里干活的。”大大说。

“给我三天，我就能下地了。”小河说。

献给龙王爷的礼，就这样定了下来。

那个男人把小河从阿妈手里扯走，推搡到四太爷跟前。男人扯得太紧，小河转过身，用胳膊肘子撞了一下男人的心窝，男人不备，就噗的一声倒坐在地上。众人哧哧地窃笑起来，一地的肃穆打了个七零八落。

“这个坛子，力大如牛哩。”有人说。

四太爷的胡须抖了抖，下巴朝地上一点，小河就跪了下去。隔着一层洗得挂了纱的单裤，小河觉出了膝盖之下石子尖利的小牙。那个扯她的男人已经从地上站起来，走过来解开她领口和斜襟上的第一个布扣，露出一只肩膀。

害怕是这会儿才来的。

昨晚她一觉睡到天麻麻亮，醒来时看到阿妈坐在她床头。阿妈发髻上的那朵蓝绒花还是插得好好的，过了一会儿她才明白过来，阿妈原来一夜没躺下。

“能疼成什么样？”她望着阿妈眼角堆成蛆似的眵目糊，半心半意地问。

阿妈不说话，也不看她。

“有生娃子疼吗？”她听过阿妈接生时那些女人撕心裂肺的喊叫声。

“女人生娃得疼好久呢。”阿妈说。

“我就疼一下，你就当我顺顺当当地生了一个娃。”小河说。

“没见过你这样没心没肺没廉没耻的女子。”阿妈忍不住笑了，那笑刚攀上眉心，就瘪了，瘪成两道深纹。

“盖印。”四太爷说。四太爷说这句话的时候，含混不清，嘴里像含了一颗大枣核。

脚步声在身后嗵嗵地响起。小河不用回头，就知道是那把镰刀来了。镰刀在火里烧过了一个时辰，刚从炉里取出来的时候，还是通红的，手略略一颤就要哧哧地飞几个火星子。走了这几步路，红就暗了，暗成一镰灰白。

“坛子，憋一口气就过去了，你忍一忍。”

她模模糊糊地听见一个混浊的声音，在她的脖子后头说话。

啊不。旱吧，旱吧，旱吧。旱到天干瘪了贴到地上来，也不是我一个人的事。全村那么多个坛子，凭什么就是我呢？

小河后悔了。小河想站起来就跑，跑到天边，跑到雷公也打不到的地盘去。可是脚啊，她的脚，那双包过了又放开的脚。她知道她跑得赢撒野的鸡公发情的狗，可是她跑不赢没包过脚的男人。

她还没把她的后悔想透了，就被人掴了一掌。这一掌掴在肩头上，掴得那么猛，她一下跌出去三五步远。

突然小河闻见了一股臭味。不是粪坑猪圈的臭，也不是鸡屎鸭屎的臭。有点像阿妈煮年夜饭时，把猪皮贴在锅边上烧焦了的臭。

啊！

小河听见一个声音，锥子似的在她的耳朵捅了一下，那是她妹妹的尖声哭叫。

这才渐渐地觉出了疼。

那个印记是烙在肩上的，可是疼却不是在肩上，而是在心窝。仿佛有人拿了一把刀，在她心尖尖上剜走了一块肉。肉没有完全剜走，还连着一层皮。刀一抖，皮一牵一扯的，越扯越紧，小河的身子蜷成了一团。

天爷爷，地大大，
不救大人救娃娃。
下雨下雨下雨啊，
有水才能有庄稼。

四太爷领人唱起了求雨歌。

小河抬起头来，只觉得额头上有一些黏黏糊糊的东西，流进了眼睛。小河从前不知道，汗原来也有颜色。汗是黄的。透过汗水望出去，天是黄的，地也是黄的。天边的树，长的都是稀稀拉拉的黄叶子。大刀是黄的，麻鞭是黄的。求雨的队伍，越走越小，黄蛇一样地爬在灰黄色的土路上，渐渐地就看不清楚了。只有求雨的调子，依稀还听得见。

有水……有庄稼……

突然，她看见那条黄蛇的身子扭动起来，肚子破开了一个口子。

“瓶，水瓶，打烂了。”有人大声惊叫起来。

麻鞭斜了，大刀倒了，队列溃不成军。

米呢，一箩米……

这是小河昏过去之前的最后一个清醒想法。

吉姆今天醒得很早，鸡叫第一声的时候就起床了。他不是被鸡叫醒的，他是被老婆叫醒的。昨晚睡下的时候，他就交代过女人，鸡叫第一声的时候一定得叫醒他。女人老实，怕睡过了，就靠墙坐着，掐着眼皮一直守到了鸡叫。

吉姆把那只好脚伸到床底下，钩来钩去地找鞋子，嘴里就骂：“记性呢？昨天就叫你把鞋子摆好的。”

女人没回应。吉姆喊了一声：“阿妹你耳窟窿塞着狗屎了？”女人还是没回应。吉姆扭头一看，女人斜靠在被褥上，已经睡着了。鼻孔一张一合，嘴角渗出细细一丝口涎。

女人的蠢相如一根大头火柴，嗖的一声点着了他心里的一股火。他捞起鞋子，就要往女人身上扇。鞋子走了一半的路，快走到女人身上的时候，却突然一下子停住了。他刹不住手，差点儿就摔在女人身上，最后还是揪着被角坐稳了。

女人的腰身很粗了，肚子鼓胀着，把衣襟挣开了一条缝。

阿妹不是女人的名字，至少不是女人出娘胎时候的名字。女人的本名叫黄丽珍。这个名字不好叫，到了洋埠就得有个洋名字。女人五月生，吉姆随口就把女人改叫了阿妹。妹是May的谐音，May在英文里是五月的意思。

阿妹刚来巴克维尔的时候，瘦得只有皮和骨，站在灶前煮粥，身架子比灶台高不了几寸。街尾的人见了，就笑吉姆："阿吉姆你前头走了一匹大洋马，后头进来只蔫茄瓜。"阿妹只吃了几顿饱饭，皮和骨之间，就生出些肉来。那几两肉长在身上，衣裳突然就不平整了。那几两肉长在脸上，把眉眼嘴鼻扯开了些，不笑的时候，似乎也在笑。本该是讨喜的相，偏偏吉姆见不得那脸蠢笑。

吉姆定定地看着阿妹的肚子。突然，盖在肚子上的那件薄衣扯了一扯，是阿妹的肚子在动。吉姆以为自己看走了眼，就掀开衣服，把手捂在了阿妹的肚子上。有样东西，隔着阿妹的肚皮，拱了拱他的手掌。

他的仔，那是他的仔，在娘的肚皮里和他打招呼呢。

吉姆觉得脸上痒，以为爬了条虫子，拿手背去抹，却抹着了一片湿。过了一会儿他才明白过来，那是他的眼泪。吉姆把眼睛擦干了，忍不住想笑：他老母过世，他也没掉过一滴眼泪啊。

女人依旧无知无觉地睡着，鼻息声渐渐响了，口唇张开，露出一口黄牙，牙缝里塞着一片昨天晚饭留下的菠菜叶子。

他先后两回娶的两个女人，真是老天爷送给他的克星啊。前头那一个天不亮就起床，吵得他一年到尾睡不得一个安稳觉。后头这一个永远睡不够，每天得他揪着头发把她喊醒。前头那一个太能了，能到了天上去。后头这一个太笨了，笨到了地底下。可是再笨，这一个却是要给他生仔的，一个他念想了几十年的仔啊。

吉姆从墙上的挂钉上取下一件衣裳，盖在女人的肚皮上，就起身走出了门。

鸡到这时，才渐渐地叫成了一片，天却还见不着鱼肚白。今天是个阴天，怕是没有日头光影了。风吹过树枝，叶子的响声是蔫沉的，那是挂着隔夜的霜。街上空荡荡的，连狗还蜷在窝里，做着醒来之前的最后一个梦。一眼望过去，只有远处街头有隐隐的一盏晨灯。不用说，就是那个女人的。听给番鬼做小工的人说，那个女人在街头戏院边上，开了一家饭馆，来吃饭的，都是番鬼，生意很是红火。

洋芋长芽，菜叶子里爬出毛虫，鸡蛋散黄，肉里生蛆。

吉姆暗暗地诅咒道。咒过了，才知道，原来隔了这么久，他还没有忘记，那个女人。

吉姆走下台阶，朝洪门堂里走去。堂离旺记酒馆很近，三步两步就走到了。

街尾没有大屋。街尾只有掐头断尾，到处露着大缝的烂木棚。堂是街尾最大的屋。堂是一座两层的楼，尖顶、木墙、木瓦、木门、木窗，上下两层都有围栏。正门两边挂着两条大木板，用黑漆写着一对条幅：

正气联情招集英雄安社稷

丹心结义会齐豪杰定乾坤

吉姆认不全上面的字，是盖堂的画师一个字一个字地教他念熟了的。堂是新盖没多久的，吉姆站在门前，看着那墙上，木头已经爆了皮。对联上的字，那颜色竟有些黯淡了。

风，那是洛基山的风。吉姆想。洛基山的风长着铁牙呢，走过哪里咬哪里。岂止是木头经不起这样的啃咬，人也经不起啊。才几年的工夫，山上的墓地，添了多少新坟呢？都是青壮的后生啊，好些都还没有娶上亲呢。

他把守堂的阿公敲醒了，给他开了门。阿公去后面洗漱，他把香火插满了两只香炉。他不着急点灯。即使是在没有一丝破绽的黑暗里，他也熟记堂里的每一道门槛，每一个拐弯之处。建堂的那张图纸，在他的枕头底下睡过几个月，被他毛糙的手掌磨出过几层毛边。他只想在众人还未到来之前，和坛上的那尊像，静静地待一会儿。

在半明半暗的曙色里，他看见眼前有些闪闪烁烁的光亮。他知道，那是雕花神龛上的金粉。这层金粉，是街尾的人用一小块一小块的金砂凑出来的。街尾的人都住在漏风漏雨的狗窝里，可是神龛里的那尊像，却断断要住在金殿里的。街尾的人再小气，也是懂得这个道理的。

天又放亮了一些，他渐渐地就看清了神龛里那张面皮赤红的脸、颌下浓黑的长须和身上穿的那件缠满了金黄色蟒蛇的战袍。神龛两边的对联上落了薄薄一层的灰，字这一会儿还是看不清的。可是吉姆用不着看，他早就记熟了，也是建堂的画师教他的。

万古精忠昭日月

千秋义勇贯山河

吉姆脱下身上的布衫，将对联上的那层灰细细地掸去了。低了身子便要跪，却跪不得，那条木腿硬硬地拦着他的路。

他将木腿一把扯下来，咚的一声扔到角落里，终于倾金山倒玉柱地跪了下来。

“关帝今日是你的忌辰，众弟兄必聚集虔诚祭拜不在话下。瓜果供品，样样齐全。弟子关龙旺特地单来先拜你，为的是另一桩事。我阿旺家多年无后，蒙你恩惠，赐我一仔，是久旱遇甘霖的大喜。若肯保守我家阿仔平安产下，平安长大，阿旺我包你殿中香火日日添续，金粉年年加新。”

吉姆站起来，才想起关帝原是不管女人肚子里的事的，那是送子娘娘观音菩萨所管。可是今天他顾不得了。现在他身边只有这一尊关公。天下神仙是一家，关公总能把话带给观音菩萨的。

嗡……嗡……

大阿公开了大门，站在台阶上，敲响了一面铜锣。大阿公只敲了两下，便停了，锣声被风扯碎了，送得很远，嘤嘤嗡嗡低低沉沉地响了很久，响得人一身麻痒。大阿公的锣，是告诉街尾的男人，时辰到了。其实大阿公开门的时候就看见了，堂前早已黑压压地站了一地的人。街尾的男人今天用不着那面锣，街尾的男人今天自己心里都有一面锣。可是大阿公是香主，大阿公管的是祭拜的事。该有的排场，那是一样也不能省的。

大阿公不知道这些人在堂前等了多久了。这群男人安静得如同粘在地上的泥巴，长在坡上的草。大阿公心想，在巴克维尔这么个野地方，能镇得住这群男人的，也只有这个堂和堂里供的这尊像了。

众人跟在大阿公身后进了堂。供品是昨晚就准备好的，一只金灿灿的烤乳猪、三盆牛羊荤肉、五只全鸡全鹅、七样米面糕酥、九碟各式瓜果。

大阿公用一根长火棍，点着了神龛前的那盏大宫灯。火苗跳了几跳，渐渐安稳下来，“圣关帝君”几个字，才明了起来，一屋便都是朦朦胧胧的红光。

大阿公又用剩下的火，点着了两只大香炉里的香。烟刚生出来的时候，是青灰色的，没走多远就叫宫灯给染上了色，也成了红的。炉沿上蹲的两只铜麒麟，裹在一层青烟和红烟里，依旧两眼炯炯。

大阿公抻平衣襟，喀喀地清了清嗓子。一屋的男人腿都紧了一紧，站直了。

“关帝圣君，精忠勇武英名，近在中原，远至番土，唐人后世千秋万代记铭。我等离乡背井可怜之人，在此恳请圣君，保我四邻相安，家宅无扰。外出淘金者，必有所得。在家守业者，锅内有米。人丁加添，五畜并长。”

众人齐齐地跪下了，一屋都是高高拱起的找不着头颅的脊背，瘦骨扎得青布衫千疮百孔——头都低低地贴在地上。

三叩九拜之后，大阿公将满满一碗的米酒，洒在香炉上，浇灭了火，算是礼毕。

众人起身，掸了身上的灰土，就往里屋走去。里屋摆了几条长凳，众人各挑了个位置，挤挤地坐下了。

吉姆找回木腿，装上了，站在屋中间。学大阿公的样子，清了清嗓子，可是不管用。关公不在眼前的时候，男人就难管起来，有卷了纸烟噗噗地抽的，有脱了鞋子搓脚泥的，有掏出小竹耙子挠痒的，有拿指甲剔牙花掏鼻屎的，一屋都是声响。

吉姆把假腿扯下来，咣咣地在桌子上敲了两下，众人才静了下来。

“今天顺便开个会，有什么事要说的，就当着大家在堂里说了，省得回家又有屁放。”

无人说话。

半晌，卷毛擤了擤鼻子，说：“阿贵上山的事……”

卷毛的弟弟阿贵，几日前发起了寒热。山里一日两季，易得寒热，本不当一回事。谁知前天夜里阿贵突然抽起了筋，一口气没缓过来，就走了。

吉姆知道卷毛问的是如何发送阿贵的事，就指了指堂里的文书阿黄，说把那张纸，给大家念一念。

阿黄从兜里掏出一张皱巴巴的纸，近近地凑在鼻尖上，看了半晌。有人便催：“阿黄我屎紧，等不及了。”阿黄是个木讷人，一慌，就结巴：

义兄不幸丧……丧归阴

众兄扶柩上……上……上……山林

备下斋宴来祭……祭奠

英灵保佑……众……众……洪门……

哦不，不是，是众……众洪英

吉姆的牙齿将下唇咬出一片青紫，才将那一嘴的笑意勉强咬了回去。

“谁叫你念这酸文了？我是说下边的话。”

阿黄将那张纸折过一半，又要念。吉姆说：“别折我阳寿了。”便自己念了起来。话虽然是阿黄写的，事先却是与他商量过的，所以他念起来就很是顺溜：

“天生日月本姓洪，非亲有义皆当敬。陈良贵丧事，吾等义兄岂可旁观？有意相送者，不拘多少，皆在纸上留名留银。”

吉姆说完，从兜里摸出一样东西，扔在桌上，是一块半个小拇指盖大小的金砂。众人见了，也纷纷解囊。一元两元，三毫五毫不等，竟是小小的一堆。吉姆便叫阿黄一一登记了。

登记完了，都交给卷毛，吉姆就问：“还有事要议吗？有话快说，无话走人。”

众人相看几眼，无话，便都站起来，朝屋外散去。

卷毛拦住吉姆，说：“阿贵人是走了，他的事堂里还管不管？”

吉姆边走边说：“不就明天早上送上山吗？无论上不上工，各家都派一个人，执事个个都到。”

“你别装傻。阿贵的寒热症是怎么得的？那是喝醉了酒招风吹的。阿贵一世没喝醉过，实在是心里有气，那个番鬼欺人太过。”卷毛嚷了起来。

阿贵上个月从街头庄尼手里，买了一块现成的矿皮，坑道和水源都铺好了的。矿皮在山顶，离镇上有一个小时的路程。庄尼领阿贵到矿皮去看，阿贵亲眼看见庄尼的小工从水槽里洗出金砂来。阿贵没见过成色这么好的金砂，当场就交了两千块钱，两人骑马去瑞奇菲尔镇里的金矿管理长官那里，签了字办妥了买卖手续。谁知阿贵得了手后，便再也淘不出半粒金砂，那先前的金砂，显然是庄尼事先埋在槽子里做样子给他看的。

阿贵再去找庄尼，庄尼说你亲眼看见的金砂，后来没有了，那是上帝才知道的事。要是谁都能断定后面淘不淘得出金砂，那全镇就全是阔佬了。阿贵花了两千块钱买了一块废地皮，气不过，就天天找庄尼。庄尼先是躲着不见，后来躲不过，就叫了警官来赶阿贵。

镇里有三个叫庄尼的，一个住街尾，两个住街头。卖矿皮给阿贵的这个庄尼，是街头车马店的东主，剃头铺裘德的小舅子。

吉姆听来旺记喝酒的人讲过阿贵的事，只是没知道得那么仔细。就问卷毛："阿贵找没找过管金矿的长官？"卷毛说："瑞奇菲尔去过两趟了，长官说有人拿枪逼你了吗？白纸黑字，都是你自觉自愿签的，怨不得别人，只怨你脖子上不长好脑袋，脑袋上不长好眼睛。"

吉姆呸了一声，说："没见过你这么蠢的人，金矿长官都管不了的事，你叫堂里怎么管？堂比这边的官府还大吗？"

卷毛挨了骂，却没回嘴。众人都知道，卷毛嘴上服软的时候，肚子里一定是在煲新花招了。

果真，划一根火柴的工夫，卷毛就开口了。

“若是堂里肯替我做主要回阿贵的钱，愿五五分成，那一半给堂里做公用。”

吉姆额上的那根毛一抖一抖的，一屋子的人都听得见他脑瓜子转动的声响。可是他就是不说话。

“大佬，堂规里，第十一条是怎么讲的？”卷毛急了。

众人便都抬头看墙上贴的那幅堂规。密密麻麻的字，眼神好的认不得字，认得字的又看不清。众人便叫吉姆念。吉姆早把堂规从头到尾熟记了，不用看，也说得出来。

“本堂兄弟有非灾横祸被人诬陷欺凌，查确果是无故受屈者，先生大佬协同执理与其排解调停，共全手足之义。”

“堂规也不止就那一条，还有第五条呢？别忘了。”

说话的那个人，是那年因私藏了卷毛和阿贵兄弟矿上的金砂，被绑到旺记酒馆受审的阿昌。

“本堂人员未交本堂馆底（会费）者，不得出堂讲话有碍事务。部内未经报名、底银未有交者，如遇有事投诉，要补公费银三十大元方得集众排解。”

吉姆念完了第五条，只拿眼斜看着卷毛不说话，渐渐地，卷毛的身子就矮了下去。

“人都死了，还讲这些。”卷毛嗫嚅地说。

吉姆霍地吐了一口绿痰，脸紧了：“要堂里管事的时候，怎么不说人死人活的话？家有家法，堂有堂规。我一个人说了不算，你问问众人的意思。”

众人都将脸扭开了，卷毛的目光如折了翼的鹞子，扑通扑通地落到地上，没有一个人捡拾。

“等收了银子回来，从中扣除当作馆底就是了。”卷毛说。

吉姆转身就走，木腿在地上橐橐地敲出一个一个的坑。卷毛想拦，吉姆将木腿一扫，卷毛哼了一声，捂着膝盖布袋似的软倒在地上。眼看着吉姆一脚高一脚低地走出了堂门，半天才喘过气来，问阿黄：“阿贵的发送今天收了几多银？”

“除去散碎金砂之外，共是二十八元三毫五分现金。”阿黄说。

卷毛从裤兜里摸出两元钱，递在阿黄手里，有气无力地说：“你告诉大佬，阿贵的馆底凑齐了。”

阿黄追过了一条街，才把吉姆追上，把卷毛的话说了。

吉姆冷冷一笑：“见了棺材还不落泪的衰货。”

“忘了问你，馆底里多出三十五块钱，没有名字，怎么记账？”阿黄问。

吉姆定定地望着阿黄，眼神里却没有阿黄，仿佛阿黄是一阵什么内容都没有的清风。

“人有百家姓，钱没有。钱就姓钱，有没有名字有个卵要紧。”

其实吉姆心下明白，阿黄清楚这钱是街头那个跟着番鬼走了的烂女人给的。阿黄只想探一探他的口风，等他吐了口，阿黄就能踏踏实实地收入账中。

庄尼早上起来的时候，觉得天有点暗。以为起错了点，就拿起昨晚挂在墙上的挂表，对着窗缝里的那点光亮看了一眼。七点整。没错，那正是他每天起床的时间。

又是一个他娘的阴天。他暗暗地骂了一声。

后院已经传来哗哗的水声，是车马店上个月新雇的帮工玛丽亚在洗昨天客人换下的床单和枕套。

玛丽亚的脑壳是实心木头做的，没有一个透气的孔。玛丽亚永远只看见离她最近的那样活。玛丽亚永远不明白，早上七点是车马店的客人起床的时间。早上七点更应该做的，是煎鸡蛋、切面包、煮咖啡。

不能等了，一定要尽快换掉这个蠢婆娘。庄尼心想。

“玛丽亚你……”

庄尼一边拉开窗帘，一边高声嚷道。可是他的声音像一条蚯蚓一样，突然被一片利刃切斩，那后半截话生生地断在了舌头上。

因为他看见了一群人，黑压压地站在他家的窗前，天原来是这样被遮暗的。

这群人都穿着粗布衬衫，牛仔裤，戴着脏得结起了小球球的毡帽。有的手里拿着铁工具，有的空手。乍一看都是山里挖金小工的样子，再一看就看出了不同。

他们是中国人。那些挤住在街尾，喝着自己的酒，煮着自己的饭，不常到街头走动的中国人。

庄尼也不是没见过中国人。在威利开的铁匠铺里，他见过中国人来买现成的铁器，都是上山淘金用的。麦肯色夫妻的小商铺里，也有中国人来买毡帽手套朱古力糖。他们三三两两地来，永远浮着一脸针也插不进去的傻笑，用碎布片一样破烂的英文，小声地问价，小心翼翼地数着找头。他们风一样地来，风一样地走，是那种小股的、连叶子也懒得动一动的轻风。若不是手里还捏着留有他们手掌潮汗的纸票，店主人甚至都记不清他们是否真的来过。

可是当他们团成伙站在一起的时候，他们突然就变了。还是风，却是风眼的那种风，一动不动，安静得可以听得见头发丝蹿长的声音。可是这安静和铁匠铺小商铺里的安静是不一样的，这安静有重量，眼光一落上去就被压瘪了。这安静是碰不得的。这安静只要碰擦出指尖大小的一个口子，立即能漏出一股削平一个山头的飓风。

庄尼知道，他们不是聚集在他的窗口看蠢婆娘玛丽亚洗床单的，也不是等着喝车马店开门后的第一杯咖啡的。他们是来找他的碴儿的。

庄尼哗的一声把窗帘扯回来，靠在墙上思索着对策。对策如散沙，在他的脑子里东一股西一股地流来流去，却迟迟不肯聚拢成团。

“天爷，这……这是怎么啦？”

走到门前晒衣服的玛丽亚发出一声惊叫。庄尼知道，安静叫这个蠢婆娘给碰破了。可是从那个破口里流出来的，还不是风。在听见风之前，庄尼先听见了雷。不，庄尼感觉到了雷。雷从地底下生出来，轰隆隆地滚过他的脚，震得窗户沙沙地颤动，他的耳膜像爬过了一群蚂蚁那样地麻痒起来。

过了半晌，庄尼才听清雷声里携裹着他的名字。

“丢你老母，庄尼。”

“你们不……不能进去。赫……赫斯特先生，还没有……起……”

玛丽亚的声音像一条虫子一样被鞋底碾灭了。人群已经撞开了他的门。他刚够时间把西装裤子的吊带挎过肩膀，裤子的前口还敞开着，露出里边鼓鼓囊囊的一团亚麻内裤。

哧哧，人群里生出几声窃笑，那些青黄冷峻的脸龟裂开来，有了几丝纹路。

那几丝纹路一下子让庄尼把散沙一样的思绪拢成了团。他朝瘫坐在地上的玛丽亚看了一眼，微微晃了晃头。玛丽亚撑着地站起来，一脚高一脚低地朝门外跑去。

再实的木头，也总能有一个透气的孔。庄尼想，这个蠢婆娘，到底看懂他的意思了。

庄尼慢条斯理地扣好了裤子的开口，将他的慌乱和那截亚麻内裤一起，严严实实地锁进了裤裆。

喀喀、喀。

庄尼异常响亮地清过了嗓子，然后抬起头来，谁也不看地说了一句话。庄尼的话说得很慢，一个字一个字地拉开来，每个字中间连着一条丝。那条丝不软也不硬，一弹一颤的，把一句话串起来，就有了一些劲道。

“说吧，要什么，派一个人说。”

人群似乎被这句话抽了一鞭，怔了一怔，开始用眼光窃窃私语。众多的眼光在半空中来回相撞，发出嗖嗖的声响。后来，那些眼光渐渐开始有了秩序。庄尼终于看见一个人，被一道又一道的眼光推搡着，走到了他跟前。那人走路有点瘸，庄尼一眼就看出来他的两条腿中，有一条不是真货。

“欠债还钱，你知道我说的是什么。”那人冷冷地说，声音不大，却很坚硬，在庄尼的神经上刮着肉屑。

庄尼定定地看了看那个一条腿的男人，一字一顿地说：“我不认得你，也没欠你一个毫子。”

“你欠了阿贵。”

“那你叫阿贵来说话。”

“你……你明知道……”一条腿男人的英文到了这时，就像一条扯到了头的松紧带，再也扯不动了。

人群开始骚动起来，眼神的交谈停止了，齐齐让位给舌头。

“阿吉姆，莫费口水了，不见棺材，这个番鬼是不肯落眼泪的。”

一条腿男人的脸，就渐渐地绷紧了。额上的皱纹四下游走了一会儿，最后终于定格在直立的位置上。男人掀开布衫大襟，从裤腰里抽出一样东西来。人多，遮得屋里很暗，可是那样东西用不着光亮，那样东西本身就是光亮。那样东西像一盏摆置在风口的灯一样，随着男人的动作一明一暗地闪着青光。

庄尼不用仔细看，就知道那是一把刀，一把还沾着磨刀石潮气的刀。这样的刀用不着真正扎进肉里，这样的刀贴着皮就能吸出血来。

庄尼的眉眼口唇突然就凝固了，硬得如同一块岩石。庄尼紧紧地憋住了正在胸腔里行走的气，生怕略微松动一下，那口气就会演变成一阵无法控制的颤抖。

“你……你敢为……为这几个钱……杀人？”庄尼终于颤抖着说出了一句话。

“这几个钱？我为比这个少得多的钱，杀过人。”一条腿的男人说这句话的时候，英文突然就顺溜起来了，顺溜得不像是从他嘴里出来的，连他自己都吃了一惊。

庄尼的身子低矮了下去，像一个被蒺藜扎破了的猪尿脬那样地软瘪了。他垂下头，伸出手来，窸窸窣窣地掏着裤腰里的皮夹子。

卷毛破口大骂："丢你老母，早知如此，我家阿贵也不用死得那样……"

卷毛的话还没讲完，就断在了舌尖上，因为他看见庄尼从裤兜里掏出来的，不是钱夹子，而是一把手枪。那是一把老态龙钟的左轮，很久没擦了，看起来更像是一坨锈铁。再破的枪也强过再利的刀，傻子才不懂这个道理。这回，轮到众人的脸变了色。

庄尼咔嚓一声扳下了枪机。庄尼的枪指着那个一条腿的男人，可是他并没有看那个男人。他用不着。他和那个男人，中间最多隔着三步路。这个距离，他就是个瞎子也打得死他。

"是你们强闯进我的私宅的，我打死你连上帝也管不着。"庄尼的脸活了，石头变成了水。

"我喊一二三，过了三你们还不走，我就闭着眼睛开枪，打着谁是谁。"

庄尼数数的时候，速度很慢。一和二之间，仿佛拉着一根扯也扯不完的长线。可是这根线，再长也有扯断的时候。而人的命，就拴在这根靠不住的线上，说飞就飞了。若为一个说得过去的理由，飞也就飞了，却偏偏为阿贵、卷毛这一对指头缝紧得抠不出半枚铜板的鸟兄弟。

不值啊，不值。

也不知是谁第一个抬了腿的，众人渐渐地朝门口退去。都正正地盯着前头，不敢斜眼，怕一不留神捞着吉姆的目光。走到了门外了才发现其实用不着躲，吉姆就走在他们旁边。

就在这时，退去的人潮中突然生出一个逆浪。有人一个急转身，像一只被剁去了半截尾巴的疯羊，朝着庄尼冲过去。那人毛发根根直立，眼睛叫火烧瞎了，看不见枪，也看不见那根悬悬地挂着一条人命的绳子，只是弓着身子一头朝着庄尼撞去。

是卷毛。

庄尼不防，一屁股坐到了地上。手一抖，枪就走了火。

轰的一声巨响，众人的脚成了湿雨过后的树干，在地上生了无数条根须，竟怎么也拔不动了。吉姆是第一个回头看的。只见庄尼坐在地上，伸着一根肉红色的舌头，狗一样地喘着粗气。卷毛瘫软在地上，头上抹了一层厚腻的红浆，血正在一条一条地往下爬，眼珠子却还在转。

过了半晌，吉姆才明白过来，卷毛不是叫枪子给打的，而是叫碎玻璃片给割的。庄尼的枪子打中了墙上的照片，他死去的妈栽倒在地上，粉身碎骨，又死了一回。

庄尼站起来，定定地看着地上他妈那张碎成了许多片的脸，终于捡起了一片眼睛，放到壁炉架上，然后把手里震歪了的那把枪调正了角度，慢慢地对准了卷毛涂满污血的脑门。

“不是世界上所有的事，都可以有第二次机会的。你现在才知道，可惜晚了。”庄尼说。

可是庄尼的扳机没有扣响。

有一粒石子，正正地打在了庄尼的右手腕上。庄尼的手像是一只折了翅膀的鹞子那样垂挂下来，左轮手枪当的一声落在地上。庄尼拿左手捏住右手，疼得直嘬嘴。

扔石子的是番鬼丹尼，是玛丽亚去报的信。

“到了动枪的时候了吗？你龟孙子想当巴克维尔的第一个杀人犯吗？”丹尼对庄尼吼道。

“下手忒狠了点，丹尼你这狗娘……”庄尼一边甩手，一边回骂，可是那骂声像热水里的海蜇似的缩了回去，因为他突然发觉地上的那个血球在动。

那个满脸是血的中国男人显然是仔细观察盘算过的。他一坐起身来，就准确无误地捞起了落在地上的那把枪。男人显而易见从没拿过枪，枪在他手里也就是一坨没锻打好的废铁。他翻来覆去地转了好几个来回，才终于把手指头笨笨拙拙地搁进了扳机口。

庄尼一下子完全清醒了。他已经来不及躲了，他唯一能做的是抬脚朝那个依旧坐在地上的男人狠狠踢去。那一脚踢在男人的下颌，男人嗷地叫了一声，嘴里冒出一股血沫——他咬伤了自己的舌头。男人完全没有格斗经验，反抗的动作看起来暴烈，中间却充满了硕大的漏洞。庄尼几乎是轻而易举地从男人手里缴回了自己的枪。

“丹尼你可都看见了，我不杀了他，这狗日的就要杀我。到了法庭你给我做证，我是给逼的。”

庄尼把枪抵在了男人的太阳穴上。男人额上的血被枪口推挤出一堆污秽的泡沫，枪舔着了血，突然就抖抖擞擞地长了精神。

“随你，想杀就杀了他，我也不找你偿命。我只找他偿命。你们番鬼的命，哪一条也比我们的命值钱，杀你杀他都是赚。”

门口有人扯出一串破布似的英文。庄尼用眼角的余光，就看出说话的是那个装了一条木腿的男人。木腿男人说这话的时候不紧不慢，脸上挂了一丝隐隐的笑意，声音低沉嘶哑，震得窗棂格嗡嗡地抖。

男人就站在丹尼身后，手里的那把刀近近地架在丹尼的脖子上。丹尼看不见刀，他是觉出来的。刀尖上的寒意如一条虫子，顺着丹尼的毛孔咝咝地往下爬，爬到脊梁骨上，脊梁骨就软了。丹尼比那个木腿的男人高壮了许多，论打架那男人根本不是丹尼的对手。可是丹尼是在毫无防备的时候被那人擒住的，他软面团似的瘫在那里，一动也不敢动——他不想拿命去撞刀子。

空气一下子结成了一层薄冰。屋里屋外的人，没有一个敢喘气，生怕一口气喘粗了，把那纸一样薄的冰吹成碎碴子。

“哼。”

有人冷笑了一声。

“不就是几个钱吗？都死了，拿了钱给谁？”

这时众人听见一阵窸窸窣窣的声响，是裙裾拂过地板的声音，有一个女人缓缓地走到了屋中间。谁也没注意女人是什么时候进的屋。女人穿着一件番鬼婆娘穿的细腰宽摆长裙，戴着一顶番鬼婆娘戴的宽檐布帽。女人长得人高马大的，乍一看就是一个番鬼婆娘。可是再一看，就看出破绽来了。女人的肤色是黄色的，是那种被山风和日头舔得黑里透红，有点像旧铜，也有点像锈铁的黄。女人的脸盘是扁平的，颧骨如刀，却没有番鬼婆娘的深眼窝。女人一侧的脸颊上有一块大疤，疤的边缘模糊，在暧昧的光线里看起来像一条沉睡的蜈蚣。女人说的英文虽然比街尾的中国男人略强几分，却也有一腔拿刀子也抹不平的口音。一屋子的中国男人都觉得这个女人面熟，一屋子的眼睛盯着这个女人看了又看，一直到把人看出了千百个窟窿，才渐渐看明白了：原来这人就是吉姆先头的那个婆姨芙洛拉。

众人就奇怪，一身衣装、一块伤疤，怎么就把人变得不像人了呢？

“芙洛你快走开，这里不是你待的地方！”丹尼大喝一声，脸色煞白。

番鬼丹尼输得起钱，输得起祖宗传下的怀表，甚至输得起面子，可是却输不起这个女人。丹尼前辈子欠了这个女人，这个女人这辈子就是他的劫星，他见不得她在他面前吃一点亏。

“你要是想活命就闭嘴。”女人不看丹尼，直直地走到了庄尼跟前。

“钱，你说的钱，在哪里？”卷毛急急地问。

“听着，你要是想拿回你那几个买棺材的破钱，你只能听我的。”芙洛瞪了卷毛一眼。

“卷毛你吃了什么迷药，信她的话？”吉姆说。

吉姆说这话的时候，也看着女人，可是他看女人的样子，和众人又是不同。吉姆看女人的时候，仿佛女人是门口狗舔剩下来的一摊屎，是屋里搁米袋那个角落里一只奄奄一息的耗子。

“卷毛你非要死，我也不拦你，关我什么事？”女人转身就走。“你就等着两千块钱买朵大金花，给你烧在坟前。”

“阿姐，慢……慢点。”卷毛几乎忘了额上还压着一把枪，撕破了嗓门儿嚷叫了起来。“吉姆阿哥你听她把话说完，再不信行不？”

吉姆别了脖子不吭气。

“要我说话可以，把枪把刀都放了。”女人走回来，拿脚钩过庄尼穿衣服的锦凳，闲闲地坐了上去。

“要放他先放。他是枪，谁也顶不住一个枪子。”街尾的男人乱哄哄地说。

“你放不放？”女人斜了眼看庄尼。

“我怎么放？我放了他就要杀我。”庄尼说。

“你不放就能躲得过去？等会儿人散了，你就永远不出门了？你老婆就不上菜市场买菜了？你儿子就不去学堂念书了？你躲得过去吗，你？”

庄尼不说话，也不放枪，眼神却有些散乱了。

“哪天你儿子放学回不了家，你车马店客人的马被人卸了一条腿，你再找我就晚了。”

庄尼依旧没有放下枪来，可是持枪的手却颤了起来。芙洛一扒拉，就把枪收了。

芙洛把那支旧左轮压在自己的大腿底下，就拿眼睛看吉姆。吉姆不接她的目光，依旧硬硬地梗着脖子，像一只吃噎了青虫的鸡公。

众人便都看吉姆。众人的目光有些腻重，吉姆渐渐地就扛不住了，咕哝了一句“千人……马”，咣啷一声扔了刀。

“说吧，山上那块矿皮，你黑没黑人的钱？”

芙洛坐在锦凳上，话是丢给庄尼的，却不看庄尼，也不看任何人，只是把手伸到眼前，仔仔细细地剔着指甲缝里的泥垢。

庄尼不说话。

庄尼其实是想说话的。庄尼想说的那句话是“没有”。“没有”（No）在英文里就一个音节一口气，比放一个屁还短还轻省。可是这会儿这个“没有”却长了毛边长了糙皮，卡在他的喉咙口，无论如何滑不下来。

“好吧，你不说我也不逼你。那边死了一个人，就算你没黑他的钱，他也是叫这事给气死的。买棺材，买墓地总得花钱吧？老婆孩子总得有口饭吃吧？你说呢？”

“好，我出两百块钱。两百块钱，你要什么棺材，镀金的，还是镀银的？”庄尼迟疑了片刻，才说。

众人轰的一声炸了。吉姆冷笑了一声，说：“卷毛你这回看清楚了？婊子要救的不是你，是她的相好。”说着就呼地从地上拾起刀来。丹尼听见响动，蹲下身子一闪就躲过去了。丹尼像一只匍匐在岩石上的秃鹰，上一秒钟还纹丝不动，下一秒钟已经飞在了天外。吉姆没去追。吉姆知道丹尼有了防备的时候，他远不是他的对手。吉姆只是把刀举到眼前，拔下几根头发，朝着刀呼地吹了一口气，头发呲地断成了两截。

丹尼跑到芙洛身边，一把抽出了她压在大腿底下的手枪。

“芙洛你走，快走，这里是男人的事，你不要管。”

众人看得出这个番鬼真是急了，头发根根直立如针，额头的青筋缠成了一团乱线。镇头镇尾的人看惯了丹尼嘻嘻哈哈没正经的嘴脸，只觉得这个样子竟不像是他了。

芙洛抬头朝丹尼笑了一笑。芙洛的笑像是一潭浑水，内容太多，众人竟不知该捞哪一样。镇头镇尾的人也从没见芙洛这样笑过，只觉得这个笑弄得芙洛也不像芙洛了。

“男人也有管不了的时候。”芙洛说。

芙洛站起来，朝着庄尼走去。芙洛不说话，只盯着庄尼定定地看。芙洛的眼睛像一把大勺，三下两下就把庄尼稀粥一样的胆气舀得见了底。

“我……我……”庄尼嗫嚅地，竟说不全一句话。

“你听着，庄尼，我只要走出这个门，你五秒钟之内就能叫这群人咬成一团肉碎。”

庄尼沉吟半晌，才挤出几个字：“八……一千，就一千，多一个毫子也没有。”

丹尼一把揪住了庄尼的衣领：“你不要命，别把芙洛也拽进去。”

芙洛推开丹尼，说：“你走开，我要和这个蠢货说句话。一句，就一句。”

丹尼不肯走，芙洛努嘴指了指他手里的枪，说：“你有这个，怕什么？我出不了事。”丹尼才迟迟疑疑地走开了。

芙洛贴近庄尼的耳根，轻声说：“从今天起到明年这个时候，我每个月给你五十块钱。你把这事，就此了结。”

众人听不见芙洛的话，但是众人都看见庄尼脸上的表情开始变得复杂起来。庄尼很久无话，可是一屋的人都听见了庄尼的话在他的肚子里咕咕地翻响。

“明天下午三点，你，来我这里拿钱。”庄尼用脚尖指了指蹲坐在地上的卷毛。“两千块钱。从今往后，我不认识你，你也不认识我。”

庄尼的话是一个字一个字地从他嘴里挤蹦出来的，仿佛吐出来的是一颗一颗的牙齿。庄尼把牙齿吐完了，突然就是一个瘪了嘴的老人了。

众人一下子安静了下来。早上出门的时候，就是为了一口气。没有人指望能从庄尼这样紧得跟岩石似的人身上掏出一个子儿来。谁料想这一口气一路行走，雪球似的越滚越大，最后竟大到了要裹进两条人命。现在这口气总算出了，非但没搭上命，还捞回两千块钱。

众人想想，都觉着了后怕，撑不住嘘了一口气，当然不是早上出门时的那口气了。

“阿姐，你有什么本事，能叫那个番鬼松口的？”卷毛撩起衣襟擦着满头的污血，疑疑惑惑地问芙洛。

“我不就是一匹千人骑的马吗？除了让人骑，我还能有什么本事？”

芙洛大声地说。芙洛说这话的时候，眼神翻过一个个人头，落在了吉姆身上。

今天镇里来了好几趟马车。

最后一趟马车进镇的时候，店铺都已经打烊了。芙洛又重起炉灶打点一车人的饭食。等送走客人，收拾完锅碗台面，就到半夜了。全身困乏，还没来得及洗一把脸，只脱了外边的布褂往床上一靠，就昏昏地睡了过去。

刚睡着，就听见街上有人放炮。砰、砰、砰，一声响似一声。心想这时又不年又不节的，谁家在摆这个排场呢？又隐隐听见炮声的间隙里，有人在喊她的名字。一惊，就醒了，才明白是有人在敲门。

敲门的声音很急，仿佛要把门砸成几片。

喊话的声音也很急，却是那种心气很大，嗓门儿很小的急。心气挤在嗓门儿里，把嗓门儿撑得像熟过了的豆荚，随时要爆裂。

“阿姐，开门，快……开门。”

是个女人的声音，有几分熟。

芙洛从床头扯过布褂披上，灯也来不及点，就三步并作两步地摸黑下了楼。快到楼梯口的时候，踩空了一脚，咚的一声摔了下来，膝盖撞上了一样硬东西，疼得龇牙咧嘴地骂了一声“天杀的，”扶着墙壁站起来，一颠一颤地去开了门。

门外披头散发地站着一个人，脸色煞白，两个颧骨却是黑的，刀削出来的那种尖刻——是月光照的，那样子活脱脱是戏班子里扮的女鬼。芙洛的心咚咚地跳了几跳，壮着胆子再看了一眼，才认出来是街尾的阿珠。

“叫卷毛赶出来了？”芙洛缩在门洞的黑影里套上了布褂，半睡半醒地问。

“阿姐，请你……帮……帮忙。”阿珠的嘴巴抽了一抽，像是要哭。

“谁是你阿姐？自从我离开了旺记，连你家的鸡母，见了我都绕道走。”芙洛冷冷地说。

“阿姐，真的，请你帮……帮忙。”阿珠嘴笨，说来说去，就是这句话。还是要哭，却没哭出来。

“什么忙不能等到明天？又不是要死人。”

“真要，要死人了。阿妹，阿吉姆的老……老婆，生了半天的仔，到现在也没生出来。”

阿珠说到老婆两个字的时候，突然想起了吉姆的老婆本该是芙洛的，顿了一顿，到底也没想出别的字眼，还是把那两个字说出来了。

芙洛一下子惊醒了，醒得透透彻彻。

“接生婆呢？”

“接生婆在域多利（维多利亚），赶不及了。本来阿吉姆月底要带她去域多利等产的，可是她，早产了。”

“那赶紧送洋番的医院啊。”

“阿妹说死也不要洋番脱她的裤子。”

“你找我有什么用？我又没接过生，要是猪狗我还敢试一试，可那是人。”芙洛急得脸也变了色。

“阿吉姆说，你跟他说过，你阿妈是接生婆，你从小见多了。”

“哼，那是我没睡醒时的胡话，他也信？我妈都死了一千年了。我除了能让人骑，别的什么也不会，那可是他说的。”芙洛呸地吐了一口痰，狠狠地说。

“阿……阿姐，那是两条命啊，你……你……”

阿珠把两片嘴唇憋得青紫，还是憋不出别的话来劝，身子一矮，就要跪。芙洛一把扯起她来，说要跪也是他跪，轮不着你。

就咚咚地跑上楼去，胡乱包了几样东西下来，跟着阿珠急急地朝街尾跑去。

黑黝黝的街上，远远地就看见旺记里里外外都点着灯。旺记的灯把夜撕扯出一个口子，从那里流出来的是煞白的恐慌。吉姆站在木台阶底下，双手拢在袖筒里，一瘸一瘸地来回踱步等人。看见人来，便急急地迎了上去。想说话，却不知说哪句好，一脸的皱纹挪过来挪过去，怎么也挪不成一个像样的笑。芙洛仰着脸站着，不动，也不看他。

阿珠扯着芙洛的袖子，就往屋里拉。“阿姐，救人要紧。”

芙洛胳膊轻轻一甩，就把阿珠的手抹了下来。

“你算是这家什么人？主人没开口，我敢进门吗？”

“丢你……”吉姆还是想狠，到了这时，却狠不出来了。一股粗气，横哽在喉咙口，捋过来捋过去，最后才捋成一条，竖着从嘴里出来了，已经有了些低三下四的味道。

“阿妹说要自己生，她阿妈生她，就是在猪圈里拿了把剪子剪下来的。可是号了半天，现在连号也号不动了。只好请……请你来……”

“我没接过生，你把两条命放我手里，我没这个胆。”芙洛一下子把吉姆没说完的话截断在舌头上。

“你没杀过猪，你也见过人杀猪。”这话一出口，吉姆就知道说得背了，呸了一口，声气又矮了几分，“你帮这一手，我祖宗三代都谢你。”

芙洛咚咚地就往屋里走去。

两三年不曾回到街尾，也不曾进过旺记了，可是芙洛自己也惊奇，脚一迈过门槛，依旧熟门熟路。她闭着眼睛也知道，卖酒的柜台靠左手，右手留了一个过道，是通到后屋的。柜台上的酒瓶和杯子，摆的还是她走时的样子，只是迎面贴的那张画，却不是同一张了。她走时是一张鲤鱼跳龙门的年画，现在却是一张观音送子图。图上的观音，是个女身，长头发，披着一袭白纱巾，明眸皓齿，额上一点丹朱，手里抱着一个胖男孩。观音和男孩脸上都是一团一团的灰，是叫香火给熏的。

芙洛穿过过道，就到了后屋。不用看她也知道，靠里的墙边是一张躺椅。那张躺椅，是从前吉姆抽大烟吃点心骑她揍她的地方。躺椅的扶手上，有一块黑斑，那是吉姆一个耳光扇出来的鼻血，后来再也洗不干净了。不知吉姆，是不是也在这张躺椅上，像骑她一样地骑楼上那个叫阿妹的女人？

芙洛斜着身子，目光绕过了躺椅。那张躺椅像是一根梗在她肚子里的刺，梗了这么些年，到今天依旧让她的心肺肠胃蠕蠕的，不怎么妥帖。她听见身后吉姆的脚步慢了下来，不用回头，也知道他在给右面墙上的挂刀磕头。那挂刀是他祖宗传下来的物件，他没把他祖宗的灵牌从家里带出来，拜刀就算是拜祖宗的意思了。她听见他的身子低矮了下去，头在地面上撞出嘭嘭的声响。她直直地站着，纹丝不动。

这不是她的祖宗了，她用不着拜。今天，她求不着他们。倒是他的祖宗三代，今天得贱贱地求着她。

“水，滚热的，大桶。”芙洛不等吉姆把头磕完，就拿脚踢了踢吉姆的脊背。

“阿珠，你是笨鹅啊，炉子开了没有？”吉姆用木腿拄着身子站起来，朝阿珠吼道。

“早……早烧开了，我端……端到楼上去。”阿珠正要往炉灶走去，却被芙洛拦住了。

“阿珠两只凤爪似的小脚，怎么端得到楼上去？”芙洛仰起下颌，指了指吉姆，“是你老婆生仔，你端。”

说完了，才想起，吉姆只有一条腿。便把两人都拂开了，自己提了那满满一桶冒着热气的水，噌噌地往楼上走去。吉姆和阿珠紧跟在后头，上了楼，却都等在门口。

房间门口蒙了一块红布，芙洛掀开红布走进来，只见阿妹翻开被子躺在床上。一摊污血，在身下的褥子上淌出一个蓬头垢面的圆圈。脸上身上都叫汗湿透了，像是一尾腌在盐水里的鱼，软塌塌的泛着黄。看见芙洛进来，张了张嘴，却说不出话来。

芙洛打开包袱，取出一个空心竹筒，一头宽，一头尖。她将宽的那头搁在阿妹的肚皮上，尖的那头贴在自己的耳朵上。听了一会儿，扔了竹筒，就对阿妹说："仔活着，胎声很足。你给我挺着。"

阿妹的眼睛里，有了几分活色，却依旧说不动话。

芙洛从包袱里拿出一个装草药的小罐子，倒了些黑黑的东西在手掌上，揉碎了，塞在阿妹的舌尖上。"这东西虽苦，却是长力气的。你含着，等它化了，再慢慢咽下去，可不能一下子吞了。"

接着就往热水桶里扔了一块布，捞出来，咝咝地吸着气，把热水拧干了，擦过了自己的手。又拧了一把，擦过了随身带来的一把剪子。最后再拧了一把，给阿妹擦下身的污血。擦过了，伸手进去，掏了几掏，就掏着了一块硌手的东西，立刻明白了，那是孩子的肩膀。

胎位不正。肩膀卡住了。

芙洛闭了眼睛，死命地想着阿妈的手法。记忆真是个混蛋啊，你不靠它的时候，它能从东西南北各个角落里浮出来，在八竿子打不着的时辰里，钻进你睡着醒着的脑壳里。可一等你靠上它的时候，它就躲着藏着千呼万唤也不肯出来了。

想不起来，想不起来阿妈是怎么做的。

可是芙洛突然想起了村里给牛马接生的人，是怎么做的。

就把那只伸进阿妹肚子里的手，再往深里探了探，抓住了胎儿的肩膀，死命地往边上推。留在外头的那只手，在阿妹的肚皮上擀面似的狠擀。阿妹吃过了草药，有了些力气，芙洛推擀一下，阿妹就杀猪似的号一声妈。号得芙洛头皮发麻，就吼了一声："闭嘴！胎儿不正过来，你就是把你祖宗八代都喊来也不管用。"

阿妹忍了一小会儿，忍不住，又号。芙洛叹了一口气，说："你把被子塞到嘴里，别出声，省着点力气。有你费力的时候呢。"

阿妹咬住了被角，声音立时就小了下去，像是蚊蝇哼哼。

芙洛推擀了约有一刻钟，突然觉得手里捏着的那块东西，往里滑了一滑。松了手往外一摸，就探着了一团黏糊糊的毛发。

胎位正过来了。

"仔的头，阿妹，仔的头就在口上了。你这会儿再使使力，把吃奶的劲也使出来，快了，就快了。"

阿妹的两个眼睛，突然张得大大的，像两盏夜灯笼，里头亮亮地烧着的，全是希望。

"我喊'一，二，三'，喊到'三'，你就用力，像拉一坨硬屎那样地用力。"

想起来了，芙洛这一刻，突然把阿妈说的话使的法子，全都想起来了。

阿妹吐了被角，跟着芙洛的号子一把一把地使着力。

开头的那几把力气，还勉强算是力气。那力气像是沙漠里的一股细水，走不了多远的路，就把自己耗尽了，身子的动静就渐渐小了下来。再到后来，阿妹那头没有声响了。芙洛抬头一看，阿妹的眼睛闭上了。灯笼灭了，阿妹连睁眼的力气也没有了。

孩子太大，阿妹的身子太小。阿妹靠自己是生不下这个仔了。

“吉姆你死哪里去了，你家的两条命，你不管谁管！”芙洛撕裂了嗓门儿，破口大骂。

“哪……哪有女人生仔，男……男人进来的？”阿珠在门外颤颤地说。

“闭上你的鸟嘴。规矩大还是命大？快进来，你两个！”

两个人掀起门帘走了进来。吉姆看见阿妹的样子，以为人走了，喊了一句“皇天啊”，就瘫坐在了地上。

“没死呢，号什么。再不动手，就真死了。”

芙洛拿脚咚地踢吉姆一下，是那条木腿。吉姆扶着墙噌地站起来，问：“我做……做什么？”芙洛努努嘴，说：“你和阿珠，把她的腿掰开，掰大些，一人按一条腿，不许松手。”

就拿出那把在滚水里烫过了的剪子，趴下身来。

“阿珠，你转过身去，别看。她怎么号，也不能松。”芙洛的嗓子已经喑哑了。

“观音菩萨，这事你得管，不管就别怪我不认你了。”芙洛默默地说。

说完了，睁眼，就把剪子伸进去，狠狠地剪了一刀。

阿妹软乏得像一条扁鱼的身子，突然剧烈地抽动了一下，几乎把阿珠掀翻在地上。一声惨叫，从三个人的耳膜里钻进去，扯出了一个血淋淋的大口子，又从脑门上钻出去，一路钻过天花板，钻上天，把天也撕裂了一条缝。地颤颤地抖了起来，震得街也抖。连杀过人的吉姆，也管不住自己，从腿根往下，颤颤地抖。

紧接着，又传过来另一阵声音。没先前的那声大，像是一条被人蒙在被子里打了无数棍的老狗，在发出奄奄一息的呻吟。

是哭声，婴儿的哭声。

“阿珠，快，拿过去擦干净了，把鼻子嘴里的东西都抹出来。”芙洛递给阿珠一团湿黏黏的脏肉团。

吉姆要凑过去看，被芙洛喝住了。“快去拿一床新褥子。”

芙洛把阿珠下身剪的那道伤口清洗干净了，敷上止血的草药。等吉姆拿来新褥子，换好了，阿珠把孩子也洗干净包上了。吉姆急着要问，芙洛一甩胳膊把他挡开，却把那个布包抱到了阿妹的枕头边。

“你儿子，称过了，七斤八两。”

布包里是一张乳兔一样的红脸，皱纹多得如同一页包过了无数次酱油瓶的旧报纸，哭累了，睁着眼睛不再有响动，身子却在一抽一抽的，似乎还没忘记在他阿妈肚子里受过的惊吓。

阿妹的脸还泡在汗水里，头发湿成一绺一绺的，黑虫子似的东一条西一条地爬满了她的额头。看见了布包里的那样物件，她的嘴角钩了一钩，想钩出一个笑。可是那笑太重，她钩不动，便又昏昏地睡了过去。

“若有现成的鸡汤，赶紧就喂她。若没有，马上开火去炖。把这包草药放进去，补气血的。”芙洛吩咐阿珠。

阿珠咚咚地下楼去了，房间里一时没了动静。芙洛回头，才看见吉姆蹲在墙角，两只手捧着一张脸，肩膀一耸一耸的，却是无声。

半晌，芙洛才明白过来，吉姆在哭。

芙洛把布包递过去给吉姆。

“有名字了吗？”

“国字辈，大名关国梁，小名虾球。”

“你若是还想要阿妹的小命，还想多生几个仔，一个月内，你不能骑她。”芙洛冷冷地说。

芙洛走出旺记，远处已经有了第一丝清淡的天光，路旁的房屋，在模糊的天光里露出边角错乱的屋脊。山风从背后吹来，三下两下就把她那件被汗湿透了的布褂吹干了。她的店铺在路的那头，可是她怎么也迈不过去那条窄窄的街，她的脚突然给抽去了骨头剔去了筋，她的身子架在两条软软的腿上，她的身子使唤不动她的腿了。

她这才知道，她是乏了，透心透肺的乏。

肚子响亮地叫了起来，叫得一街都听得见。饿，穿心的饿。要是有一碗鸡粥，热热地冒着气，那该多好。

她在路牙子上坐了下来。才坐稳，就觉出了裤子底下的湿气。伸手一摸，一股腥臭，是鸡屎。可是她不想动了，一步也不想动。

身后传来一阵窸窸窣窣的声响，大约是饿醒了的野狗，出来寻食的。芙洛连头也懒得回。

“吉姆阿……阿哥，叫我给你这个。”

原来是阿珠追了出来。

阿珠递给芙洛一个小纸包。芙洛打开了，里头是一块糖豆大小的硬东西。看不清，也不用看，芙洛一捏就知道了，是金砂。

“阿……阿姐……”

阿珠在芙洛身边坐了下来，想说句什么话，说了一半又咽了回去。芙洛也不问，两人只呆呆地看着那丝天光，渐渐地变宽、变长。

鸡叫了。第一声是含混的、怯生生的，像在犹犹豫豫地探着路。第二声就醒透了，脆脆的带了些等不及的紧迫。第三第四声就是催命了。

再叫也没用，我起得比你早。

芙洛暗暗地笑了。

自从嘉瑞埠通往巴克维尔镇的路修通之后，进镇的马帮渐渐稀少了。取代马帮的是马车队。开始的时候马车进镇是毫无章法的，有时一天来两趟，有时几天也不见一趟。渐渐地，车队来往多了，就生出了规矩，来去都有定时。镇上的人都知道，周五是马车最多的日子，一天里有两趟。入冬以前，只要天不下雨，早上那趟在十点到十一点之间到，下午那趟在四点到五点之间到。

一到周五，除了上山淘金的汉子，留在镇里的人，一吃过早饭就心不在焉起来。手里干着活，眼睛却没有在手里的活上。隔几分钟，就会走到门前的台阶上，眺望远处山和树都变成了模糊黑影的地方，看有没有一丝马蹄溅起的飞尘。大家最急切地等待着的，多半是那个裹了厚厚油毡布的邮包。那里兴许有一封耽延了多时的家书，一周里马车只在周五那天送信。

但是让人牵肠挂肚的，还不止是家书。男人和女人，都还在等待着一些别的东西。

男人们在等待着维多利亚来的报纸。报纸当然已经过时，但过时的新闻总比彻底的无知要强。还有从欧洲转运到维多利亚的威士忌白兰地、红白葡萄酒和上等烟草。

女人们的口袋里积攒了一个星期的私房，正急切地寻找着一个可能的出口。周五的马车里蕴藏了无数的可能性，其中一种就是欧洲的时髦。时髦两个字在这里已经属于用词不当，因为在漂洋过海来到洛基山脉的漫长过程里，时新已经演变成了落伍。可是过季的时髦在巴克维尔这样的地方，依旧是生活河流里的那点颜色、那撮浪花。

这天早上，不到九点的时候，眼尖的人已经发现了路尽头的一线飞尘。人们站在自家门前的台阶上，高声告诉自己的左邻右舍：“马车今天来早了。”

可是等到那线飞尘渐渐变得粗大起来时，人们才发现来的不是马车，而是马帮。

很久不见马帮了，镇上的人没有耐心等待，都从台阶上蜂拥而下，朝路头涌去，迎着看热闹。

渐渐地就看清楚了，是三匹马，拉着一样物件。那物件很大很蠢，在马屁股后头露出高高的一截，被麻布和油毡层层包裹着，放在一块装了轱辘的木板上。这物件是塞不进有顶棚的马车的，人们这才明白了为何今天会看见久违的马帮。

马帮进了镇头，赶马的喊了一声“啊哈吁”，马的速度就慢了下来，蹄子扬起的灰尘，便渐渐低矮了下去。马还年轻、心野，都按捺不住地扭着脑袋，张望着一路荒野里不曾见过的街景和热闹。

马蹄踩起路边碎石子的声音，惊醒了“苏格兰高地”酒吧的东主丹尼。他坐起来，一边穿衣服，一边咕哝：“我诅咒上帝把你造出来的那个……”当然他指的是马帮，可话没说完，就被他咽了回去，因为他突然想起，这句话今天早上他已经说过了两次。

这是他今天第二次被惊醒。第一次是在天还没亮的时候，隔壁

“芙洛的厨房”的那个女人，用洗完菜的水，哗哗地冲洗着台阶。

脑袋很沉，沉得脖子似乎扛不动了。那是昨晚的酒。昨晚的酒哪儿也没去，每一滴都存在他的脑袋里，存了整整一夜。那酒存了一夜，跟面粉似的发了酵，长成了大大的一团，塞得他脑袋要炸裂。他从衣帽架上取了帽子，却怎么也戴不进去。只好拿了一个鞋拔，生愣地把帽子拔到了脑袋上。看了看镜子，忍不住咧嘴一笑：上次他的脸在这面镜子里出现的时候，比现在至少小了两号。

他天天喝酒，却极少喝醉。为数很少的几次醉酒经历，也都是因为输了扑克牌被人灌的。

昨晚不是。

昨晚是他自己要喝的，一杯又一杯，和那位从瑞奇菲尔来的法官，还有跟在法官身边的那个印第安女人。

开始的时候他还记着喝了多少杯，到第九杯的时候，他的脑子就数不过来了。他是怎么上楼来躺到床上去的？他已经想不起来了，唯一想起来的，是那个印第安女人，踩在横七竖八的酒瓶子上，摔了一跤。还好，瓶子没碎，女人没有扎了脚。女人跌坐在地上，裙子掀到膝盖上，差点儿露出内裤。法官去扶，非但没有扶起女人，反而被女人拽倒在地上。三个人笑得滚成一团。

法官和他的印第安女人。

想到这里，丹尼忍不住扭头看了一眼侧墙上的那扇窗户。不知隔壁那条晾衣绳上，有没有系着一条白色的手绢？

隔壁的衣服一早就已经晾出来了，枕巾、被单、围裙、黑布裤，还有一件在胳膊肘处打了两个补丁的蓝花布褂。他的眼睛在这些物件里细细地搜寻过一遭，却没有找到手绢。其实，他根本不需要这么仔细地寻找。她若找他，总会把那条手绢，系在绳子中间最显眼的那个地方。她从来不和他捉迷藏。

可是今天他忍不住，还是找了又找。

因为他有太大的一个好消息，要告诉给她。

当然，他完全可以不顾那条手绢的缺席，径直闯进她的屋里，借着一屋食客的掩护，走到她跟前，轻轻地，把他压抑了一整个夜晚的兴奋，用耳语传达给她。可是他不愿意。他觉得，说这句话的场合，和这句话本身一样重要。

他只能等，再等一等。

他下楼开了门，就看见理发铺子的裘德，舞着手里那把夹带着顾客碎发的剪子，从窗口探出身来，对他高喊："上次镇里来马帮，是什么时候的事了？上帝才知道，这回这些魔鬼又带进来什么疯狂玩意儿。上次是三副棺材，街尾中国佬定的。"

丹尼在台阶上坐下了，望着马帮挣破人群的包围，慢慢走近，说："老裘德，我告诉你，这一回连上帝也不知道，只有我知道。"

裘德哼了一声，说："你怎么知道？莫非昨晚你把上帝灌醉了，他告诉你的？"

丹尼只是嘿嘿地笑，却不回答，这一下把裘德的好奇心勾得热烧火燎的，扔下坐在椅子上剪了一半头发的主顾，就跑出门来，挤进人群，来看丹尼不肯泄露的那个谜底。

马帮越走越慢，最后终于在街心停了下来。赶马的车夫隔着厚厚一群人，老远就喊："丹尼你这件馊玩意儿，叫我的马掉了一圈膘。

你给的那几个钱，还不够我换一个马掌！”

丹尼慢条斯理地从台阶上走下来，牵过赶马人手里的缰绳，缠到门前的拴马柱上。

“卸了货到屋里喝酒，喝到你醉倒为止。”丹尼对马夫说。

众人这才明白，马驮的那件玩意儿是丹尼的。

一直到卸货的时候，众人才知道了那蠢物的重。丹尼叫了四个精壮男人来相帮，四个男人钻到那东西底下，就再也站不直了，胳膊上的肉几乎把衣服撑裂了，脖子上的筋梗成一条条青虫。四个人蚂蚁扛山似的，终于把这样东西扛过了五级台阶，扛进了屋里，身后已经跟了一团黑云似的人。

丹尼拿了一把剪子，来撕剪包装。一圈又一圈匝得紧紧的麻绳，死蛇似的散落到地上。两层油毡，三层麻袋布。包装很厚，众人的耐心很薄，不停地有人问丹尼到底是什么玩意？丹尼只是笑，却不回话。

芙洛也混在人群中走了进来。

芙洛的锅上，还炖着午饭吃的土豆。芙洛的木桶里，还泡着半桶的红萝卜。芙洛的柜台上，散放着一个针线包，旁边是一件补了一半的夹袄。餐馆里的桌布早就洗干净了，却还没有铺好。下水道堵了，通下水道的铁丝不够粗，还得去铁匠那里借一根。芙洛有十件百件需要干的事，可是她放下了一切。

然而，芙洛和那些挤在“苏格兰高地”的人不一样，她不是为了看热闹来的。她只是想看一眼丹尼。

芙洛已经整整两周没看见丹尼了。

其实今天一大早，她就想在晾衣绳上挂出她的白手绢。她有事要找他，是件大事。可再大的事也是一个借口，她其实就是想见他。她把那条手绢掏了好几个来回，手绢已经在她的手掌里揉起了许多个潮湿的皱褶。最终她也没想好挂还是不挂。

用手绢来呼唤他，是从前在旺记时养成的习惯，一直没改得了，哪怕现在他就住在她的隔壁，她擤一声鼻涕，他都能听得见响动，她依旧也是这样呼叫他。

她正跟他赌着气。她知道她这口气赌得没道理。这个知道是脑壳的知道，她的心却是糊涂的。她的心正在和她的脑壳别着劲，胡搅蛮缠地不想跟脑壳讲道理。

几年前的那一天，他把她从街尾那间死过人的老屋里接出来，却没有把她带回家去。他把她安置在庄尼的车马店里，跟她说："我救你出来是为了让你自由。"他那天说这个话时，一反平日的嬉皮笑脸，竟有了几分正经。她却忍不住想笑：自由？天底下只有脑壳进水的男人，才会花那么大一笔钱，给一个女人"自由"。她没有驳他，却也没有信他，一点也没有。

可是他后来果真没有再来找过她。在庄尼的车马店里见到她，也是一脸的正经。她有些迷糊了。从前她是街尾那个瘸子吉姆的婆娘时，他敢在河滩上朝她掷香胰子，用马鞭挑她的裤脚，把他那两片沾着薄荷和烟丝味道的嘴唇，死死地压在她的嘴唇上。到了她谁的婆娘也不是了的时候，他倒对她正人君子起来。

芙洛想来想去，想到了脸上的疤。

可是她又觉得不是。他若忌讳她脸上的疤，他完全可以把她扔在庄尼的车马店里，让她做一辈子洗衣煮饭的粗工，他犯不着东拼西借地买了这家餐馆给她经营。他总不会无缘无故地帮她。公狗若不想骑母狗，是绝对不肯丢下嘴里叼着的那根肉骨头的。她明白这个道理。

况且巴克维尔的女人，比街上跑的母狗还少。脸上就是有天大的一块疤，她也是女人。

所以在“芙洛的厨房”开张的第二个星期，她就在晾衣绳上挂出了一条白手绢。

那是她搬到街头之后挂出来的第一条手绢。她只是想还他的情。他为了她花了这么大的一笔钱，她不能让他连她的身子也没沾过一回——那是连最最下三烂的窑子里，最最下三烂的婊子都懂的人情。

那时，她所有关于男人的经验，都来自吉姆。吉姆每一回骑她，留给她的记忆只有两样感觉：一样是疼，一样是贱——一个人被另一个人用鞋底踩进泥尘里的那种贱。

她以为被人骑就是这样的。她知道马和马各不相同，但她没想到骑手和骑手也是如此不同。丹尼叫她吃了一大惊。

丹尼的手指头撩人啊，撩到哪里，哪里就生出火来。丹尼还没脱她衣裳的时候，她的头发就已经开始燃烧，一根一根直立，像烧荒时被火把燎着的枯苇须子。她忍不下那个热，一把拱进了他的怀里。她的脑袋在对她说：“水啊，给我来点水。”而她的奶她的腰腹她的腿，却在喊：“烧啊，烧吧，烧死就完。”

丹尼不仅能撩着她烧起来，他自己就是一把火啊，把她从头顶烧到脚趾，将她心肺五脏都烧完了，烧得她心里那个空啊，空得仿佛从来就没存过一个人。丹尼也是一桶水啊，烧完了往她身上一浇，遍体通透清凉，叫她记不起昨天的事，也懒得想明天。

从那以后，她就时时地在她的晾衣绳上系手绢。后来系手绢，就不全是还他的情了。后来是因为她想他了，她离不开他的那把火，也离不开他的那捧水了。有时她想见他，餐馆里事情一忙，就忘了系手绢。等到她送走客人想起来时，天已经黑了，她就是系了他也看不见。她没心没肺地上了床，装了一天琐事的脑壳一沾枕头就睡过去了，可是她的身子却不肯歇着。身上的每一个毛孔张得大大的，欲念鬃毛似的尖尖糙糙地拱进她的梦里，把她的梦拱得千疮百孔。

每次遇到这样的夜晚，第二天一早起身，她做的第一件事，就是把手绢系到晾衣绳上。

除了想他，其实还有一件事，也是一直横亘在她心里的，像铁，像山岩，再毒再热的火也烧不烂。这件事在宇宙天地里，大概只是一粒尘埃。可这件事对她来说，却又比整个巴克维尔镇团在一起还大，她这么宽的一片心竟然也装不下。

孩子。她真想有一个孩子，就像阿妹的儿子虾球那样的，再丑也不怕。那是她在这个世上走过一遭的印记。那是她和丹尼焚烧成齑粉之后留下的念想。

可是她不能。每一回，丹尼走后，她都得起身，嚼下那几片苦叶子，那是叫妇人不孕的偏方。

终于有一天，她忍不下了。

那天完了事，丹尼坐在她的床沿上穿衣服，准备回家。

她靠在枕头上，看着他把脚伸进印第安人市场上换来的麂皮靴子里。一只，再一只。

“你是不是，觉得我是，一个婊子？”

那天她的英文说得很地道，她用的那个词是“婊子（whore）”，而不是“妓女（prostitute）”。

她看不见他的脸，她只看见了他的背。她看见他背上的肌肉紧了一紧，系鞋带的手停了下来。

“你知道，我没有，只是他们，不许……”

他把后半截话咽了回去。其实，他不用说，她也知道是什么。

这边的官府不许异族通婚。洋番只能娶洋番，就跟猫只能娶猫，老鼠只能嫁老鼠一样。铁板钉钉的事，就是老天爷喝了丹尼的酒，也通融不了。

不过她还是期待着他能说一句什么，哪怕是一句无法兑现的废话，可是他没有。她听见他的喉咙咕咕作响，喉结粗大地滚动着，最终还是无话。

她从枕头底下掏出一卷零钱，塞到他的牛仔裤兜里。“这个月生意不如平常，先还这些。”

她说的是买餐馆的钱，每个月，她都存下一份钱给他。生意好的时候是三五百，生意不好的时候是三五十。他开始时不肯要，终于推不过她，也就收了。可是那天晚上他推来推去，死活不肯收。她听着他的靴子噌噌地磨着她的地板，走下楼梯。她追出房间，将那把散钱紧紧捏成一团，朝着他掷下去。

“这几个钱就想睡婊子？想来就来，想走就走？”她说。

过后她猜想，她一定是在嚷，是撕裂了嗓子的那种嚷法，因为她的喉咙，后来一直疼了好几天。

她也知道，这是气到了头的气话。他从来没有自作主张地上过她的床，即使他就住在她的隔壁。从来都是她想他的时候，用手绢招他，他才来。

那把钱正正地砸在他裸露的脖子上，落进了他的衬衫领子里。他怔了一怔，最后把手伸进后背，掏出钱来，塞进口袋，头也不回地出了屋。

从那以后，已经整整两周了，她没有在晾衣绳上系过手绢。

这两周里，他不仅没上过她的床，他甚至没进过她的餐馆。她尖尖地竖着耳朵，想听他酒吧里的动静。酒吧依旧热闹，可是他却很沉静。她知道他依旧日日在卖他的酒，可是他却一下子丢失了他的声音。

她是第一次跟他赌了那么大的一回气，他也是第一次受了她那么狠的一回气。她是等着他来赔不是的，可是他却没有。日子一天天地过去，她不肯低头，他也不肯。她甚至把最初生他气的因由淡忘了，她只单单记住了他的不肯低头。

可是最后沉不住气的，不是他，反而是她。

她一直在等待着一个合宜的机会来找他。老天爷仿佛知道她的纠结，今天就把那个机会送到了她眼前。从马帮进镇那一刻起，她就在巴巴地等着他酒吧里围看的人群渐渐稠密起来，才跨出家门。这个天赐的良机叫她省去了手绢的烦恼，她的脑壳和心终于不用再彼此较劲。

她像一尾尖瘦的鱼，穿过人群的缝隙，悄无声息地游进了“苏格兰高地”。人群是她的依托。人群让她放下了一切忐忑和猜想，叫她把心稳稳地搁在了腔子里。人群让她舒适自如，理直气壮。

丹尼在拆最后一层包装。麻布片像蚕皮一样地蜕落在地上，露出里面一件漆成黑亮颜色的物件。四条腿，有盖。扁长，有圆角，几分像桌子，几分像茶几，但不是桌子，也不是茶几。丹尼打开盖子，露出里头一排黑白相间的大长条牙齿。

“Piano！”

有人发出了一声惊叫。

这是一个新英文词，芙洛来到巴克维尔快七年了，在街尾街头都没有听说过这个词，所以她听不懂。

他转过身来，一眼把她从人群里挑了出来。他只朝她看了一眼，这一眼就舔落了她身上的所有衣装。她觉得她的头发蓬轰的一声烧了起来，然后是眼睛。火渐渐朝下烧去，烧得她一身燥热，两腿之间生潮。

她已经整整两周，没有感觉到这样的炽热和这样的潮润了。

羞死先人了。

她下意识地捂住胸脯，想往外逃。

叮的一声响，把她吓住了。原来是丹尼的指关节，在那排牙齿上叩了一下。芙洛吃了一惊：一样看上去这么蠢的东西，竟能发出这么清亮的声响？

丹尼的指头在那排黑白牙齿上走过一遍，一串声音在他的指头底下涌了出来，像是威廉姆斯河化冻时从高处往低下走的水流，也像是日头大好的天里，一只斑鸠躲在树丛里呼唤另一只斑鸠的声响。过了一会儿，芙洛才明白过来，那是音乐。

那件漆成黑色的蠢玩意儿，原来是琴。

“丹尼别告诉我，你小子会弹钢琴。你老娘还教了你别的什么东西，都一并告诉我们，省得零敲碎打地吓唬我们。”裘德扬了扬手里的剪子，大声喊道。

“反正比你老娘教得多。你老娘除了教你怎么剪几根人毛，还有什么？”

众人哈哈大笑，都起哄：“弹一首，弹一首，多久没听见钢琴了。”

芙洛这才知晓，那样蠢东西叫“钢琴”。

“你疯了，这一路颠簸过来，音都不知跑哪儿去了，还能听吗？等调音师来了才能弹。”丹尼蹙着眉头说。

“就是维多利亚女王这一刻马上下令，用最快的轮船把她的御用调音师送过来，也得两个月以后了。我们都成聋耳朵老头了，还听什么？别废话，我们没时间等。”裘德不依。

丹尼只好搬了张椅子过来，在那件蠢玩意跟前坐了下来，边弹边唱。

我的爱人像一朵红玫瑰，
在六月里盛开怒放。
我的爱人像一首歌曲，
叫人甜蜜地弹唱。

多么美丽啊，我心爱的少女，
我深深地把你爱上。
永不变心，
直到海枯石烂。

直到大海枯竭，我亲爱的，

直到阳光把岩石晒烂，
我依然爱你，
直到地老天荒。

别了，爱人，
我们要暂时离散。
可是我一定会再来，我的爱人，
从万里之外的远方。

（苏格兰诗人罗伯特·彭斯的诗）

琴在跑着音，丹尼死命地追，追得很是辛苦。总算把一首歌唱完了，众人稀稀拉拉地鼓着掌，说不过瘾，罗伯特•彭斯太酸，你又不是被恋爱冲昏了脑瓜的傻小子，来个热闹些的。

丹尼把头埋在琴板上，不说话。半晌，才倏地站起来，说：

“巴克维尔的第一架钢琴弹出来的第一首歌，是献给一个我想娶的女人的。”

丹尼说这话的时候，一脸凝重，不像是玩笑的样子，把众人吓了一跳。

芙洛的心坠了下去，坠到了脚上。脚也盛不住了，又坠到地下，深不见底，捞也捞不着的黑。

他要成家，娶亲了。

他和她，原本是隔着千重山万仞水的。他和她中间，隔着的不仅是山水，还有比山比水都坚硬厚实了千倍百倍的阻拦。可是他不怕。

从他见到她的第一面起，他就像是一条不眠的蚯蚓，白天黑夜地钻啊钻啊，钻过一切拦阻，硬是钻出了一条通到她跟前的路。除了不能娶她，他什么都给过她了。他给的东西，就是娶了她的男人，也不见得能给得起。

她想起了他的手指头在她的发梢、眉眼，身上的每一处撩起的火焰。他虽然不能给她名分，可是他给过她的快乐，却远胜过那个跟她换过了龙凤帖的男人啊。

可是晚了，什么都晚了。那天，她把钱掷在他身上，她对他说了那么绝情的话，她把他推给了另外一个女人。等到他把那个洋番女人娶到家里，她连他的婊子也做不成了。她的那条白手绢，只能永远压在她的箱底了。

其实，就是做他的婊子，她也是情愿的。

她被自己的低贱吃了一惊。

“你要娶的女人，在哪里啊？”庄尼的老婆扔下车马店不管了，也混在人群里看丹尼家的热闹。

“耐心点，上帝都肯等，你也就等一等吧。”丹尼还是卖关子。

“来个热闹的！来个热闹的！”人群又在起哄。

人群是健忘的，已经淡忘了前一分钟的惊讶和震撼，已经把前一分钟的事当作一个屁一样放了，已经轻而易举地滑入了下一分钟的疯狂。丹尼推不过去，只好又坐了下来，这一回，手和嘴就是随心所欲的。

去年夏天镇上来了一群德国妞，

也许叫玛丽也许叫凯特也许叫翠西，哦！
出了娘胎只知道跳舞，
从太阳落山，跳到太阳再露头，哦！

除了金子她们啥也不愁，
爱金子她们爱得怎么也不够，哦！
给我香槟给我威士忌给我音乐，
我好把德国妞抛到天上头，哦！

歌是新编的歌，琴音跑得很远，丹尼也没认真去追。没人指望丹尼追上那调子，众人要的就是荒腔走板中那丝没心没肺的快乐。有人开始跟着拍子跺脚，有人开始扭起舞步，有人干脆四下找酒杯子，尽管他们刚刚吞下早饭不久。

还没容人群把那份便宜的快乐尽意铺展开来，门外就冲进一个人来，大声喊裘德。

“上帝啊，你还要让我等多久？再等下去，这边的头发又要长回来了。”

众人回头一看，是个身上围着白布的男人，头发理了一半。没理的那一半是棕红色的，长着小卷。理过的那一半发青，短得几乎露出了头皮。

裘德才想起来，那是他忘在了理发椅子上的主顾。众人看着裘德被那人扯着袖子拉走了，直笑得前仰后翻。

裘德一走，众人便都想起了自己家里做了一半的活计，也纷纷朝门外走去，一边走一边抱怨着巴克维尔的乐子实在太少，一架破钢琴就叫人差点儿不认得回家的路了。

芙洛跟着人群走到门口，装着蹲下来系鞋带，等着众人都散完了，才又转回来。钢琴已经盖了盖，丹尼跷着腿坐在钢琴盖上，仿佛算好了她要回来似的，一脸笃定。

芙洛突然就恼了。芙洛掏出兜里的一个纸包，躲过了丹尼的手，放到琴盖上。

“这是最后一笔钱，两清了。”

“清了？”丹尼抬头看着芙洛，似笑非笑。“这么着急做什么？”

“我不着急，你老婆要着急。”芙洛扭过身子不叫丹尼看，脖子硬硬地梗着。

“我老婆？”丹尼过了半晌才明白过来，便嘿嘿地笑，“我老婆对这事倒真不着急。”

“她不着急我着急。”

芙洛其实是想说这些天我每天都在想着系手绢，可是缎子一样软的一句话，到了她嘴边，就成了一坨铁：“我就想着，快点，把那张纸写成我的名字。”

丹尼不吭声。沉默像山一样地横亘在他们中间。芙洛突然觉得她和他隔得很远，她就是把手从胳膊上扯下来，也够不着他了。

“从搬到街头那一天起，你是不是，每一天，都在盘算这件事？”丹尼问。

终于，山一样的沉默凿开了一个口子，丹尼的神情阴沉了下去。丹尼的脸不太习惯这种表情，五官有些吃紧。

又是一阵沉默。也是半晌之后，芙洛才说话。

“分分秒秒都想。”

“我……明白了。”丹尼叹了一口气说。丹尼说话从来不是这样没筋没骨的，他的嘴唇也不习惯兜揽这样的语气，开始歪扭起来。

“明白就好。你跟我去把房契上的名字改过来，在你娶老婆之前。”芙洛说。

“我要是不同意呢？”

“那咱们就公堂见。”

芙洛恨不得咬烂自己的舌头。今天她的舌头反了天，一点儿也听不进她的心的劝了。每一句话说出来，都像石头像铁，谁接着了，谁就要给砸成一摊烂泥。她不能再说话了。她若再说下去，恐怕她要把天也砸塌下来了。

她转身朝门外走去。

“奉陪到底。”

她听见他在她身后冷冷地说。

外头的日头高了，没有风，树枝纹丝不动。人累了，狗也累了。人回了各自的屋里，做各自该做的事。狗躺在零乱的树荫底下，看着一早晨的热闹在眼前渐渐枯萎凋谢。街面静了下来，日子又恢复到从前天延续到昨天，又从昨天延续到今天的安宁和无聊。

只是有一件东西变了。这件东西一变，今天的日子，就再也不会和前天昨天的一样了。

丹尼的心，说变就变了，再也扯不回来了。

芙洛呆呆地站在街边，通身透凉。

“名字？”

“芙洛拉。”

“姓？”

“刘易斯。”

刘易斯是她搬到街头来之后改的姓，是丹尼叫她改的。丹尼说既然已经在街头住了，有个洋名跟街头的人做生意方便些。

她记得行不更名坐不改姓的古训。可是这条古训现在管不了她。她是叫她的爹娘祖宗扔出去的一条野狗、一堆烂屎，他们不稀罕她，她也犯不着死守着他们的姓。

镇官府的登记官眼神不好，手里举着一个放大镜，在一页一页地翻阅那本厚厚的，翻得卷起了毛边的业主登记簿，动作慢得像一条饿着肚子的爬虫。

昨天一夜她都没合眼。平生第一回，她睡不着觉。她一整夜都在想丹尼，还有丹尼做在她身上的每一样好。可是那一样一样的好叠加起来，竟没有叠加成一桩大好，反而叫她越发地恨上了他，恨得她牙齿咬得咯咯生响。

她已经把她的心丢了，丢在了丹尼那里。可人没心也能活着，她见多了没心没肺还活在世上的人。只是她不能再把她的脚也丢了。若她连脚也没了，她就是一摊捧也捧不起来的稀泥了。

她的脚，就是那张屋契。

“在番鬼的地盘里，谁也别想斗得过番鬼。”

她记起了街尾的瘸子吉姆跟她讲过的话。

大洋那边是同治爷的天下，大洋这边是维多利亚女皇的天下。天不是同一片天，皇上也不是同一个皇上，可哪片天也总得有王法管着。她不信金山没有王法。她总得试一试，这金山的王法管不管她的事。

所以她一大早卖完早餐就来到了镇官府。

“‘芙洛的厨房’主街一百六十九号，皇家大戏院边上。”芙洛的英文虽然还打着各样的补丁，但说这几句家常的话，倒还算是轻省的。“原先我借了邻居丹尼·罗宾森先生的钱，买了这家餐馆。现在我把借的钱都还清了，所以我要把屋契上的名字，改到我自己的名下。”

登记员前前后后地翻了足足有小半个时辰，才终于找到了那个地址。登记员找得很辛苦，找出了一脸的褶皱。他的目光惶惶惑惑地盯在那个地址上，眉头紧蹙，似乎是在一盘散沙似的脑壳里，苦苦追寻着记忆巷道中的某块蛛丝马迹。

突然，他的眼神清亮了起来。

“刘易斯太太，这个名字不能改。”他说。

“为什么？”芙洛问。

“对不起，我不能告诉你。”

“为什么？”

“我受罗宾森先生的嘱托，要为他的事情保密。”

“为什么？”

登记员的耐心很快就被磨薄了。“你把全镇一年的‘为什么’都用光了。我不想重复第二遍，可是我不得不再次告诉你，我需要为罗宾森先生保密。”

“放屁！明摆着的事，全镇的狗都被他摆平了。”

芙洛脸上的蜘蛛醒了，鲜活地走动起来。

被摆置在狗堆里的登记员脸上的皱褶也醒了，走成了一条条竖沟。

“你要是个男士，我对你就没那么客气了。”

登记员不再说话，扔下芙洛坐了下来，拿起被冷落了的咖啡杯子，一边喝，一边看起了桌上刚到的《嘉瑞埠晨报》。报纸里有一则新闻，很快吸引了他的注意力：下周六瑞奇菲尔要来一个爱尔兰魔术师，表演生切人头的魔术。登记员是个魔术迷，少年时差一点就离家跟一个马戏团跑了，就因为那个团里有一名跟他年岁相仿的小魔术师。他把那则新闻来来回回看了好几遍，完全忘记了那个叫“芙洛的厨房”的餐馆，还有罗宾森先生及刘易斯太太之间的一应琐碎麻烦。

突然，他发现他的报纸暗了一个角，是一只手，一只女人的手，挡住了他的光线。他一抬头，才发现芙洛没走。

“我告诉你多少遍了，就是上帝来了，我还是那句话，我得替罗宾森先生保密。”

芙洛握着拳头的手摊了开来，掌心是一块被汗泡湿了的金砂。无论用哪里的淘金人标准，这都算是一块罕见的金砂，块头虽然不算特别大，成色却是出奇地好。芙洛把这块金砂举到登记员的鼻尖，他的两只眼睛顿时炯炯生辉。

“他能买你，我也能。要知道能掏出这样成色金砂的矿皮，整个嘉瑞埠也找不出几家。”芙洛说。

登记员的惊讶像是被糨糊贴在了脸上，半天也没能拍抖下去——不仅是为女人手里的这块金砂，也是为女人嘴里说出来的话。

芙洛听见他长长地叹了一口气。

“我多么想能够拥有这样一块金砂，可是很遗憾，我不能。”

“为什么？”

“因为我不能为你效力。”

“不是因为这个，而是因为他给的比我多，对吗？”

芙洛把金砂裹回到裤兜里，软软地走出了镇官府。她保不住她的脚了。金山的王法是丹尼的，不是她的。吉姆说得对，在番鬼的地盘里，她斗不过番鬼。街尾有王法，可是街尾的王法不肯保她。街头也有王法，街头的王法也不肯保她。她是落在两种王法中间那条缝里的一粒泥尘，连狗都敢踩她。

“刘易斯太太，你……”登记员追到门口，靠在门框上，欲言又止。

“我知道你想说什么，可是我没有，比这块更好的金砂了。这是我，攒了这么多年才攒下的……”芙洛有气无力地说。

“其实，我只是想告诉你，那张屋契上，本来就写着你的名字，是罗宾森先生嘱咐，不让说的。”登记员说。

登记员知道他冒犯了罗宾森先生，可他顾不得了。这是一桩让他睡得安稳的冒犯。他若不是冒犯了罗宾森先生，他今晚就得睁一夜的眼睛了。他老了，他只想安稳地睡个好觉。

芙洛怔住了。

半晌，才问为什么？话还没滚出嘴唇就知道是句蠢话，也不等回答，就头也不回地朝街上跑去。

当擂门声响起的时候，丹尼正趴在钢琴上睡他的回笼觉。

他一下子就被惊醒了。这种擂门声，一个人一辈子也听不着几回。这种擂门声，不需要爹娘老师教，就是刚学会走路的孩子听见了，也立刻知道有些事情要发生，比如灾祸、战争、死人。

丹尼一个箭步冲过去开了门，门外站着一个女人。

天不知什么时候开始下起雨来，点不大，却很密集。女人大概在雨中跑了急路，发髻散了，一头长发黑乌乌地缠了她一脸一颈。女人在他的门框上靠了一小会儿，才站稳了身子，抬手抹开脸上的乱发，原来是芙洛。

芙洛的身上已经被雨湿透了，衣裳裤子上添了许多皱纹和形状。头发上的水珠子，在她脸上淌出一条小溪流，喂得颊上那只黑蜘蛛很是肥饱。

“这个天出门，怎么不带把伞？”

他把她让进屋里，掏出兜里的手巾给她擦脸。擦着擦着，他突然发现，他的厚棉手巾一点儿也不管用，女人的脸越擦越湿。

原来，女人哭了。

他从来没见芙洛哭过，即使是那天，她一脸是血地躺在台山老伯那间漏风的旧屋里的时候。可是今天，芙洛哭了。丹尼摆得平巴克维尔镇里大大小小的每一个人和每一只狗，可是丹尼却唯独摆不平一个女人的眼泪，尤其是芙洛的眼泪。丹尼把芙洛揽到怀里，手足无措。

“狗……狗娘养的，浑……浑蛋……”芙洛的拳头，狠狠地砸着丹尼的胸脯。丹尼躲了几下，躲不过，就不躲了。“这……这么快，就变了心？”

“芙洛，你能安静下来，听我说吗？”

“你妈才能静得下来。你娶不了我，也不能这么快，就娶……娶别人。”丹尼费劲地从芙洛猛烈的抽泣声间隙里，听懂了她的话。情绪激烈的时候，芙洛的英文就碎成了布片。

“不就是一张龙凤帖吗？凭什么有了那张纸，就……就是夫妻。没有那张纸，就是婊子？”

“芙洛，你听我说。”丹尼紧紧地，蟹钳似的拽住了芙洛的拳头。芙洛的胳膊动弹不得了，可是嘴还能动。

“我不听，你那些屁话。你哪天跟那个小婊子过腻了，你在窗口拴条手绢，我还给你留门，一辈子。我就是情愿。”芙洛泣不成声。

“芙洛！”丹尼大喝了一声，芙洛一惊，终于安静了下来。

“我一直想告诉你，那个小婊子，就是你。”丹尼说。

芙洛的身子缩了一缩，仿佛被蚂蟥叮咬了一口。

“你……你说什么？”

“我是说，我要娶的人，就是你。”

芙洛怔住了。没听错，这回，她不再怀疑她的耳朵。她听得真真切切。

“官府，准了？”

“官府当然不准，可是官府不需要知道。前天晚上，有个法官来我这里喝酒，他娶的就是印第安老婆。他答应给我们主持婚礼。只要你换个白人名字，写在结婚证书上，镇里没人告密，官府就不知道详情。”

番鬼的姓？她早就有了。虽然那时他和她都不知道，这个姓将来会派上这么个用场。

芙洛觉得她碎成千片万片的心，又慢慢地一片一片地长了回来。只是装心的那副骨骼散了架，装不了心了，她竟瘫软得像一摊稀泥。心里明明有一千句话，嘴颤动着，却扯不出一句。

就在今天早上，她起床的时候，看见窗户上歇了一只蜘蛛，肚子是白色的，白得几乎透亮。迎着天光看过去，中间微微的有一丝浅绿。她家乡的人，管这种蜘蛛叫喜蛛。据说谁家看见这样的蜘蛛，谁家就有喜事临门了。

当然，那个时候她还没想到，喜是这样的一种喜。

土豆，天爷，不好了。她想起了早上出门时，灶上煮的那锅土豆。她忘了关火。

她赶紧朝家跑去。其实，那真不叫跑。她使不上她的腿，她使的是她的身子。她的身子浮在地上，风一样云一样地飘出了丹尼的家。

“芙洛。”她恍恍惚惚听见他在背后叫她。

“你定个日子，结婚的日子。”

“圣诞，就圣诞吧。”

她也听见自己恍恍惚惚地答应着他。

她前辈子一定欠了她大妹子的债，不是欠了一丁点，而是欠了一条命那样大的债。兴许前一辈子她跟她妹子有过杀父杀夫的仇，兴许前一辈子她妹子做过她盘子里的一道菜，所以这一辈子，她得一遍又一遍地遭受本该是她妹子遭受的劫难，一回又一回地过本该是她妹子该过的坎。

这是刘小河在船上想明白了的事。

那天，小河被人送上一只大轮船，开往一个叫“金山”的地方。她问送她的人，金山有多远？那人说很远。她又问有汉江到上海那么远吗？那人看着她不说话，她就知道果真是远了。她站在船边，看着江水渐渐把船和岸分开。送她的人以为她要哭——船上的人都哭，连胡子拉碴的大男人都哭了，是哭家哭爹娘妻子的那种哭法，她却没有。后来岸变成了一根线，水却越来越宽。再后来，岸没了，只剩下水。她回头一看，没找着岸，却突然就把先前的日子看清楚了，看得跟晴天里顺阳村河岸边的卵石滩一样清楚。

先前她没有想明白，就连她离开顺阳村的那天早上，她也还是糊涂的。

头一天的晚上，她睡下的时候，还不知道这会是她在顺阳村过的最后一夜。那时候，她阿大阿妈也不知道。连她脑壳底下的枕头和身下的苇席，还有窗外躺的那只狗，都还不知道。

只有老天爷知道。老天爷很早就知道了。

那晚她喝了一碗稀薄的红薯汤，就早早地上了床。若在夏天，那个时辰太阳应该刚刚落下，狗跑在田埂上身后还见得着影子。可是夏天过去了，顺阳村的人这时都睡下了，连鸡狗都归了窝。这么早睡下，是为了省灯油，也是为了抗饿。那阵子村里只有那个把女儿送给了县太爷的公子做妾的刘旺财家里，炉台上偶尔还能见着一碗干饭。从村头到村尾，家家锅里只有漂了几片红薯的稀汤。喝了这样的稀汤，肚子饱胀如鼓，可是用不了半个时辰，就前心贴后心地饿透了。所以人人都想要在这个时辰到来之前入睡。在和饥饿的长期厮拼中，顺阳村的人都懂得了：饥饿和睡意是两个冤家死对头，不过饥饿是老大，睡意是老二，睡意永远打不过饥饿。饥饿要来的时候，睡意就不能露面。只有在饥饿不在的时候，睡意才敢出头。可是睡意露了面也没用，饥饿想来就来，来了就不走。饥饿来时，大手一抹，睡意就逃得无影无踪。

那天夜里小河睡了没多久，饥饿就来了。饥饿像虫子，一小口一小口的把她的肠她的胃啮咬得跟筛子一样都是洞眼，她就醒了。醒来了，才觉出各式各样的疼。

第一样的疼当然是肠胃里的，那是饿虫子咬过的疼。这是她非常熟稔的一样疼，这几个月来几乎每个夜晚她都要受同样的煎熬。她跟饿虫子厮混得太熟了，她甚至可以摸得出它躲在胃的哪个角落，爬过了哪一节肠子。

还有一样疼是在肩膀上的，是皮扯得太紧，盖不全肉的那种疼，那是一个月前求雨时用烧红的铁镰烙下的伤。阿妈给她敷过了不知多少帖草药，现在虽然收了口，皮和肉却不肯往一处长了。这也是一样她熟悉的疼。她知道该怎样换一个睡姿，叫那块肉消停一下，放过那块皮。

今晚还有一样疼，却是她从未经历过的，是心提到半空，不肯落回到腔子里的那种无着无落的慌悚的疼。她翻了一个身，揉了半天的胸口，却没有把这个疼揉下去。她动了动身子，一脚踢到了睡在床那头的小妹子。可是她的身边却是空的，那是她大妹子的位置。

人呢？人哪儿去了？

她眼睛一睁，突然发现屋里有一丝光亮。那光亮仿佛受了惊吓，颤颤地发着抖，原来阿妈的屋里还点着油灯。家里多久都没点过这么晚的灯了，小河忍不住披衣起来，往阿妈的房间走去。

大大睡着了，背脊朝着门，半个肩膀露在斜歪的布褂外边。阿妈还没睡，阿妈坐在床沿上，在和大妹子说话。阿妈的声音很轻，可是声音再轻，也轻不过外头的夜。这个夜太静了，连池塘里的蛤蟆树上的鸟儿路上的野狗，都紧紧地闭了嘴。这个夜静得小河都能听得见自己的心跳和口水咽下肚子的咕噜声响。所以小河清清楚楚地听见了阿妈和妹子说的话。

“树啊，汉北沔阳县鱼龙乡顺阳村，记住了，那是你的家。”阿妈说。

阿妈是在给别人接生回来的路上，发了阵痛，来不及回家了，在一棵大树底下生的大妹子，所以大妹子的名字就叫刘小树。

“记这个做什么？我又不出门。”妹子疑疑惑惑地问阿妈。

“迟早有个出门的时候，记着地址，总能找回家。”阿妈说。

小河吃了一惊，不光是阿妈说的话，还有阿妈说话的语气。阿妈总说小树出生的时候脑壳给挤扁了，所以小树从心思到手脚，没有一样不笨。小树煮红薯能把汤熬焦，补衣裳补丁粗得像蛆，搓草绳一段细一段粗。阿妈跟小树说话从来没使过好声气。可是今晚阿妈的声音好像被人剔去了骨头抽去了筋，只剩下软花花的一团肉。

“明天镇上有大集，妈这个脚是不能走了，表舅来带你去。”

“哪个表舅啊？我怎么没听说过？”

“来了你就知道了，让你去你就去嘛。”

“阿姐也去吗？”

“你说呢？这个家，除了你阿爸，就靠你阿姐了。她得在家干活。”

“可是去了集里能……能买什么呢？没钱啊。”

阿妈半晌不吭声。阿妈再说话的时候，声气是湿的，像是含了眼泪。

“树，你生在这个家，没过过几天好日子呀。”

“阿妈，我就想……买……买一条新头绳，红的。”

小树虽然笨，却没有笨到脑壳实得不长一个洞眼的地步。小树从阿妈的语气里，听出了一丝缝。小树立刻把头钻进了这丝缝里。

“家里，真是一个铜板，也拿不出来了。”

这一晚阿妈实在是太让小河吃惊了，阿妈的耐心居然一直没有被小树舀完。

阿妈窸窸窣窣地从兜里摸出一样东西，塞给小树。

“这是你外婆留给我的，总共才洗过一水。扎在辫子上，比头绳好看。”

阿妈歪着身子，小河看不见她拿给小树的是样什么物件。不用看，也知道是样好物件，因为小树的声音已经欢喜得走了样。

“天……天爷，这……这么好看。我得压在枕头底下，等到过年才扎上。”

阿妈叹了一口气：“等到那个时候做什么？要藏就藏贴身的兜里，去哪儿都带上。那是妈给你的念想儿。”

小河真正理解这番话的意思，是后来的事了。可是那一刻，她的脑壳子都被生气填满了，是那种套磨盘的大驴还饿着肚子，拉边套的小驴倒先吃上了第一口饲料的愤恨不平。她回到床上，捏紧了拳头，指甲掐得手掌的肉生疼。

明天，等到明天，非得找出阿妈给小树的那样东西，拿剪子铰成碎片，拿火烧成灰，踩到泥里，扔到茅坑里。

小河的愤恨本来还可以闷在心里翻滚很久，如果不是窗外那串突袭而来的声响的话。

最初的声音是窗户发出的。沙、沙。她以为是风。她又起身去看窗关严了没有，果真是半开的。她探出头来，外头很黑，黑得一丝缝也没有。她看不见天，也看不见地，却听见路边的树叶子似乎落了些东西，在发出沉重的呻吟声。突然她的脑壳子上挨了一下子，凉凉的、湿湿的，激得她哆嗦了一下子。

天爷，天爷啊！

小河已经完全忘记了一分钟以前的愤恨。小河褂子也来不及披，飞也似的跑到阿妈的房间，一把扯起还在睡觉的大大。

“大，下雨了，田里有救了！”

大大半睡半醒地坐起来，犯了半天晕乎，才把小河的话听清楚了。大大的眼睛一下子张大了，像夜里行路的灯笼火把。可是那里头的光亮只闪了一闪，就暗了下去。

“这会儿就是下金子，也来不及了。种呢？隔季的种子，一粒也没有啊。”大大叹了一口气。

小河的心重重地坠了下去。田里的事，除了大大，就她最清楚。几个月前，阿妈就已经把谷种全部吃光了。现在别说谷种，就是红薯和土豆种，也已经吃得只剩一个底了。现在老天爷就是下三天三夜的雨，家里也找不出一粒可播在田里长芽的东西了。

大大的眉心，蹙成了一个乱绳般的结子。小河知道，她就是有一双绣得出仙山灵溪的巧手，怕也解不开这样紧的结子了。

第二天早上，她刚开灶生火的时候，家里就来了两个黑皮糙脸的外乡人。阿妈说是表舅。小河觉得有点怪：阿妈是爷爷用一担米从一户逃荒的川蜀人家手里买过来的，阿妈和老家早就断了联系，小河从未听阿妈说起过老家的任何亲戚。可是她顾不得多想，就被阿妈叫住了。阿妈让她赶紧去找小树——小树正在屋后的茅坑里解手。小河心里又泛上一团疑问：小树不仅手笨，嘴也笨，毫无眼力价，平常遇上个人，开口能把嫂子叫成婶。所以家里来客，阿妈是从不叫小树出来见人的。阿妈喊得急，小河扔了捅火的棍子就往屋后走，一路走，一路觉得脖子和后背痒，她知道是那两个男人的眼光小咬似的盯着她不放。

小树进屋的时候，刚刚来得及把裤带系上，露了一截绳头在褂子外边。辫子也没梳，鼻孔里有两行鼻涕，蚂蟥似的跟着呼吸一进一出地蠕动。

阿妈捏了一下小树的肩膀，小树疑疑惑惑地鞠了一个躬。“表舅？”

那两个男人只看了小树一眼，就把头扭了过去。

“我们要，这一个。”

他们把眼光齐齐地锁在了小河身上。

当丹尼站在凳子上，用鸡毛掸扫着屋檐下“苏格兰高地酒吧”那块木牌上的灰土时，他并不知道这是他最后一次看见这块牌子。

这不过是一个寻常的九月天。山里的秋天很冷。他已经在巴克维尔过了九个九月，他早已习惯了巴克维尔九月的风。只是他隐隐觉得，今天扫过他耳朵的风声里，有一丝让他不安的东西。

在他伸手够高处的灰尘时，他感觉他的手有些刺痒。准确地说，这其实是疼，只是被巴克维尔的糙日子磨过几年之后的男人，谁也不会轻易把那样一丁点的疼叫作疼了。他看了一眼，才发现是手背裂了，一条细血丝，从裂口里渗出来，慢慢地变肥变粗。

真干燥，这个天。他暗暗地愤慨道。

远远地望过去，路边的树木都已经变了颜色。深紫的、艳红的、赤橙的、明黄的、灰褐的，层层叠叠。风吹过，落叶像一只只肤色各异的拳头，嘭嘭地砸落到各家的屋顶上。房子是在不同的时间盖起来的。把它们叫作房子是一种夸张，其实它们不过是一些形状高矮大小各不相同的木棚而已。落叶在高高矮矮的房顶上蹦跳着，蹦累了，就滚落到地面上，一路拥挤着朝着一个风吹不到的死角奔去。

当然，丹尼也不知道，这是他最后一次看见这些房屋这些树木。

他打扫完招牌和门前的台阶，就进屋坐下来，喝他一天中的第一杯酒。这杯酒他喝得很慢，会一口一口地抿上一两个小时。他不着急。他的顾客不会在这个时候来。他的顾客是山里淘金的汉子，不到日头落山的时辰，他们是不会踩进他的门槛的。这个时候太阳还在天正中，他有足够的时间，来清理他的酒柜，准备他的三明治和热汤，整理他的纸牌和台球桌。

此刻，他只想借着波尔多红酒的香醇，进入一种细致的情绪。巴克维尔的男人很少有细致的情绪。巴克维尔的风像大号砂纸，任何细致的情绪在那样粗粝的风里走过一遭，就会被打磨得面目全非。而今天，丹尼却感觉到一种接近于细致的情绪，在红酒滑落滞留的那个地方，悄悄地萌生。

抓住它，抓住。他暗暗地对自己说。

他掏出兜里的那只怀表，轻轻地弹开表壳。那一年他差一点就把这只老祖宗留给他的表，输给了街尾旺记酒馆的老板，那个单腿的中国人吉姆。可是他最终还是留住了它。他不仅留住了它，他也留住了她。

阳光从窗口射进来，炸出一条满是飞尘的白带。不，它不需要光亮。那颗来自非洲的祖母绿，在最暗的角落里也能生光。他把鼻子凑得近近的，闻着他祖宗在上面留下的指纹和汗迹。

再见了。他默默地对它说。没关系，我们很快就要见面。一次伤感的道别之后，紧接着就会有一次美丽的重逢。这颗祖母绿，从他的手里走开去，马上会转到她的指头上。

下个月，感恩节之后那个周末，他就会去维多利亚，找到那家最好的珠宝店，把这颗祖母绿从怀表上摘下来，镶到一个戒指上。戒指背面的铭文，他也早想好了：

给芙洛：一生一世。

这时他又听见了风声。今天的风声有点怪。咝、咝、咝，像是千条白条的蛇在仰头吐信子。这个声响让他感觉心被某样东西挑了起来，虽然还连着一层皮，却不贴在腔子里了。

不安。

不，不仅仅是不安，还有不祥。

他抬头朝窗外看去，太阳很干净，亮亮地裹了一层霜意，照得树木房屋和地面一片青白。在这满天满地的白色里，他突然看见了一点黑。其实不是一点，而是一条——斜对面“野牛比利”的酒馆屋顶上，伸出了一根树干大小的黑棍。黑棍在他眼前渐渐变粗变肥，变松散，颜色也渐渐变淡。突然砰的一声，那棍子中间炸出一团红球。红球伸出几条小舌头，朝着屋顶、屋檐、木板墙一路舔了下来。

从“野牛比利”里最先跑出来的是两个德国舞妞。对她们来说，这天本来和哪天也没什么区别。昨晚下半夜才睡下，醒来就是中午了。人醒了，酒没醒，头疼。头疼是不需要着急的，头疼需要更多的酒来治。到了晚上第一杯酒下肚，头疼就会慢慢轻软下来。等提琴手拉出第一支舞曲，她们的裙裾在旋风中张开第一道五彩弧线的时候，昨天的头疼就会消失，让位给明天的头疼。

可是今天唯一的不同，是一个叫克利夫的淘金小工。这样的淘金小工在巴克维尔镇里有好几千。这个叫克利夫的后生，本来没有任何机会存进德国舞妞的脑子里，或记载在哪怕最小的一份乡镇报纸上的。可是这个克利夫偏偏在那天和雇他的老板吵了一架。这一架吵得很凶，吵得他扔了工具箱和矿灯，发誓不要再挣这几个小钱了。克利夫丢了饭碗，心里窝着火，下山就直接去了“野牛比利”找酒喝。他推开虚掩的门时，还不到卖酒的时辰。克利夫没有找到酒，却一头撞见了两个睡在酒馆里的德国舞妞。

德国舞妞已经在“野牛比利”跳了几年的舞了，知道不到下工的时候，酒馆里是不会有顾客的。她们没料想到在这么个连上帝也还在醒酒的时辰里撞上生人，尤其是本该在山上淘金的男人，所以她们穿的是不见人时穿的家常衣服。家常衣服的意思就是内衣和衬裙。克利夫在夜晚的灯光中见过舞妞，她们穿的彩裙比酒柜里的任何一种酒都叫他沉醉。他觉得他的头若埋在那样的裙裾里，他一辈子不需要回家。可是他没想到的是，没有花边和色彩的衬裙比彩虹一样的舞裙更叫他沉醉，在这样的裙裾里他可以两辈子不回家。

于是他带着被半天的苦工揉皱了一丁点，却依旧还算饱实的精力和激情，朝其中的一个舞妞冲过去。他急切地抱住她，在她散乱一脸的金发中寻找她的嘴唇。她吓了一跳，本能地躲闪了一下。没想到她这一躲，使得她和他同时走进了被后世许多学者和小说家怀着难以遏制的好奇反复翻阅的史书。

她一闪身子的时候，撞斜了身后生火取暖的烟道管子。管子歪倒下来，一丝火星沿着蒙在墙上的帆布向上攀爬，爬到了天花板和木屋顶。等到舞妞明白过来时，蛇信子一样的火舌已经从屋里的每一个角落探出。

当丹尼看到两个披着床单的金发舞妞赤着脚在镇上唯一的一条街上狂奔的时候，“野牛比利”已经不见了。一阵风的工夫，“野牛比利”已经被千条万条火红的蛇信子舔走了，只剩下地上一堆黑乎乎的烂骨。

风是朝着街的这边刮的。街很窄，蛇信子从街那边伸过来，舔上“苏格兰高地”，也就三五分钟的时间。

芙……芙洛啊！

丹尼丢下手里的东西，飞快地跑下台阶，跑进了芙洛的餐馆。

芙洛正坐在地上削土豆。芙洛削土豆的样子很专注，不像是削土豆，倒像是削心事。心事削去了皮，越削越小，小得只剩了一个芯子。芙洛的手心捏着一团只剩下了芯子的心事，要也不是，扔也不是，两眼发直。这会儿就是蛇信子舔上她的后背，她大概也不会知晓。

“快……快跑，火……大火……”

丹尼上气不接下气，夺下芙洛手里的刀，咣当一声扔在地上，拉着她就跑。跑到街心的时候，“苏格兰高地”的木牌已经着了火，正在风中发出幸灾乐祸的毕剥声。街上已经开始乱了，最早发现火情的人，已经背着扛着手边可以抓到的一切杂物，朝着威廉姆斯河边跑去——不是为了取水，而是为了把家当放到稳妥之处。这样的火势，只要看上一眼就知道，做什么也无济于事了。就是有一江一河的水，怕也来不及了。

“我的餐馆，我的餐馆啊！”

芙洛发出一声狼嚎一样的呼喊，嗓子一下子撕裂了，满嘴腥咸。

丹尼扯住芙洛的手，猛力往前拖去。丹尼扯得动芙洛的手，却扯不动她的脚，那双脚树似的在地上生了根。丹尼扯了几下，就不再扯了，转过身，两手抱住了芙洛的腰，一把将她掀起来，扛到了背上。芙洛的脚在丹尼的腰上狠狠地踹了一下，丹尼不备，哎呀一声低矮了下去。

芙洛趁机从丹尼身上溜下来，飞快地跑回了餐馆。

“两样东西，你让我拿两样东西。”

芙洛声嘶力竭地喊着。

芙洛从屋里跑出来的时候，绑在“芙洛的厨房”和“苏格兰高地”之间的两棵树干上的那根晾衣绳，已经着了火。晾在绳子上的衣服在火中撕扭挣扎着，渐渐缩成一个团，一眨眼的工夫，就化为了几片小小的黑灰，蛾子似的在风中飞舞。

芙洛从家里拿出来的是一床被子和一个药箱。她把东西塞给丹尼，转身就跑。

“再拿一样东西，就一样。”芙洛说。

丹尼这次有了防备，他的手铁钳一样地钳住了芙洛的手。

“这条街上的房子都像纸糊的，大梁比扫帚把子粗不了多少，火一烧就倒，谁也救不了你。”

芙洛这回没有挣扎，知道挣扎也没用，丹尼一旦真使了劲，别说是她，就是两个身强力壮的后生，也是逃不脱的。

便只好跟着丹尼朝街心跑去。

这会儿街已经大乱了。街现在像一口盛着沸水的大锅，人群像锅里煮着的青豆，你推我搡地拥挤翻滚着。那些身上只带着几件小东西的，多半是离火源近的人家。来不及了，上帝只给了他们足够的时间来打捞一条性命。而离火源尚远的人家，还在蚂蚁搬土坷垃似的从屋里往外搬笨重的物什。

呼喊、咒骂、号哭，谁也分不出谁的声音，谁也顾不上谁。

裘德的理发铺子已经没了。裘德只来得及带出一把理发剪子。裘德的老婆苏珊拖着五个月的身孕跟在丈夫身后，大声咒骂着：“家里这么多的物件，怎么就挑了这一样？拿个尿罐都比这值钱。”裘德一言不发，手里紧捏着那把剪子，仿佛捏的是他的全部身家性命，脸色阴沉得要拧出水来。裘德的老婆骂着骂着，终于把自己骂得筋疲力尽，就住了口。

车马店老板庄尼从店里狂奔出来，一把拉住姐夫裘德，哀求说：“你帮我一下，把那个茶几搬出来。那是伊丽莎白一世时期的东西，老古董啊。”裘德置若罔闻，两眼穿过他的小舅子，定定地看着路心，双脚仿佛短了一截，缩在裤腿里，被身子拽着软软地往前蹭。嚓啦、嚓啦、嚓啦。

丹尼见了，把手里的被子和医药箱交还给芙洛：“你先走，我帮一下庄尼，随后就来。”

芙洛左手搂着被子，右手提着药箱，被人流推搡着，朝前走去。

那个她用了一块半张脸大的伤疤和几年的心血换来的餐馆，还有那张写着她的名字，刚刚在她的枕头底下跟她一起睡过几个安稳觉的屋契，已经化成烟化成灰了。她本该哭天抢地捶胸顿足地难受的，可是她没有。天若塌在她一个人的头上，她兴许就给压成齑粉了。可是天没有压在她一个人头上，天压在了整个巴克维尔镇的头上。要死，也是一个镇子一起死。她的命混在一整个镇子的命里边，不过是一粒谷子混在了一箩米里面。

麻木。她感觉麻木，是刀切了皮也不知道疼的那种麻木。

她走了约有一刻钟，突然听见身后传来一阵急促的马蹄声，是圣公会的安德鲁牧师，骑着一匹马去瑞奇菲尔的金矿长官那里报急。马是一匹红鬃母马，性子烈，安德鲁也心急如焚。一匹烈马和一个急性子的人在一条塞满了捞命和捞财的人的街道上，怎么也闯不出一条路来。安德鲁猛抽了一鞭子，马扬起前蹄，一脚把芙洛踹到了路边。芙洛的被子飞落到地上，被马蹄踩出一串泥花。芙洛揉了揉膝盖站起来，骂了声："砍脑壳的，报丧啊？"心里却想：可不是报丧吗？

芙洛把被子捡起来，扯下头巾，紧紧地捆成一个卷，夹在胳膊下，接着行路。人流越走越肥，街越走越窄，芙洛走着走着，就觉出了脚下的沉。低头一看，才发觉左脚的鞋底已经被马踩走了一半。露在外面的脚后跟被石子磨破了，血和尘土在袜子上结成一坨硬饼。

她已经走到街尾了，威廉姆斯河就在前边。可是她走不动了。她突然一步也走不动了。

她把被卷放到地上，一屁股坐到了路牙子上。

回头望去，镇头已经看不见了，整个裹在了火海里。火被风撺弄着，很有精神气，浓烟把太阳熏得很脏，云像败絮，到处露出污黑的洞眼。依旧有人从镇头方向跑来，那是最后一拨逃命的人。他们从火的指头缝里钻出来，颧骨鼻尖沾满了黑灰，两眼熏得红肿流泪，跌跌撞撞，像碰在灯罩上的蝇子。

砰、砰。街头突然传来两声震天的巨响。地颤颤地抖了几下，逃命的人盐柱一样地立在了原地，不知所措。

芙洛望见不远处的房顶上爆出一团比日头还亮的大火球，随后就有物件像被猎人射中的死鸟一样，从高空纷纷坠落下来。有床单、衣裳、床架子、铁锅、桌腿……有一只剩了三条腿的猫，重重地摔在一棵树上，尾巴缠在树梢，身子倒挂着，不知是死是活。

巴克维尔的人要等到第二天早上瑞奇菲尔的晨报印出来之后，才会知道，这几声巨响，是铁匠铺里煤油罐的爆炸声。那时，他们才会捂着胸口，喊一声上帝啊，胆战心惊地庆幸：他们是如何惊险地与死亡擦肩而过。

威廉姆斯河岸边，黑压压地站满了逃命的人，也摆满了人们从家里搬出来的物什。还有不顾死活的人，在一趟一趟地冲进随时要被火吞灭的家里，一件一件地抢捞物什。各家的东西随意地摆在一起，有的拴上了一根领带、一条头巾，甚至一只袜子，作为标记，有的什么记号也没有。在灭顶之灾面前，人们暂时忘记了还有贼。

那条女人们汲水煮饭洗衣，男人们洗澡饮马的河，那条在淘金汉子到来之前已经流淌了千年百年的河，突然就没有了河的模样，变得窄小、窝囊、猥琐。在舔灭了一个镇子的火灾面前，它竟和人一样无能为力。

芙洛歇了一会儿，扯下捆被子的头巾，裹在脚后跟上，又站起来行路。松散的被子，仿佛突然重了许多，她的步子越来越慢。她的命已经逃出来了，她的家反正也已经毁了，再也没有一锅土豆等着她关火了，再也没有一壶咖啡等着她加糖了，再也没有一桌的客人等着她把饭菜端上来了。她还急什么呢？

她终于可以，不那么着急地赶路了。

她终于可以，冷眼看着别人从她四周急匆匆地路过了。

她看见街尾的人也在朝河边涌来。街尾的女人孤零零的，她们的男人没和她们一起走，男人这时正和他们的东西在一道。街尾的女人不多，阿珠、阿妹，还有那个常年吃斋念佛的半老婆子，还有恒顺杂货铺那个一直被男人锁在家里的靓女妾侍。女人们带着孩子。阿妹的儿子虾球会走路了，可是阿妹舍不得让他走路，阿妹抱着他，身子被他的重量坠成一只虾米。阿珠的女儿阿英很大了，用不着抱了，可是阿珠行路的样子也像是背了孩子，埋着脸，弓着身子。

芙洛远远地喊了一声阿珠，阿珠没听见。阿珠就是听见了也顾不上，她正颠着两只小脚，目不斜视地找着脚尖前面的路。芙洛看着街尾的女人在大难临头时的那种惊恐相，暗暗叹了一口气。若她还是旺记的女人，这会儿她该是她们中的一个，兴许和她们一样，怕火、怕风、怕路、怕人、怕在人前讲话、怕和这么多的洋番男女挤在一条道上。

可是她不是了，她已经不是旺记的女人，她也不是街尾的女人了。她虽然还长着街尾女人的身子、街尾女人的脚，她的英文里还带着街尾的口音，可是她已经在街头滚过几遭了。她在街头的红尘里捡拾了胆气和鲁莽，她如今不怕风、不怕火、不怕路、不怕人，甚至不怕命。

她再也没有什么可怕的了。

快到河边的时候，她突然撞上了一个人。那人正正地从她的对面跑过来，差一点把她撞倒，却没有停下来扶她一扶。那人没有顺着人流往河边走，却逆着人流向火源渐渐逼近的方向跑。芙洛忍不住扭头一看，就看见了这个男人后脑勺铜钱大小的一块秃斑。

“阿昌！”芙洛叫了一声。

男人站住了，满脸慌张。不是逃命的那种慌张，却是被人拿了把柄的那种慌张。

男人看上去很胖，胖得走了形，袖子和裤腿绽出无数根粗大的皱纹，外套下摆露出一截蓝毛衣，前襟涨裂着，扣眼和扣眼之间露出肥大的洞。

“你过来。”芙洛说。

男人撒腿就跑。男人太笨重了，跑不快，芙洛扔下被子和药箱，就去追。芙洛也跑不快。芙洛包过又放了的脚，走起路来就像慢船，跑起来更费事，况且受了伤。眼看着男人越跑越远，芙洛从兜里掏出了一样东西——那是一样她随时装在身边的东西。

“阿昌，你敢再跑一步，我崩了你！”

阿昌转身，看见了芙洛手里举着一把手枪。阿昌给吓住了，怔了一怔，犹犹豫豫地朝芙洛走过来。

“脱了，外套。”

芙洛把枪晃了一晃，一字一顿地说。

阿昌把夹袄脱了，露出里头一件拖到大腿的，绣着一个马球标记的蓝色毛衣，一看就知道是地地道道的欧洲货。

“谁的？”

“不，不知道，街上捡的。”阿昌结结巴巴地说。

“捡的？你再捡一件给我看看？”芙洛再次晃了晃手里的左轮。

“脱。”

阿昌脱下蓝毛衣，露出里面一件粗呢坎肩。

“再脱。”

阿昌一次又一次地脱，脱得终于只剩下了他自己的那件白粗布贴身褂子。

两件毛衣，一件坎肩，三件衬衫，一件细麻布睡衣。地上总共是七件衣服，都不是阿昌的。

“脱。”

芙洛的枪这回指的是阿昌的腿。

人群渐渐围了上来，大多是街尾的人，街尾的男人。

阿昌一见到街尾的人，如同一条蔫鱼见着了水，一下子长了精神，顿了顿脚，把脱了一半的裤子又提了回去。

阿昌的裤子里套的是一条苏格兰男人穿的花格呢短裙，裙很肥也很厚，阿昌塞来塞去没能塞进裤子里去，裤腰上露出鼓鼓囊囊的一段花绿。围看的人忍不住哈哈大笑起来。

“阿昌你穿这个要孵洋卵啊？”卷毛嗤地擤了一把鼻涕。

“阿哥，这个女人要打死我了，你替我做，做个主。”阿昌高声喊道。

芙洛不用回头，就知道是吉姆来了。吉姆走起路来，一声软，一声硬。

吉姆的脚步声停了下来。芙洛还没来得及转身，腿弯处就被一样硬东西狠狠地踢了一下，是吉姆的木腿。她膝盖一软，就跪倒了。这是她今天第二次摔倒在地上，膝盖在石子地上磨破了，血慢慢地从裙摆里渗了出来。

枪没了，落到了吉姆手里。

“街尾轮不着你拿这东西玩。”吉姆把枪在手里翻了个个儿，阴阴地一笑。

芙洛慢慢地爬起来，站稳了，突然将身子拱成一个虾米，朝吉姆猛撞过去。吉姆没有防备，给撞翻在地上。芙洛爬过去，想夺吉姆手里的枪。吉姆用胳膊肘子朝芙洛心口一杵，她又摔在了地上。

两人都坐在地上喘着粗气，乌眼鸡似的瞪着对方。吉姆是先起来的。吉姆拄着木腿，站直了，把枪顶在了芙洛的太阳穴上。吉姆的额角，鼓起几根蚯蚓似的青筋。那颗痣上的白毛，簌簌地抖动了起来。

围看的人把心提到了嗓子眼上。巴克维尔镇里，偷鸡摸狗打架的事天天都有，可是巴克维尔从来没出过人命。那天在庄尼的车马店里躲过了一桩命案，今天怕是躲不过了。

谁知这个叫芙洛的女人并不害怕。她一把拨开了吉姆的枪，掸了掸裙裾站起来，指着阿昌，冷冷一笑：

“你先问问他，我为什么拿这个东西出来？”

吉姆收了枪，朝阿昌走来。阿昌的身子在吉姆的眼光底下，一寸一寸地低矮了下去。

“不过几……几件衣裳，我不拿，也……也是烧了。”阿昌嗫嚅地说。

“猪脑壳啊，你。你拿了，街尾的人还怎么在镇里做人？”芙洛狠狠地呸了一口，唾沫星子溅了阿昌一脸。

阿昌恼羞成怒。

“阿哥，她是婊子，是番鬼骑的马，她自然要替番鬼说……”

阿昌的话还没说完，就被塞回了嘴巴里，因为阿昌的脸上，落了一记耳光。吉姆这记耳光很重，扇得阿昌满眼是金星，两耳嘤嘤嗡嗡，像飞进了一窝黄蜂。

一条污血，顺着阿昌的嘴角流了下来，是他的牙齿磕破了舌头。

“这个话，轮得着你说吗？”吉姆说。

金星慢慢地落到了地上，黄蜂也一只一只地歇了下来。阿昌渐渐地清醒了过来，摸了摸脸，指头是湿黏的。舔了一下指头，舌尖上有一股腥咸。他还是有些不信。

“阿哥，你为这个婊子，打我？”他吐出了嘴里的血沫。

“你妈才是婊子，让你爷爷骑了，才生下你这个长了三只手的贼。”

芙洛两手叉腰，破口大骂。

围看的男人哄地笑了起来。吉姆想忍，却没忍住，嘴角松了一松：

“住嘴，街尾的事，你一个婆姨管不着。”

“街头街尾，都只有一样王法。”

吉姆的眉心，渐渐地蹙成了一团乱麻。吉姆的手伸进了衣兜，众人以为他要掏枪，谁知他只是掏出了一根烟，点上火，只吸了一个头，就扔了，用那只真脚重重地碾灭了。

“滚。”

吉姆说出这话的时候，谁也没看，但谁都知道，这话是说给芙洛听的。这话听起来不狠，甚至有点蔫，可是四周都裹得很是严实，找不到一丝让人钻进去讨价还价的缝。

“你们，都领好自家的人，往河边走。别再回去了，那点卵东西，不值你一条命。”吉姆指着男人们说。

芙洛收拾起地上的被子和药箱，愤愤地走了。走出几步，又转过身来，瞪着吉姆说：“没有王法，也有门法。你还是不是洪门的头儿？”

吉姆的身子歪了一歪。众人都看出来，这话砸着吉姆了，正正地砸在了他的心尖上。吉姆的肚肠在叽叽咕咕地翻煮，那是他想说的话。那话一路滚到喉咙口，又在喉咙口煨了很久，吐出舌尖的时候，才是熟饭的模样了。

“阿昌，我有心想放过你。可是我若放过你，我吉姆爷在巴克维尔这块地方，再也做不得人了，连个破女人都敢爬到我头顶了。”

“七年前，你偷了卷毛和阿贵的金砂，我饶过你一回。七年前这里还没有堂。现在这里有堂了，我若再饶你一回，弟兄们如何拜关公？”

阿昌的脸一下子白了。

再也没有哪一个夜晚，是和这个夜晚相似的。

大火烧了一个小时二十分钟，就把一个镇子几乎烧空了，只剩下一座房子，孤孤零零地蹲在一片废墟之上。这座房子仿佛是老天爷特意留下的，好叫人一觉醒来时，能记得这里曾经，真的有过一个活生生的，叫作巴克维尔的小镇。

大火灭了，可是烟没灭。烟是房子倒下去时喘的最后一口气。房子不甘心咽下这口气，这口气喘了很久，很久，一直喘到太阳落山还没有喘完。人看天，天看人，人看人，都隔着一层灰蒙蒙的烟雾。

大火烧剩下来的事，是风帮着完成的。那天的风像灌了铁心，刮了一天也没有把自己刮损一丝一根毫毛。风把灰烬刮到了火烧不到的每一个角落，于是山上的草木肥厚了许多，威廉姆斯河流淌的，是一层蒙了黑灰的脏水。逃难的人头发上、睫毛上，也挂满了灰。

天很早就黑了。男人们刚刚垒好了火塘，大桶里煮的是安德鲁牧师从瑞奇菲尔运过来的应急玉米。可是孩子们等不及。饱受惊吓又饿了半天的孩子们开始哭泣。孩子也像早晨笼里打鸣的鸡，一个哭了，另一个跟着哭，很快就哭成胡乱的一团，分不出到底是街头还是街尾。那哭声里也混着灰粒，在大人的耳朵眼里沙沙地刮出一条条的划痕。

众人围着几个火塘坐，身上裹的是被子、床单、围裙、窗帘，甚至还有从剧院里扯下来的幕布。九月的野外真是冷啊，前胸被火烤得渗出汗来，山风却像钝刀，一下一下地刮着人的后背，刮到骨头刮到筋。

月亮出来了，是一盘大圆月，圆得没有一个角。星子也跟着出来了，东一点，西一点，照得一天都是墨蓝，也照得威廉姆斯河面上，一片碎银。远处山里有野物嗥了一声，那声响被风撕碎了，嗡嗡地在空中飘来飘去。

天突然明净了起来，原来是烟灭了。那含冤倒下的房屋，终于咽下了最后一口气，认了命。

赏赐的是耶和华，

收取的也是耶和华。

耶和华的名是应当颂扬的。

火塘上的玉米熟了，安德鲁牧师在带领众人做谢饭的祈祷。

安德鲁牧师是个矮小的男人，在教堂里布道的时候，脚下垫了两块厚木板，才刚够在讲坛上露出一整张脸。安德鲁牧师的英文里带着肥腻的爱尔兰口音，他讲道的时候，连他的老婆都要打瞌睡，倒不是因为听不懂，而是因为没耐心。安德鲁牧师的布道，干涩得像藏过了一整个冬天的木柴，叫人忍不住思考：通往天国的路，是不是只有他嘴里的这一条。

安德鲁牧师的《圣经》，已经化成了一片灰烬，如今正挂在某一棵烧焦的树上，或踩在某一块黏脚的淤泥里，再也找不回来了。可是安德鲁牧师的肚子里，还有一本什么火也烧不烂的《圣经》，此刻他正从他的肚子里，一片一片地往外掏着他的《圣经》。众人突然就听懂了他的每一个字，每一句话。

> 耶和华是我们的避难所，是我们的力量，
> 是我们在患难中随时的帮助。
> 所以地虽改变，
> 山虽摇动到海心，
> 其中的水虽然匍訇翻腾，
> 山虽因海涨而颤抖，
> 我们也不害怕……
> 因为万军之耶和华与我们同在。
>
> （《圣经·诗篇》46 篇）

今晚安德鲁牧师的话像一团蘸了温水的棉花，擦去了人心头厚厚的烟灰。无着无落的心，似乎又落到了一个实处。

女人的眼圈红了。

一天里，大人们第一次想到了哭。

要是星期天的安德鲁牧师，都能和今天一样，该多好。

人们暗暗地叹着气。

当然，他们不知道，星期天的那副耳朵，不是今天的耳朵。星期天的耳朵里流着攒了一周的厚厚耳油，上帝的话是水，星期天的油耳

朵存不住上帝的水。一场天火，不仅把巴克维尔烧得干干净净，也把人的耳朵烧干净了。今天的耳朵离上帝很近。

第一口玉米咬进嘴的时候，肚子鸣鼓似的叫了一声，芙洛知道自己饿了。新煮的玉米汁液饱满，水流过干涸的喉咙，刺的一声冒起了一股青烟，三里之外都闻得到焦味。可是玉米嚼起来却像刨花茬子一样无味——知道饿的只是肠胃，她的牙齿口舌和喉咙却完全不饿，她只是咽不下去。

河岸上生了好几塘的火，街头和街尾的人分着坐。街头的有白番黑番，也有几个来镇上卖三文鱼干的印第安人。街头是混混杂杂的一大群，而街尾则是清一色的中国人。街头和街尾烧着各自的柴，生着各自的火，吃着各自的饭食，流着各自的眼泪。街头的火塘和街尾的火塘中间有一堵墙。这墙不是石头垒的，也不是木头砌的，却比石头墙木头墙都结实。

没人敢跨过去。

也没人想跨过去。

芙洛坐在街头的火塘边上，心却分成了两处，一处在街头，一处在街尾。街头的那一处断断续续地听见镇上管事的长官在说："明天早上……瑞奇菲尔三个马车队……木料……盖房……两边的路……加宽十五尺……过路的口子……对齐……台阶高矮一致……"

街尾的那一处，她看见了一群人在嚼锅巴，离她二三十步的样子。锅巴是恒顺杂货铺的老板从火嘴里抢出来的最后一样东西。没盐，没糖，没油。阿妹掰了一块，在热水里泡软了，塞进虾球的嘴里，虾球只咬了一口就吐出来了。阿妹又塞，虾球就哭。孩子的嗓门跟吉姆一样，哭起来像一支铁钻头，呜呜地在人的头皮上钻着孔。阿妹千哄万哄，还是哄不住，就忍不住拧了一下孩子的胳膊。孩子哭得更响了，钻头加大了一号。

芙洛看了一眼坐在对面的安德鲁牧师。

“你的上帝，长着什么颜色的面皮？”芙洛问。

安德鲁牧师做了几十年的牧师，却从来没有被人问过这个问题。他把肚子里藏的那本《圣经》飞快地掏到脑壳里过了一遍，没想起哪里有现成的答案。他知道街头街尾的人都在看他，他没有时间想了，他只能替上帝做主了。

“没有人见过上帝的脸，见过了就要死。”他说。

“那他只管长着白面皮的人吗？”芙洛问。

“不，他管一切贫穷患难的人。”

安德鲁牧师突然明白了芙洛的话，他站起来，问他的老婆讨了一方头巾。安德鲁牧师从锅里捞出热玉米，包了满满一头巾，对芙洛点了点头：

“你可愿意，做我的舌头？英文已经把我难死了，上帝怜悯我，求你不会再让我也学你们大清帝国的话。”

芙洛领着安德鲁牧师，往那头的火塘走去。

嚼玉米和嚼锅巴的两群人同时都静了下来，连吃奶的婴儿也停止了吸吮。空气凝固成一片薄冰，轻轻一动就要碎裂。没人敢动，都不知那块冰下的凶吉。

“玉米，热的，小孩，吃。”

安德鲁牧师把他口音浓重的英文拆成一小块一小块，讲给街尾的人听。

其实用不着芙洛翻译，街尾的人都听懂了。更确切地说，街尾的人是看懂了。街尾的人虽然懂了，却都不动，众人只看吉姆。可是吉姆谁的目光也不接，只盯着脚跟前那群在锅巴屑四周黑压压地围成了一座小山包的蚂蚁。

芙洛把一个棒子掰成两半，撸下几个玉米粒，塞进阿妹的儿子虾球嘴里。孩子刚刚哭过，一口气还堵在嗓子里没顺下来，抽抽噎噎半信半疑地把玉米粒吞了下去。那一点东西落到肠胃里的感觉很是稳妥，他就抬眼看他阿妈的脸色。阿妈没说话，他伸出手来，一把抓住了芙洛手里剩下的那半个棒子。

“阿英，华仔，还有各家的仔，都到安德鲁牧师这里来拿好吃的。大人饿死我不管，仔总是要吃的。”芙洛大声说。

大人没吱声。没吱声可以解释成不赞成，也可以解释成不反对。孩子里头，卷毛的儿子华仔是个头。华仔今年十二三岁了，已经是半个大人。半个大人的华仔决定冒他人生的第一次险。他谁也不看，领着他的妹子阿英，朝安德鲁牧师走来，从这个洋番手里，拿走了还带着炉火余温的玉米棒子。

轰的一声响，隔在街头和街尾火塘中间的那堵看不见的墙塌了。街尾的人踩着瓦砾和木屑走过来，在安德鲁牧师四周围成一圈。

一头巾的玉米很快分完了。又来了一头巾。

“阿姐，替我谢谢那个，洋番牧师。”

吉姆的老婆阿妹，扯了扯芙洛的衣袖。

“阿姐，我还没有谢过你，你的那方药。”阿妹吞吞吐吐地说，脸上有几分扭捏。

芙洛哼了一声，说："白让他长了脸，也没看他待见过我。"

"虾球将来替他待见你，也是一样的。"

阿妹拉过虾球，让给芙洛磕头。虾球不认识芙洛，呆呆地看着她，不动，也不吱声。

"这是你……大妈。那年生你的时候，你差点儿就进了鬼门关，是你大妈把你这条命从阎王爷手里抢回来的。"

阿妹强按着虾球给芙洛磕头，虾球扁扁嘴，又要哭。

"算了，他虱子大一个仔，懂个啥？"芙洛摆摆手让孩子走开。

"听说明天就来木料了，能分到街尾吗？"阿妹怯怯地问芙洛。

"你要想知道，就叫你男人自己去问。"

阿妹扭头看了看丈夫坐的那个方向，吉姆背着身子在抽烟。

"他阿爸心里烦呢。今天有人趁火打劫偷东西，叫他剁了一个指头。"阿妹说。

芙洛吃了一大惊，肚子里的那几颗玉米粒一点也没和她商量，突然就泛了上来。她哦的一声蹲了下去，吐了。

"我知道你怨他狠，可是他要是不狠，就管不住这伙贼人。"阿妹说。

阿妹扯下孩子的围嘴，给芙洛擦嘴。芙洛摇摇头，拿袖子抹去了嘴角的那一丝酸水。

"我们，走吧。"芙洛有气无力地对安德鲁牧师说。

安德鲁牧师刚想走，突然看见一个男人从火塘边上站起身，朝他走来。男人一条腿长，一条腿短，走起路来一脚高一脚低。

男人朝他扔过一根烟。安德鲁牧师不抽烟，可是他知道他不能不抽这根烟。他笨拙地把烟叼进嘴里，歪着头等着男人把火点上。

有一撮辣椒粉，钻进了安德鲁牧师的喉咙。他想把它吐出去，可是他非但没有把它吐出去，反而叫它沾得一嘴一鼻子都是辣味。

喀、喀、喀、喀，他忍不住咳嗽起来，咳得一脸清鼻涕。

瘸腿的男人哈哈大笑了起来。火塘边的人也跟着他哈哈地笑了。

可是安德鲁牧师的脸色突然变了，血从脸颊上唰地退了下去，剩下的是一张青筋毕露的白脸。

因为他看见，瘸腿的男人从裤兜里慢慢地摸出了一样东西。那样东西在月光和篝火的映照下，发出捉摸不定的寒光。

手枪，是一把手枪。

安德鲁牧师闭上眼睛。

一场烧毁了一整个镇子的大火，再加上一次不知要带走几条人命的枪战。这消息辗转传到他的故乡爱尔兰的时候，不知会被演绎成一桩怎样轰动的新闻？

反正，那是他身后的事了。

上帝，求你饶恕，我一生的罪过。他暗暗地祈祷，牙齿咯咯打着架。

他静静地等待枪声。

他等了一会儿，却没有听见枪响。

“你给我听着，芙洛拉，下回，你要再在我跟前玩这个，别怨我狠。”他听见那个瘸腿男人从牙缝里憋出了一句话。

他睁开眼睛，火还是那堆火，人还是那群人，天没有破一个口，地也没有裂一条缝。只是那样东西，那样闪着寒光的东西，已经换到了芙洛手里。芙洛撩起裙裾把它擦了擦，掖到了腰间。

“快，快放下，枪不长眼。”安德鲁牧师的声音，抖成一团乱渣。

“别怕，那是假玩意儿。”

芙洛贴着安德鲁牧师的耳朵，悄悄地说。

芙洛回到自己的火塘时，丹尼已经吃饱了。芙洛数了数丹尼脚边的垃圾，有五根玉米芯，三个烟蒂。吃饱了的丹尼把头埋在两个膝盖中间，像是在睡觉。可是芙洛知道他没睡着。这个晚上没人能睡得着，至少没那么快。

只是这个晚上，丹尼格外沉默，话少得出奇。

“明天，你不能睡懒觉。你得第一个去排队领木料。你的，还有我的。”

芙洛推了推丹尼。

丹尼没动。

“芙洛。”半晌，丹尼终于抬起头来，叹了一口气，“那块怀表，没了。”

“哦。”芙洛心不在焉地应答着，“没了的东西多了。”

芙洛在吃她的玉米。还是吃不下去，可是再吃不下去她也要吃。明天，明天将会是很长的一天，她不能饿着肚子。明天日头照样还要升起来，明天的鸡照样还要打鸣。只是明天她要做的事，却比昨天，前天，还有大前天，不知要多出多少倍。

她的心里，在满满的装着别的事，没有一寸空地，来装那块怀表，还有怀表上的那粒祖母绿珠子。

新屋该是什么式样？几个房间？楼梯最好不要冲门。

她在想。

芙洛现在姓罗宾森，那是丹尼的姓。

这是芙洛第二次改姓，从刘易斯改到了罗宾森。

丹尼没有等到圣诞节就娶了芙洛，是怕冬天大雪封路，他们走不到瑞奇菲尔。他们是在新屋盖成之后的那个周末，骑马去瑞奇菲尔找到了那位娶了印第安女子为妻的法官，为他们主持了婚礼。唯一的证婚人是他们带去的裘德。

丹尼挑了裘德，是因为一个镇子里他只信得过裘德——丹尼知道裘德不敢使坏。

镇里谁也不知道裘德其实是黑人。

裘德是从美国南部蓄奴州佐治亚逃到巴克维尔来的，裘德身上有四分之一的黑人血统。上帝在造裘德的时候刚刚睡醒，精神气很好，所以裘德身上属于黑鬼的四分之一血液分布得很是地方，在另外的四分之三里掩藏得很是严实。除了嘴唇略微厚一两分，头发比别人多几个卷子以外，裘德看上去几乎是个无懈可击的白人。

裘德的事，只有上帝和丹尼知道，连裘德的老婆苏珊，都一直蒙在鼓里。裘德是有一天在“苏格兰高地”喝醉了酒，对丹尼说出来的。第二天丹尼再拿这事问他，他吓得脸色煞白，指天咒地地否认了。从此，丹尼不再问，裘德也不再说。只是裘德明白，这件事已经是丹尼的一节肠子，他想掏也掏不回来了。他希望这节肠子能永远地烂在丹尼的肚子里，所以从那以后，他对丹尼就多少有些讨好的意思了。

法官问丹尼要戒指，丹尼说没有，大火烧没了。法官找来一本圣经，剪下一段夹书用的红丝线，结了一个圆环，让丹尼套在芙洛的手指上。裘德看了忍不住笑，说法官你再主持几个这样的婚礼，你的书就乱页了。法官也笑，说上帝是不会阻止两个相爱的人成为一家子的，这可是世界上最贵重的戒指。

当然，这段红丝绳在几天之后，就随着一桶洗碗水流到了一个不可知的去处，那是后话。

那天下午，巴克维尔镇上的人看见三个人骑了两匹马，从瑞奇菲尔的方向走进了镇里。前面那匹马上骑的是理发铺的东主裘德，后面那匹马上骑了一男一女，男的是“苏格兰高地”酒吧的东主丹尼，女的却没人认得。丹尼和裘德都穿了星期天上教堂做礼拜才穿的三件头套装，戴着刷得干干净净的礼帽，前襟别了一朵白色的康乃馨。女人穿了一件苹果绿的缎裙子，腰掐得很细，细得让人觉得女人已经把心挤到了嗓子眼里。女人的衣裙领边袖口下摆缝满了细碎的蕾丝。镇里人眼尖，一眼就看出来那料子和款式，都不是镇上那家蹩脚裁缝铺的手笔。女人戴了一顶宽檐白呢帽，脸上蒙了一块格子面纱，面纱随着马蹄的起落一路颠颠颤颤，影影绰绰地露出些女人的笑颜。

那天下午街面上人很多，有一大半是在给刚刚盖完的新屋子做最后的修整。裘德在最喧闹的剧院门前跳下马来，用缰绳在空中甩了一记花哨的响鞭，大声呼喊：

“请允许我无比荣幸地向巴克维尔的镇民们郑重介绍，崭新的罗宾森先生和罗宾森太太！”

丹尼随后跳下马来，从马背上抱下了那个女人。女人撩开面纱，露出了脸颊上一块黑蜘蛛似的疤痕，欠了欠身，说了一声“哈罗”。

原来是“芙洛的厨房”里的那个女人芙洛。

镇上的人吃了一惊。镇上的人都知道丹尼和这个叫芙洛的女人有一手。这女人是丹尼从镇尾的中国佬那里赌赢过来的。赌赢过来的马当然要骑，赌赢过来的女人当然要睡。这女人这几年都在镇头住，做的是镇头人的生意，吃的是镇头人的饭食，说的是镇头人的话，人们早已把她当作了镇头的人。

直到今天，当丹尼把她娶过来做老婆的时候，众人才猛然想起，这个女人并不是真正的镇头人。这个女人，原来是中国人。

丹尼娶了一个中国人？！丹尼把一桩本来很有趣的玩闹，做成了一件连上帝也改变不了的正经事了。

可是镇里的人也不都是少见多怪的。淘金的汉子，为了金砂翻山越洋地来到巴克维尔，一路上什么怪事都见识过了。淘金人的命，原本就是在山石山风和山火之间肚脐眼一样大的一块地盘里岌岌可危地悬着的。山里的公墓里，月月都有新坟。每天从山里回来喝上的那杯酒，谁也不知道明天还有没有得喝。淘金人把命看贱了，也把命看透了。淘金人见怪不怪了。

所以街面上的人只怔了一怔，就纷纷从屋顶上、窗台上、台阶上跳下来，涌到街心，把那两匹马围得水泄不通。

“狗娘养的丹尼，什么风也不透一丝，就娶了老婆了？”有人高声骂道。

“香槟，香槟在哪里？”众人哄哄地喊着。

丹尼揽住芙洛的腰，摘下头上的帽子，放到胸口，很绅士地鞠了一个躬。

“晚上‘苏格兰高地’，连人带狗，一醉方休。罗宾森太太请客。”

就这样，鸡娶了鸭子，猫嫁了狗。中国女人芙洛，成了番鬼男人丹尼的老婆罗宾森太太。官府是不知道的，官府也用不着知道。镇上无人告密，法官知情不报，日子一久，一桩新闻就渐渐衍变成了一件天经地义的事实，谁也不记得最初的那些猫腻了。

只是两人结婚之后，两份日子并没有过成了一份。

丹尼和芙洛依旧开着各自的酒吧和餐馆。大火之后重建的屋子，依旧还挂着“苏格兰高地”和“芙洛的厨房”的牌子——当然已经不是大火前的那一块了，依旧还做着同样的营生。白天丹尼和芙洛在各自的酒吧和餐馆里忙着各自的事，只有晚上酒吧关了门，丹尼才会来到芙洛楼上睡觉。当然，现在丹尼有了芙洛家的钥匙，他进她的门时，脚步响亮，腰板挺直，再也不用害怕惊醒镇上的狗，还有狗身后的人了。

丹尼的酒吧午后才开门，却要做到半夜才关张。他躺下来的时候，她早就睡熟了。他年轻气力壮，忍不住总要去撩拨她，她被他搅醒，睡眼惺忪地应和着。丹尼的手依旧还是一把火、一捧水，只是天天烧在身边的火，天天浸在脸旁的水，便不及那十天半月才烧一回的火炽热，十天半月才泡一回的水清凉了。有时实在困得动弹不得的时候，芙洛就会想念那些在晾衣绳上拴一条手绢的日子。

婊子也有婊子的好。芙洛迷迷糊糊地想。

芙洛餐馆的生意是从早餐做起，一路做到晚餐的，淘金的单身汉们每天都要到这里喝一杯咖啡，吃完一盘热腾腾的吐司夹土豆泥和煎鸡蛋，再匆匆赶工。所以每天芙洛都是赶在第一声鸡叫之前就起床了。

芙洛踮着脚尖摸黑下楼，再小心也难免要弄出些声响，惊醒沉睡中的丹尼。丹尼现在闭着眼睛也猜得出那是些什么声响。

嚓、嚓、嚓。

那是切洋葱的声响。中间的那一刻停顿，也许是芙洛在擦被洋葱激出来的泪水，也许是芙洛在揉心口。

这些日子芙洛常常说心口疼，却死活不肯去医院看医生。别看芙洛嫁了洋番，跟着洋番住在镇头，吃的穿的都随了洋番的样式，但在有的事情上，她却和镇尾的那几个小脚中国女人没有什么区别——她打死也不肯在洋番医生面前脱衣服。不管有什么病痛，头疼也好，脚板上生个疮也好，眼皮上长个疖子也好，芙洛都要到她的草药箱子里找答案，仿佛那些黑黑黄黄一看就要作呕的叶片和粉末具有包治百病的神奇药效。丹尼说过多遍，说不动，就随她去了。

哗、哗。

那是芙洛在木桶里洗土豆的动静。那桶水洗过土豆，还有多样用途，比如洗地擦灶台，冲台阶上的泥。

呼……

那是指头被火柴烫着发出的吹气声。

“狗娘养的！”

那是点不着湿柴火时的诅咒。

楼底下一切的声响都是压抑着的，像蒙了一层棉絮。那棉絮千疮百孔，并不严实，嘈嘈杂杂的声响从一个个洞眼里钻出来，一次又一次地把丹尼从梦中戳醒。醒来，再睡回去。再醒来，再睡回去。如此三番五次之后，日头就升到树梢，到了他真该起床的时辰了。

丹尼起床，打了一个长长的哈欠，伸了一个比哈欠还要长的懒腰，穿上衣服套上靴子，带着一副没睡好觉的人特有的坏脸色，慢慢地朝楼下走去。

芙洛端了一杯新沏的咖啡，等在楼梯口，堵住了丹尼即将出口的难听话。咖啡劲道很足，无论颜色还是味道都合了他想要的那个味。几口好咖啡下了肚子，气就顺了一些。

“要是没你的早餐，整个巴克维尔的人不会饿着肚子上山淘金吧？”丹尼说。

这话丹尼说过了多回，用不同的语气和表情。芙洛当然明白丹尼的意思——他想让她把餐馆改成只做中晚两餐的，她不肯。早餐的利最大，她舍不得。

芙洛又给丹尼端上一盘南瓜派。那不是早餐该吃的东西，可是丹尼爱吃，再说现在早过了早餐的时辰了。南瓜派是新烤的，焦黄、松脆，香味钻进鼻孔，像一股软风爬过，酥暖麻痒，舒适得叫人不想说话。

“一个早上都睡过去了，有多少钱在等着你挣呢。”

芙洛咚咚地剁着砧板上的肉，那是午餐用的，忍不住对丹尼说。

“一个早上都干活了，有多少好时光，都叫你浪费了。”

丹尼说“好时光”的时候，眉毛往上挑了一挑，眼睛眨了一眨。芙洛知道是什么意思。丹尼说过早上是精血最旺盛的时候，早上造出来的孩子，是最健壮聪明的。

芙洛的颧上，飞过一朵稀薄的红云，抓起一块肉骨头，朝丹尼扔过去。丹尼弯腰一闪，躲过了。

“你不想赚钱，大老远的，从苏格兰跑到这里做什么？”

丹尼埋了头吃南瓜派。馅泥很松很烂，糊了他一嘴。芙洛看着他咕咕地笑。那笑里是藏了意思的，那意思就是：“你没话了吧？我堵了你的嘴了，是不是？”

丹尼不说话。他知道芙洛虽然改过了两次洋姓，但就是换过了一百次洋姓，她的每一根头发丝、每一个毛孔，都还是中国人。一个苏格兰男人心底里的想法，要想让一个中国女人彻底明白，大概跟蚯蚓钻透花岗岩差不多艰难。

其实当年诱使他离开苏格兰老家的，不完全是金子。他只是腻味了苏格兰乡下的单调生活。他觉得那种生活像是一件剪裁得过小的背心，穿进去略微喘粗一口气，就会把针眼挣裂。他渴望能去见识大西洋另一岸那片叫作新大陆的地盘，渴望马儿能带他行走在还没有被命名的处女地上的自由感，渴望不受母亲、牧师，还有主日学教师管辖的日子，渴望脚步在路上任意穿行却不会磕碰到别人脚指头的宽广。

这是为什么他会离开母亲，离开苏格兰，漂洋过海来到三藩市，再从三藩市辗转来到巴克维尔的原因。

当他终于来到洛基山地的时候，他发觉他不过是从一件背心换到了另一件背心而已。苏格兰这件背心太紧了，紧得他只知道他有身体。巴克维尔这件背心太宽松了，松得他忘了自己还有身体。

这些，芙洛不懂，也不想懂。这个中国女人在某些事情上非常勤快，在另一些事情上又非常疏懒。

这个女人每条神经上拴的，都是如何挣钱的念想。

大火之后的第一个圣诞节。

雪下了三天三夜。雪把巴克维尔一切棱角都抹平了，雪把山石树木和房屋都打磨成面目含糊的大小圆包。

雪是年年如此的雪，只是大雪包裹之下的那个镇子，却不是旧年的那个镇子了。

重建是在大火之后的第二天早上就开始了的，一直延续到大雪封山为止。新建的镇子，道路开阔，每座房屋的台阶高矮一致，过街有专门的穿行口，各家的火道烟口都有了安全设施。

新建的巴克维尔看上去整洁气派。

可是那份整洁气派是给外人看的。住在镇里的人都知道，巴克维尔的鼎盛之日已经过去了，大火烧走的，不仅是全镇所有人多年的积攒，大火也带走了巴克维尔的精神气血。

其实，巴克维尔的日渐衰败是在大火以前就开始了，只不过大火把这个秘密公诸于世。

十年前的巴克维尔，是一个金砂堆起来的精壮汉子。横穿巴克维尔山体的无数洗砂槽，是巴克维尔的精血脉络。从那脉络里流出来的金砂水，就是巴克维尔的青春汁液。那汁液浓腻地流到了淘金汉子的手里，不等过夜，又转手流入了镇上无数的酒馆里，化为威士忌白兰地，牌桌上的骰子和舞妞的裙裾飞起的圆弧。日复一日，年复一年，巴克维尔的汁液稀薄了。十年的岁月把一个生猛的镇子熬得蔫软了，十年的岁月也把数不清的鲁莽汉子熬成了干瘪男人。

巴克维尔的淘金汉子，是见过大钱的，知道金块坠在裤兜里的重量。可是十年的岁月，也叫淘金汉子明白了一样事理：金子存不住。金子有腿，认得回家的路，哪里挖出来的，还回到哪里去。巴克维尔的金砂，只能花在巴克维尔，一厘一毫也带不走。淘金汉子明白这样事理的时候，人就老了。淘金汉子年轻时的梦想碎了，心灰了，再也承受不住巴克维尔粗粝的山风了，便开始做别处的盘算了。

入冬之前，镇里陆陆续续地走了几家人。有些是到城里过冬，等到春暖再回来的，有些是一走就再也不会回来了。庄尼一家是大雪封山之前最后走的一家。镇上的新客越来越少，庄尼的车马店生意越做越淡，终于开不下去了，就带了全家去维多利亚投奔他哥哥，找别的生路去了。

庄尼走时，带走了他的姐夫裘德一家。裘德的老婆苏珊快要临盆，怕大雪一封路送不了医院生产。

裘德临走前，以两百元的价格，把他的房子贱卖给了芙洛。丹尼听了就笑，说芙洛你买它做什么呢？莫非也想开理发铺？你连狗毛也没剪过啊。芙洛说有了房子，做什么都好。我们家乡的老财，有了闲钱，不是买地就是盖房。不买地也不盖房，钱留着不叫钱，风一吹就跑，虫子一蛀就没了。

丹尼听了这话，怔了一怔："我还以为你是石头缝里钻出来的呢。我怎么从来没听你说起过，你老家的事，罗宾森太太？"

芙洛也怔了一怔。半晌，才说："我家的人，都死光了，我总不能编个故事来哄你吧？”

芙洛心里是有念想的，只是她还没把念想想透了。她不想在念想还半生半熟的时候就拿出来告诉丹尼。芙洛是想把裘德的铺子改成一个中草药铺的。现在嘉瑞普有了个医院，镇头的洋番骑马走几步路，就能看到医生。可是镇尾的中国人，尤其是女人，不愿意看洋番的医生，镇尾的人有病有痛只能干熬着。若是她在镇里开一个中草药铺子，镇尾的人有病有痛就有一个去处了。她若把她的药箱子放在她家楼上，她只治得了她自己一个人的病痛。她若把她的药箱子搬到铺子里，镇尾的老小，就都得着好处了。这几年她收集的中草药种子，一等开春就可以在屋后下种了。这片地虽然没有镇尾吉姆屋后的那片地大，可是少少种几样药材还是够用的。

圣诞节的前一天，“芙洛的厨房”关门休业。这一关就是几个星期，每年如此，一直关到雪化了，通往镇里的车队能够送货进来为止。

早上芙洛是被一样利器割醒的，在眼皮上，过了一会儿她才明白过来那是亮光。风和雪都停了，日头不知是什么时候出来的。日头是白的，地也是白的，两样的白加在一起，却不再是白，竟变成了青。满屋的青光，找不着一片阴影。芙洛从被窝里伸出手来，挡住了眼睛。

鸡叫过了。从她来到巴克维尔到现在，很稀罕的几回里，是鸡赶在了她前头醒。

从她记事起，她从来也没睡过这么长的一觉啊。她觉得她的身子已经散成了一块一块的土，她的脑壳也散成了一粒一粒的沙子，怎么也抓不成团。她的身子管不了她的脑壳，她的脑壳管不了她的身子，她的脑壳她的身子自行其是地从被褥上枕头上轻轻地扬起，扬在半空，扬成闪闪烁烁的不青不白的飞尘。

天哪，她竟懒散得想不成事了。

可是，丹尼呢？

她一摸身边，是空的。

丹尼从来是睡到中午才起的。丹尼是决不会起在她前头的。

她的脑壳和身子咚的一声落到了实处，捏成了一团，她一下子醒利索了。

她慌慌张张地套上棉袄棉裤，穿上靴子，就往楼下跑去。楼下没人，但她倒是放了心，因为她听见了叮咚的声响——那是丹尼在隔壁的“苏格兰高地”弹琴。天太冷，鸡狗也不肯动窝，失了人气的镇里静得连说话都有回声，琴声传得很远，当当地砸在芙洛的心口，砸得她有些心疼。

外头的雪堆得很高，遮住了一半的窗子。她若走在街上，雪就该盖过了她的腰了。山封住了，路也封住了，很长时间都不会有车队进镇，幸好在秋天里她攒下了足够的鸡蛋腌肉土豆山芋，过一个冬绰绰有余。

门前的路已经被丹尼铲出来了，窄窄的，只够走一个人一条狗，却把裘德的老理发铺、“苏格兰高地”和“芙洛的厨房”三家连通了。

芙洛穿过狭窄的通道，走进“苏格兰高地”。屋里拉了窗帘，一条青蓝的日光从没有拉严的窗帘缝里钻进来，洒到地上，将地板劈成了一明一暗的两半。芙洛在门道里站了一小会儿，才渐渐看清了丹尼趴在钢琴上。丹尼的身子俯得低低的，不像是在弹琴，倒像是在啃琴。

秋天的那场大火中，丹尼是在最后一分钟里才决定拉上庄尼和庄尼的一个伙计，返回屋里把钢琴连踢带扛地抢出来的。钢琴的盖子和柱杆都在抢运的过程中散落了，边板也蹭坏了漆，琴音已经跑得几匹马都追不上了。丹尼的手在摸着黑行走。不过芙洛知道丹尼不是在找键，也不是在找音，他只是在东一下西一下的敲击声中寻找一种念想。

Ae fond kiss...and then we sever;

Ae fareweel...alas,for ever!

Deep in heart-wrung tears I'll pledge thee,

Warring sighs...groans I'll wage thee.

Who shall say...Fortune grieves him,

While the star of hope...she leaves him?

Me, nae cheerful...twinkle...lights me;

Dark despair around...benights me...

（一个热吻之后，我们即将分离，

别了，啊，永远的分离！

我用伤心欲绝的泪水对你起誓，

我用沉重的叹息包围你。

谁能说，命运之神为他哀戚，

而希望之星将他抛弃？

没有灿烂的星光照亮我的旅途；

黑色的绝望将我笼罩在暗夜里。）

丹尼的歌唱得跟他的琴声一样烂，芙洛一句也没有听懂。芙洛也不知道，丹尼毛发茂密的脑壳里，装满了罗伯特·彭斯的诗。不过，芙洛没有听懂的只是歌的外壳，歌的芯子，她早就听懂了。她知道丹尼想家了。他是想他苏格兰老家的草地羊群，围着羊群跑来跑去的狗，甩着尾巴赶身上蝇子、奶子大得垂到地上的肥牛，还有火塘边上等着他归家的爹娘妹子。丹尼虽然还没老，可他也不再是当年那个在威廉姆斯河边用马鞭挑她裤脚的鲁莽后生了。鲁莽后生想的是闯天下，鲁莽后生是不会想家的。

丹尼心里缺的那个口子，琴补不上，歌补不上，她补不上，就是整个巴克维尔镇都填进去，也补不上。当年她还是镇尾瘸腿吉姆的老婆时，吉姆心里也缺样东西。吉姆想要的，她知道，也给得起，可是她却不肯给。后来她跟了丹尼，丹尼心里缺的，她也知道。她愿给，却给不起。

命啊，各人有各人的命。有的时候，再亲的人，眼睁睁地看着他难受，你伸出手来，却硬是救不得他。看的人，比那个受的人，心里还煎熬呢。

芙洛掀开窗帘，日头哗地涌进屋里，将一切瞬间洗成耀眼的雪白。丹尼捂住了眼睛。过了一会儿睁开来，才看清了身后的芙洛。芙洛还没来得及梳洗，头发蓬乱地散在身后，眼角带着隔夜的眵目糊，阳光里颊上的那个疤痕在蠢蠢欲动。这真不算是一个漂亮的女人啊，可是这个女人的身体是泥土做的，最坚实的那种泥土，摔不烂、砸不碎，踩得扁成一张纸也还活着。这个女人简直就是一条生命的河流啊，看不见起头，也看不见终结，却是源源不断地流。当年他第一眼看见她的马停在旺记门口，她在台阶上骂出“扑街”那样的话时，他就被她旺盛的生命力吸引了，他一下子投进了她的河流里，他就是淹死十次百次也是心甘情愿的。

可是这个女人泥土一样坚实的日子里，有没有贫瘠得露出洞眼的时候呢？这个女人的生命河流里，有没有干涸得只剩几滴水的情景呢？

丹尼走过去，轻轻地搂住了芙洛。

“芙洛，你有没有过想家的时候？”

丹尼把脸贴在了芙洛满是茧子和裂痕的手掌上。他感觉那手掌渐渐地僵硬起来，硬得如同一块冰凉的铁。

“丹尼，有爹娘的地方，才是家乡。我没有爹娘，所以我不想家。我的家，就是你。”芙洛缓慢地说。

芙洛说到“家乡”两个字的时候，顿了一顿，声音里有了一股轻轻的潮气。丹尼以为她哭了，可是她没有。她的两只眼睛，如同晒了一个夏天的泥滩，干涸、枯裂、寸草不生。

丹尼紧紧地，一动不动地抱住了芙洛。在这个白雪遮掩了一切声响和颜色的冰冷中午，两人突然有了一种地老天荒的相依。

芙洛终于从丹尼的怀里挣脱开来，说：“我来做中午饭，咱们好好吃一顿。牛肉土豆红萝卜，怎么样？”

其实，丹尼有一句话，就想在那一刻对芙洛说的。这句话很重，压得他睡着和醒着都不安稳。这句话在他的肚子里已经翻来覆去地走了许多天，终于在今天，这个时候，走到了他的舌尖。

这句话是：“芙洛，你肯跟我回苏格兰吗？”

可是这句话在即将落地的时候，又缩了回去，因为就在那一刻，芙洛已经转身走了。

“芙洛的厨房”后院有一堆小丘一样的雪，那是她冬天保存肉蛋的天然冰库。芙洛昨晚就从冰库里挖出了一大块冻得跟铁坨似的牛肉，放在屋里慢慢地化。冬天的肉稀罕，平时她是舍不得一次挖这么一大块的。她把肉切成了块，放在火上炖着，一边等着肉烂，一边洗土豆红萝卜，削皮。水是冰冷的，刀是冰冷的，土豆是冰冷的，萝卜也是冰冷的。冬天里没有一样东西不是冰冷的。手上的裂痕在冰冷的水里一丝一丝地生疼，不过那是她忍得下的疼，忍不下的是另外一桩疼。

她和丹尼结婚已经几个月了，她早已不再在云雨之后嚼食那些叫妇人不孕的草药。可是她的肚腹依旧平平坦坦，毫无动静。她开始怀疑自己异常健壮的身体，到底是不是一个绣花枕头，满目的花哨底下，竟然是一包干草？她突然想起了吉姆当年骂她“不下崽的猪”时的情形。也许，真的，吉姆本来没事，却是她有事？要不为什么吉姆换了阿妹，就能生仔？等到雪化了，镇上一通马车，她就要丹尼陪她去维多利亚，看一看唐人街那个有名的顺德郎中。她治得了别人的病，却治不了她自己的病。

隔壁丹尼的琴声越发地细碎了，歌也变了一个样。歌声变得含混不清起来，仿佛咬了一嘴的碎甘草。芙洛知道丹尼此刻的嘴里，一定是叼了一根粗肥的雪茄。冬天巴克维尔的男人日子难熬啊，大雪封山封路，窝在家里哪里也去不了。店铺都关了，打猎玩台球赌马的事，一样也干不成。连喝酒，也只能一两个人待着喝闷酒。德国舞妞早都去了维多利亚过冬，连教会的牧师、医院的大夫，都离开了镇子。若不是为了陪她，丹尼也早走了。离开春还有好几个月，男人的日子该如何打发呢？

锅里的肉在发出响亮的嘟泡，芙洛的肚子咕地叫了一声。冬天里镇子太静了，什么声响听起来都瘆人，芙洛觉得她肚子叫得全镇都听得见，便忍不住笑。夹了一小块肉尝了尝，半烂了，就把土豆和红萝卜都搁了进去。锅凉了下来，动静小了。隔壁丹尼的琴声也静了下来。

芙洛摊开手，看见洛基山的风把这双手咬得像千筋万络的桑叶，突然想起了街尾阿妹送给她的一盒蛤蜥油，找出来擦了些，便觉得那些筋络变细瘦了些。就心想阿妹家不知道是不是也藏下了足够的肉食？阿妹又怀上了身孕，不便行走，吉姆和卷毛两家今年都没有去维多利亚过冬。这么一大锅肉汤，待会儿要不要给阿妹也送一碗？只是这么厚的积雪，不知各家门前的路都铲通了没有？

锅又开了，嘟泡声重新响起来，肉味越发浓厚了，将一屋的空气都裹上了一层油腻，吸一口，人还不知道，肚子先知道了，叽叽咕咕地叫唤个不停。

“丹尼，十分钟，还有十分钟，就吃饭了，馋死你，今天！”

芙洛隔着窗户大喊，丹尼没有回应，她就想待会儿灭了灶再喊一遍。

这时候芙洛听见了一个声响，一个很像镇尾的孩子放炮仗的声响。可是镇尾的孩子只有过年过节的时候才放炮仗。这会儿刚过完圣诞，离阳历的新年还有几天，离农历的新年就更远了，怎么会有人在这个时候放炮仗？而且只响了一声？

不，那声响不是从镇尾传来的，那声响近得仿佛就在耳边。

芙洛扔了锅盖，一颠一颤地朝“苏格兰高地”跑去。跑到门口，一眼就看见门缝底下蠕爬出一条虫子。那虫子在门前没铲干净的雪地上越爬越粗，最后爬成了一朵暗红色的花。

芙洛的心一下子抽成了一团，有一阵尖锐的刺疼，针一样地从抽得最紧的那个地方射出来，射到手心，射到脚掌。她拿手掌去揉解心尖上的那个团，却越揉越紧。来不及了，她只能带着那个插满了针的肉团往屋里跑去。

芙洛一把推开了门。

“天爷！”芙洛大喊了一声。

丹尼蜷成一团跪在门边，像一只躲在树洞里过冬的棕熊。芙洛一头拱进丹尼的身子，想把他扶起来。可是丹尼太沉了，沉得她非但没能扶起他来，反而把他撞翻在地上。他的身子松开了，她看见了他那件麂皮外套下摆那个被血浸泡得肥厚起来的破口。

他身边扔着一把枪，就是他时常带在身边的那把柯尔特 M1860 左轮手枪。这把枪是他在加利福尼亚淘金的时候，用两块金砂的价钱从一个爱尔兰人手里换来的。平常，他爱用这把枪打树上的斑鸠，还有树林子里出没的野鹿。在没有野鹿也没有斑鸠可打的日子里，他就一次又一次地擦拭这把枪。拆了，装回去。再拆，再装回去。他曾经跟芙洛夸口，他用不了一分钟的时间，就能把这把枪拆一遍，又原封不动地装回去。芙洛放在餐馆里吓唬人的那把木头枪，就是丹尼依照这把枪的样子仿造的。

丹尼是擦枪的时候不小心走火的。天太冷，手指有点僵硬。这把枪他擦过太多次了，他闭着眼睛也摸得清每一个部件。可是今天，他的自信骗了他。

芙洛扑过去解丹尼的麂皮外套。麂皮被血泡透了，暄厚硬实，芙洛怎么也解不开纽扣。后来她在酒吧台上找着了一把刀，把外套割开了，发现伤在大腿上。她又割断了一截裤腿，一下子找到了那个皮肉翻卷的伤口。血在很凶地流着。她一辈子见过了很多血，杀鸡杀狗的血、杀猪宰羊的血、娘姨们生娃的血。再多的血她也扛得住。可是哪一回也不是丹尼的血。丹尼的血叫她一下子失了方寸，叫她的腿一下子软了。她拖着棉花糖一样的腿，割下一条窗帘布，紧紧地绑在了丹尼的伤口上。不一会儿布就湿成了污黑的一团。她脱下自己的棉袄，又脱下里头的那件夹袄，把夹袄叠成一厚条，又绑了一层。

血还是渐渐地洇了上来。

她搀住了丹尼的腰，她想把他扶起来，扶到自己的背上去。可是丹尼的腿已经没用了。没有腿支撑的身子是一摊死肉，死肉比木头比铁还沉，芙洛被死肉的重量坠了下去，一跤跌在了地上，沾了一手黏糊的血。

“去……去叫……索尔医生……”

丹尼睁开眼睛，断断续续地说。

还好，丹尼还能说话。芙洛突然就有了力气，两腿硬了起来。嘉瑞埠皇家医院总共只有六个医生，其中四个都到维多利亚过冬了。剩下的两个，有一个去了瑞奇菲尔，现在镇里只剩下一个索尔医生值班。

这么厚的积雪，她就是空手，都很难走到医院。背着丹尼，她连十步也走不了。她只有出门喊人求救。

她跑出门外的时候，才发现她只穿了一件贴身的绒衣，她忘了把棉袄穿回来。可是她竟不觉得冷。现在每分每秒都紧要，她顾不得回去穿棉袄了。有人住的家，门前的雪道都铲出来了，可是没人住的房子，依旧是一个一个的大雪包。她若能骑马，她能飞着走，可是这样的雪地骑不了马。她的脚，她那双缠过又解开了的脚，就像两坨石头两坨铁，她跑不动啊，跑不动。她知道，以她这样的速度走下去，两个小时也走不到医院。

她停下来，把两手拢成一个筒，大声狂喊起来。

“有人吗？出来个人啊。出人命了，人命啊！”

啊……啊……啊……啊……

芙洛的声音撕裂了，在空荡荡的镇子里嘤嘤嗡嗡地飘来飘去。飘了几个来回，终于有个人披了一条厚围毯，从台阶上探出身子，那是从前在庄尼的车马店里做粗活的女帮工玛丽亚。

玛丽亚看见芙洛穿了一件薄绒衣在雪地里狂喊的样子，吃了一大惊，问怎么啦？芙洛说快，快叫你家男人，去医院喊，喊索尔医生过来，我家丹尼中弹了。玛丽亚问怎么会呢？芙洛说你闭嘴，没时间废话，快叫人。玛丽亚摆了摆手，说别指望了。铁匠铺的威利发烧发到腿抽筋，也没法找索尔医生看病。昨天索尔医生从台阶上摔下来，摔断了腿，躺在床上下不了地，他自己都救不了自己呢。

玛丽亚又啰啰唆唆地说了很多的话，芙洛一句也听不进去了。她只隐隐记得自己说了一句：“叫你男人过来，帮个手。”就拔腿往回跑。

芙洛的脑壳在那一刻突然就灵光了起来，狠狠地使唤上了她的腿。因为她的脑壳知道，她再也没有人可以指望了，她就是她自己的观音菩萨了。她的脑壳要是再使唤不上她的手脚，她的丹尼就没救了。

她突然就镇定了下来。

她先进了自己的餐馆。锅已经干了，牛肉在锅底刺刺地发出油渣的爆响。她端下了锅，煮了一大桶水，拿了一包盐，两条手巾，还有楼上的那个大药箱，就往“苏格兰高地”跑去。这时她感到了疼，膝盖、脊背、耳朵的疼，那是风一嘴一嘴在她身上留下的牙印。今天本来没有大风，风是她跑出来的。她知道明天她的手指头脚指头耳郭，还有身上每一个被风咬过的地方，都会长出又痒又疼的冻疮。巴克维尔的冻疮很长命，一出世就要活上好几个月，不到春暖的日子是不会消逝的。可是她顾不得了。今天到明天中间还有很长的路。今天和明天中间，隔的是丹尼的命。她得抓着丹尼的命爬过去，才能爬到明天。要是丹尼的命从她手里溜走了，她就再也爬不到明天了。

芙洛走进“苏格兰高地”，放下热水桶毛巾盐包和药箱，跪下来，把丹尼的身子彻底擀平了，搬过他的头，垫在了自己的大腿上。

“丹尼，索尔医生，来不了了。”芙洛贴着丹尼的脸，轻轻地说。

听到“索尔医生”的时候，丹尼的眼睛倏地睁开了，像火柴刚刚划着的那一刻，光亮、跳跃、有神。听完了芙洛的话，那火抖了一抖，渐渐地黯淡了下来。包扎在腿上的那件夹袄已经湿透了，丹尼的脸色一点一点地苍白下去。芙洛觉得丹尼的命正像沙漏似的，从她的指缝里一小把一小把地漏走。

“丹尼，你听着，现在，我就是你的医生。你要是想活，你就得信我。”芙洛狠狠地拍了几下丹尼的脸颊，咬牙切齿地说。

“你没别的路了，我叫你做什么，你就做什么。”

“不管多疼，你也得忍。忍不下这个疼，你就得死。我不要你死，你听明白了吗？”

丹尼没有回应，但是手指却轻轻颤了一颤。她就知道，他听懂了她的意思。

芙洛站起来，舀出一小盆水，撒了一把盐在里头，摆在一边晾着。又把两条手巾放在滚水里绞过，擦了手，才重又跪下来，细细地查看丹尼的伤口。子弹是斜穿过去的，扯出一条边角模糊的长口子。芙洛把皮肉撑开了，看见肉撕得最深的那个地方，嵌着一片黑乎乎的东西，那是一块弹片。

芙洛从发髻上摘下一枚银发簪，在热水里烫过了，朝着那个血肉模糊的口子插进去，掏了一掏，没掏着那块黑东西。突然，她觉得她的胳膊麻木了一下。这麻木如水一样弥漫开来，流过了她的半边身子，渐渐地化作了疼痛。一阵尖锐刺骨的疼痛，从胳膊一路钻进她的心口，心又一次拧成了紧紧的一团。低头一看，她发现她的左衣袖上，有一朵红色的梅花，正在吐蕊开放。那是齿痕——丹尼咬了她。

芙洛站起来，从屋角找出两根拴马的粗绳子，把丹尼的两条腿，一条捆在房柱上，一条捆在钢琴脚上，死死的。

芙洛背过身子，坐在了丹尼的胸口，丰腴的臀部牢牢地抵住了丹尼的下颌。现在他再也咬不到她了。

芙洛的那柄发簪，再一次探进了伤口。左拐，右拐，再左拐。肉不肯让步，骨头也不肯让步，肉和骨头软硬兼施地阻挡着发簪的路。

发簪无数次接近了那块黑东西，又无数次地眼看着它从簪尖滑落。

芙洛身下的那个身子，剧烈地起伏着。她仿佛骑在一匹从未被人驯服过的野马上，颠簸摇荡。她是好骑手。她这会儿的脑壳很管用。她的身子严丝合缝地顺应着他的起伏。她像粘在他身上的一片叶子，他动得了他自己，却丝毫翻动不了她。渐渐地，他疲软了下来，终于一动不动。她猜想他昏死过去了。

铁汉子啊，巴克维尔的铁汉子，他一声也没吭。

不能手软啊，这一刻千万不能手软。

芙洛对自己说。她的簪尖挑着他的命。不，还有她的命。他若在，她好好歹歹也在。他若死了，她决计也不想活了。

她屏住呼吸，再一次接近了那块黑乎乎的东西。

她的簪再次觉出了阻力。不过，这次是一种不同的阻力。她放轻了手劲，轻轻地一挑，叮的一声，有一样东西弹到了钢琴键上。

是那块黑弹片。

当玛丽亚两口子穿过半个镇子的积雪，气喘吁吁地赶到“苏格兰高地”时，他们看见芙洛披头散发，一脸是汗地坐在地上，身边扔着一柄沾满了污血的发簪，和一桶暗红色的脏水。

丹尼四脚朝天地躺在地上，一条腿上缠裹着一块白布。白布看上去是从一条被单上撕下来的，表层渗着几团形迹可疑的斑点。丹尼也满脸是汗。丹尼的汗水把头发湿成一个一个的圆圈，贴在前额上，脸色败如灰土。玛丽亚在心口画了个十字，蹲下来探了探他的鼻息，还好，他活着。

“索尔医生，来过了？”玛丽亚疑疑惑惑地问芙洛。

芙洛说不动话。芙洛只抬手做了个手势。这个手势，玛丽亚两口子都看懂了，就是把丹尼抬到楼上去。

丹尼在楼上昏睡了三天，身子滚烫，一天比一天烫。

到了第四天早上，芙洛给他喂蜜糖水，却死活撬不开他的牙齿了。

芙洛扔了汤匙，就跑出门去找索尔医生。

走了一个小半时的雪路，终于找到了坐在躺椅里养伤的索尔医生。

“感染，严重感染。记着，下回遇上这样的事，要用烧灼伤口的方法消毒。”

你老母下回才碰上这样的事。芙洛愤愤地想。

当然，芙洛没有把这个想法说出口。芙洛只是垂着双手，恭谦地问：“现在该怎么办？”

“用盐水洗伤口了吗？”

“每天都洗，一天两次。”

“冷敷了吗？”

“一直用冰手巾。”

“喂水了吗？”

“每半个小时喂一次，蜜糖水。”

“还用了什么法子？”

“中国草药。”芙洛嗫嚅地说。芙洛知道洋番医生不信草药，中国人的和红番的草药都不信。他们觉得那跟非洲的巫术没什么两样。

可是索尔医生竟没有骂她。索尔医生很长时间没有说话，半晌，才叹了一口气。

“芙洛，总有一些事情，医生也是没有办法的。有时，连上帝也不一定有办法。”

芙洛听了这话，拔腿就跑。跑出好远，才想起没有把给索尔医生的礼物留下。

上帝，索尔医生说到了上帝。神灵，她怎么就没想到，神灵？

路很难走，积雪里她不知摔了多少跤。一次一次地，她得把陷在雪里的靴子捞拔出来。一次又一次地，她得把靴子里的雪倒干净了。走到家门口的时候，她觉得她已经把她的心，摔成许多瓣了。有些碎瓣已经散落在雪地里了，她再也捡拾不回来了，可是她顾不上了。

她上气不接下气地跑到楼上，在丹尼床前跪了下来，闭上眼睛，双手合十。

“大慈大悲，观音菩萨，你若肯救他，我情愿……情愿……一辈子，不……”

这句话长了许多个钩子，从摔烂了的心里一路长上去，长到她的喉、她的舌、她的牙齿。疼啊，想着这句话的时候，就是一种疼。说出这句话，是另外的一种疼。她一辈子里头，不记得有哪一样的疼，比这句话更叫她觉着疼。

可是她不能不说。她若不说这句话，她一辈子不得安生。不得安生，那是比不得安死还要难熬的事。

“情愿，一辈子……不生仔了。”

芙洛说完这句话，人就瘫软了。

由它去了，由它吧。天塌了地陷了，我管不动了。菩萨你看着办吧。

芙洛俯在丹尼的床头，昏昏地睡了过去。

这一觉睡得很深很长，醒来时天已经全黑了。夜色如蘸满了墨汁的狼毫，把屋里的一切都抹去了，只剩下没有边角没有线条的一片昏暗。芙洛直起身子，想起了她的梦。这一觉里她做了无数个梦，树枝蔓似的，一枝连着一枝，一枝生出另一枝，枝枝叶叶缠绕不清。睁眼醒来，却发现什么也没有，一条枝一片叶也抓不着。

哦，不，屋里并不是什么都没有。铺天盖地的夜色里，有两点光亮，在床头隐隐地生辉。

是丹尼的眼睛。

“芙洛，水……”

一个虚弱的声音，颤颤地说。

巴克维尔的最后败落还在一些日子之后。而在此刻，巴克维尔的淘金汉子们就是骑上最高壮的骏马，站在洛基山最高的山巅上，都还看不见那一天。

一二十年之后，这个镇子只剩下零零散散几十家住户。再过几十年，这个镇子就再也没有永久居民了，街头和街尾都被开辟成一个博物馆和旅游区。在嘉瑞埠区没有被大雪封住的日子里，镇里满街都将是从世界各地来的游客，好奇的目光停留在一次又一次被粉刷改装过后的遗址，和一遍又一遍重新书写过的旅游指示牌上，企图从那里窥探到当年淘金人留下的一点一滴旧迹。一个世纪以后，史学家和历史系的学生们在提起巴克维尔这个名字的时候，会忍不住感叹：这个用金砂做房角石建成的镇子，怎么会像海市蜃楼般，一股风吹过，一阵日头晒过，就迅速地消失了，就如同当年它突然在地图上出现一样？

这些事，一八六九年的巴克维尔人，尚毫无预感。这个秋天镇上的人，在被一桩消息兴奋着，久久难以入睡。

一八六九年的加拿大，是个两岁大的国家，还在笨拙地学习行走。它的领土只包括了东部的四个省份。中部草原正在慢慢地朝联邦国家的概念趋近，而西部广囊的不列颠哥伦比亚领地，这个时候离渥太华还很遥远。不列颠哥伦比亚领地脚底下踩着的，是一片叫华盛顿和加利福尼亚的土地，它们是它的近邻，而那时的渥太华，至多只是它的一个远亲。嫁给近邻美国，还是许配给远亲加拿大？这是许多西海岸人酒桌饭局上的谈资。随着菲沙河谷一带金矿的发掘，洛基山脉出现了许多个巴克维尔那样的镇子。西海岸依山傍水的沃土和矿藏，是任何一个君王和政治家梦寐以求的版图。于是，年轻的渥太华派出了一支亲善队伍，舟车兼程地朝着遥远的西岸进军，决计以远亲的诚意，与近邻的诱惑匹敌。

这支亲善大军的首领，是总督马斯葛瑞福。

总督马斯葛瑞福要来嘉瑞埠矿区访问的消息，传到巴克维尔镇的时候，已经是九月初。离总督到镇上的那一天，只有十来天的时间了。巴克维尔镇上的淘金汉子，大部分是在加利福尼亚一带的金砂衰竭之后，涌到北边来找运气的。可是巴克维尔的人，却很少参与远亲近邻之类的无聊讨论。巴克维尔镇对渥太华的好感是天生的，没有由来的，几乎和春天开花冬天落雪一样的自然。巴克维尔人觉得，这一刻最重要的事，是准备一个和加拿大总督身份相符的欢迎仪式。更确切地说，是要准备一个独出心裁的、把维多利亚城比得面上无光的超级大排场。

于是，镇里的人几乎每天都在开碰头会。采矿公司、消防队、镇民委员会、教师协会……不同的人，不同的时间，不同的地点。话题却是大同小异的：街面的布置、迎宾仪仗队的排列、致敬词的内容、贵宾名单……

当然，这都是镇头的事。镇头的议事日程里，还有一件事，是让镇头人头疼万分却又不知所措的事。

那就是镇尾。

大火之后，镇尾也盖了新房子。可是镇尾的人住在新房子里，过的仍旧是出娘胎起就过惯了的老日子。镇尾是个动物园，街面上跑着满身污泥的猪和皮毛脏得起了结子的狗，满街的鸡鸭在猪狗之间的缝隙里飞跳撒野。镇尾的耗子胆子很大，镇尾的猫管不了耗子。镇尾的猫眼睁睁地看着耗子在自己的眼皮底下穿过街道，从一个角落窜到另一个角落。镇尾蟑螂的种类，是昆虫百科全书里不曾记载过的，跟那群看上去营养不良的居民相比，它们真可谓膏满肠肥。镇尾的孩子穿开裆裤，随时可以蹲在地上，撒一泡憋不下去的尿和一坨忍了半天的稀屎。镇尾的阴沟水里漂浮着烂菜叶、馊鱼骨、鸡蛋壳，还有猫的狗的猪的鸡鸭的和人的粪便。

镇尾是连上帝也不愿光顾的地方。

可是总督马斯葛瑞福却偏偏要光顾那块连上帝也不肯光顾的地方。

谁能说得通这些顽固蛮横的大清子民，至少把门面略微收拾一番，哪怕仅仅是配合一下全镇的排场呢？

这天晚上丹尼开完镇民委员会的会，回到家里，和芙洛聊起了会上的事，当然主要是关于镇尾的话题。芙洛没有说话。

第二天中午丹尼醒来的时候，发现芙洛不在餐馆。“芙洛的厨房”门口，贴了一张歪歪扭扭的告示：本餐馆今天因故停止供应早餐，中午照常，不便之处，敬请原谅。

丹尼跑到隔壁原先裘德的那个理发铺，芙洛也不在。

裘德留下的那座屋子，如今芙洛已经另派了用场。芙洛把楼上的房间租给了一对夫妻，而楼下的铺面，她已经开成了一间小小的中草药铺。芙洛把中草药分成一个个小包，写上诸如“治寒热，小儿减半”或“止血，两日一换”等简单说明，再标上价格，就交给了楼上房客的太太管——那些当然都是治小病小痛的平常药。只是每隔一两天，芙洛就要重新准备新药包，切、碾、称、装，都得在餐馆打烊之后。现在芙洛要到半夜之后丹尼的酒吧打烊了才上床，早上却依旧是鸡叫头遍之前起来。

这天早上芙洛去了镇尾，找吉姆的老婆阿妹。快到中秋节了，前日阿妹托人给芙洛捎了一盒月饼，是吉姆的一个弟兄从维多利亚唐人街买来的。芙洛没有可还的礼，想起阿妹说儿子身上发红疹，就带了些雄黄粉过去。自从芙洛那年给阿妹接过生，两个女人就开始了稀疏地走动。有时是在集市里碰面，有时是阿妹到芙洛的药铺里讨方子。可是芙洛从来没到旺记去找过阿妹，这是头一回。

见芙洛来，阿妹有些吃惊，问出了什么事？芙洛不说话，只叫阿妹的儿子虾球过来。虾球快三岁了，见人还是害羞，咬着手指只是不吭声，嘴角流出一条脏口涎。

芙洛从瓶子里拿出雄黄，撩起虾球的胳膊，蘸了点口水，就抹雄黄。虾球扭来扭去，一刻也不肯安生，叫他妈拧了一把耳朵，才老实些。

“你家那个丹尼，腿都好利索了吗？听说伤得厉害，都快吓死人了。”

阿妹一边帮虾球捋另一只袖子，一边问。

“他皮实，早没事了。”

“阿姐那就赶紧生一个仔，好和我家虾球做伴。”

芙洛不吭气。半晌，才笑了一笑，说：“生不了。”

“怎么生不了？你两个都还年轻壮实得紧呢。”阿妹只是不信。

“菩萨定的，谁也改不了。”芙洛叹了一口气。

阿妹刚刚吃完早饭，桌子上还摆着没来得及洗的饭碗，两大一小。碗里剩着几粒没扒干净的粥米，蝇子在沿着碗边嘤嘤嗡嗡地飞。芙洛知道吉姆就在后屋。吃完早饭，是他歪在躺椅上抽大烟的时辰，那是雷公把地上砸个天大的坑都不会改变的事，每天如此。

“听说了吗？十八号，就是离月饼节差两天的时候，总督要来镇上了。”芙洛回头看了一眼后屋，闲闲地说。

“总督，是个什么官？”阿妹疑惑地问。

“跟皇上差不多，他就是洋番国里的同治爷。”

芙洛想了半天，才想出了这个解释。

阿妹吓了一跳，手里拿的雄黄粉洒了一地。

“皇……皇上要来？”

“皇上是什么东西？”虾球问。

芙洛和阿妹同时呸了一口：“在番鬼地盘里出生的仔，将来连祖宗是谁都不知道呢。”

“皇……皇上来这里做什么？”阿妹问。

“听说要让咱们巴克维尔也加入他们洋番国。”

“巴克维尔，不是国吗？怎么还要入别人的国呢？”

芙洛的脑汁到了这时就用浅了，浅得只剩了一个底，怎么也舀不出东西来了。想了又想，终是没有答案。还好，阿妹也没追着问。阿妹关心的，是另一件事。

“皇上，会到镇尾来吗？”

“皇上行了千里路，当然镇头镇尾都要来的。”

阿妹又吓了一跳，一包雄黄，几乎都叫她洒光了。

“我今年，一件新衣服也没，没做。”阿妹低头瞅了瞅身上的那件夹袄，袖口已经磨破了，前襟沾的菜汁，洗了多少回也没洗干净。

“一街的人，总督哪就光看你了？”芙洛忍不住笑了。

阿妹也笑，说：“洋番的皇上，看我一个唐山婆子做什么？只是镇尾的街面，怎么见人啊？要是咱们的同治爷来了，见到这个脏样子，县太爷是要砍头掉脑袋的。”

芙洛抹完了雄黄，熟门熟路地去水缸里舀了一瓢水，倒进木盆里洗手。木盆放在往后屋去的过道上，她隐隐听得见后屋传来的嘘嘘声响。吉姆到这时该抽完大烟，喝他那杯泡得跟墨汁一样浓的红茶了。

“洋番的皇上，管不着同治爷的子民。脑壳丢不了，最多，丢点面皮就是了。”芙洛侧着身子，一半朝着里屋，一半朝着外屋，叹了一口气。

她听见后屋的凳子在地上挪动，是吉姆起身了。

虾球被阿妹和芙洛按着，抹了半天雄黄，也憋了半天屎。这回憋不住了，转身就往外边跑。还来不及跑到街上，就蹲下来，在台阶上屙了一泡急屎，露在开裆裤外的屁股上立刻围了一圈黑蝇子。

“衰仔，臭死你老母啊。快叫狗过来吃了。”阿妹捂着鼻子喊道。

“脑壳丢得，面皮丢不得。”

不用回头，芙洛就知道是吉姆出来了。她知道吉姆在跟她说话。吉姆跟她说话时，既不看她，也不喊她的名字，仿佛她是一阵风、一堵墙。

“面皮值几个钱？就让镇头的人出风头去呗，反正是他们的皇上。”芙洛说。

芙洛跟吉姆说话，也不看他。两阵风，两堵墙，各走各的路，各站各的地盘，却清清楚楚地看得见彼此的路和彼此的地盘。

“洋番有什么风头，我就高他一尺三寸。我吉姆是什么人？你看矮我？”

“我看不看矮你有什么紧要？别让洋番的皇上看矮你就行。”

芙洛掸了掸身上的雄黄粉，咚咚地走出了旺记。

走过台阶，虾球屙下的屎，已经被饿狗舔得所剩无几了，空中却还弥漫着隐隐一丝的余臭。这个秋天雨水少，秋意来得晚，树木依旧葱茏。风里偶尔落下一两片叶子，颜色都还没有变透。日头好，望得也远，街头今天站满了人，都是来搭建欢迎总督的牌楼的。镇头的人已经定了主意，要搭三座牌楼。一座是镇上最大的矿产公司弗莱切兄弟公司的，另一座是新成立的消防队的，还有一座是镇民委员会的。别看三拨人马站在街上是黑压压的一群，那里头竟没有一个是搭过牌楼的，大部分人连见都没见过牌楼。都是找了镇里的一个画匠画了一张简易的图纸，照着图纸搭搭拆拆，拆拆搭搭，进展甚慢。

远远地，芙洛就看见了丹尼爬在最高的一根柱子上，绑常青枝藤。丹尼的两腿围着柱子绕成一个圈，腰上系了一根粗绳子，身子站直了的时候，一抬手仿佛就能拽住那朵飘过他头顶的云。地面上有几个女人看了害怕，忍不住捂住了眼睛。丹尼哈哈大笑，左手伸进嘴里，嗤地吹了一声口哨，右手扯下一条青枝，死命地朝地上挥舞着。突然脚下一松，身子往下一滑，整个街面发出一阵惊呼，众人的心腾的一声浮到了喉咙口。还没容得人把心收回来，丹尼已经扔了树枝，把柱子抱住，稳稳地站定了——原来是做样子吓唬人的。

风渐渐地长了些势头，丹尼的红头发在风里飘摇得如同一团火。

一团火，是啊，这个男人从头到脚就是一团火。从看见他的第一眼起到现在，虽然老了几岁，他也还是火啊。芙洛想。

他说她也是一团火。他和她是烧到了一处的两团火，那都是一心要奔好日子的火啊。当然，她念想的好日子，和他念想的好日子，是两件不同的事。她的好日子是田是地是房子，满园的鸡鸭猪狗，还有兜里沉沉的银子，就是涝到天上下三年的雨，旱到地上三年不长苗，也心里稳稳的，用不着害怕。其实，她更想的是满地乱走吵翻了天的孩子。可是她答应过菩萨了，她不能反悔。

而他的好日子，却是天天赛马、赌牌、喝酒、打猎。还有，天天热热火火地骑自己的女人。

可是她还是喜欢他身上的那团火啊。只要他的火还烧着，她心里就是暖的，她就过得了再冷的冬日，爬得过再厚的冰雪。

街尾呢？街尾的事不用她管了。她该管的已经管过了。

她知根知底地知道吉姆。她把话撂给他了，他也把话接过去了，虽然是梗着脖子的那种接法。这世上没有吉姆做不成的事，只要他真动了心念。

芙洛掏出掖在衣襟里的手绢，朝丹尼晃了一晃。满是常青藤绿枝的街面上，招摇地开出了一朵桃红色的花。

芙洛到底是吉姆骑过几年的马，对吉姆的了解深入骨髓。

果真，芙洛离开旺记之后的当天晚上，吉姆就召集了洪门的执事大佬开会议事。散会后，镇尾家家户户都接着了通知：从第二日起，镇尾每家都要出三块钱和每天两个小时的人工，早上上工之前一个小时，晚上下工之后一个小时，用来准备迎接总督马斯葛瑞福的到访。若是出不起人工，那就加倍出银子。

第一件要做的事，就是修整路面。镇尾的人从瑞奇菲尔运来了几车碎石，把凹凸不平的路面填得平整了，又挨家挨户派发了灭鼠药。吉姆下令：各家的家畜家禽，都得圈在院里。若见猪狗鸡鸭走在街面上的，一只一次罚两块钱，天王老子也无例外。

接着就是搭牌楼。街尾的人别说是洋牌楼，就是土牌楼也没有见过。吉姆派了几个眼力好的青壮小伙子，混到街头做探子，看街头的人如何行事。探子回来，把眼见的一五一十地说了，吉姆捻着脑门上的那根胡子，沉吟半晌，才笑了，说丢，我以为洋番有什么大不了的花样经呢。又问多高？探子说弗莱切公司的那个最高，拿眼睛粗粗一测，加上拱门大概是二十尺。吉姆拍了一下桌子，说我们就搭二十三尺。

于是镇尾的人就开始搭牌楼的底座。是四根大柱子，从街的这头搭到街对过，两边各一根，中间两根，隔出三个拱门。拱门是砍了雪杉的嫩枝弯曲而成的，从拱门往下，每根柱子上都缠满了常青藤枝蔓。拱门正中，写了大大的“欢迎总督”字样，下面是中国字，上面是洋文。三扇门上，都插了旗子，正中的那面，是英国的青红白三色米字旗，左边的是大清的三角黄底青龙衔日旗，右边的旗子眼生，是一个白色的圆堡，里头蹲着一只围满了枫叶的海狸。这面旗子是从镇上洋番的报纸里学的样子，镇尾的人看不明白是什么旗子，来问吉姆。吉姆说洋番的牌楼都用了这旗子，我们跟着错不了，哪里这么多话？众人就不敢再问。

过后众人才知道，那是加拿大新国旗的一个版本。

总督来的前一天，全镇的人睡得都很晚，一条街上，从街头到街尾灯火通明。牌楼都搭完了，可是还没有装饰完毕。干活的人不能睡，不干活的人睡不着，都聚在街上看热闹。街头的小孩，从一个拱门跑到另一个拱门，看完了这家看那家，来回报告着新鲜事。很快，有消息在街头传开了，说街尾的那个牌楼，样子和街头的不太一样，有些古怪。街头的大人就问是好看的古怪，还是难看的古怪？孩子想了半天，却说不出来。

于是街头大人的好奇心，就被煽动了起来。人潮开始朝街尾涌去。

这是一次陌生的经历。如果把巴克维尔比作一个人，那么镇头是脸，镇尾是屁股。人都知道有屁股，人却很少去看自己的屁股，那是身子里最见不得人的藏污纳垢的地方。可是这个晚上当镇头的人走进镇尾的时候，却发现屁股带给了他们硕大的惊讶。

首先是气味。

镇尾弥漫着一股让人感觉有些眩晕的味道，乍闻起来微微的有点刺鼻。镇头的人站了一会儿，才渐渐明白过来那是一种香味，一种从未在他们的鼻孔路过，也从未在他们的脑子留下过记忆的香味。他们还要多站一会儿，才会有人告诉他们，这种香味来自一样叫檀香的东西，是大清国民祭拜祖宗神灵时焚烧的香柱。

当然还有脚下的路。镇头人的靴子踩在路上是一种舒适的摩擦，常年在崎岖不平的山路上行走惯了的脚，几乎不用眼睛的帮助就知道那是平整的新路面，还没有足够的靴印在上面压出疤痕，也还没有足够的猫狗鸡鸭在上面留下屎尿的污迹。

还有那个巨大的牌楼。大清国的人只需看上那么几眼，就把镇头的手艺偷过去了。而且还把气势做得比镇头又威风了许多。其实，牌楼也就是牌楼，牌楼像人脸，无非是眉眼鼻唇，还能翻出多少花样来？只是牌楼上的装饰，那却是人脸上的胭脂花粉口红，能一下子叫这张脸把那张脸比下去的。镇尾的这个牌楼，常青藤的枝蔓中间，穿插裹缠着五彩的绸缎。从拱门到基座，挂满了一串串红色的大爆竹，将镇头的牌楼，比得甚是清寡无味。

但是叫镇头人惊讶的，还不止这些。

还有那些灯笼。

这个夜晚镇尾每户人家的门廊前，都挂出了一对灯笼。洪门堂所的香主大阿公算过了吉时，戌时镇尾的灯笼一起点上了。灯笼没点着的时候，本来就是红的，可那是闭了眼睛的红。那红瞎在夜色里，叫夜给生生吞吃了，谁也见不着。可是灯笼一点着火，眼睛噗地就睁开了。那是柔柔暖暖的红啊，转身就把黑夜吞吃了。那红把暗夜咬出许许多多个洞眼。镇头的人站在镇尾，只觉得一街的红盛不住了，肥肥腻腻地从人眼里流到人心里，又从人心里渗到人脸颊上，于是，心热了，脸也热了。

镇尾的男人在往牌楼上挂着最后一串爆竹。镇尾的女人也没睡，在看男人们干活。镇尾的女人爬不了高搭不了牌楼，但她们也不肯闲着，在街心摆了一张桌子，给她们的男人准备着茶水点心和揩脸的热手巾。镇尾的女人素常都躲在家里，很少在街面上走动，所以镇头的人不常见着镇尾的女人，除了旧年那场把全镇的人都赶到了河滩上的火灾之外。灯笼的光亮中，镇尾的女人跟白日见着的又不一样了，朦胧的红光将白日女人身上常年劳作的粗粝都抹平了，只剩下些低眉敛目的羞涩和温存。

镇尾的女人给她们的男人们准备的点心有绿豆糕、芝麻酥、五仁月饼、枣糕。镇头的女人当然也会做甜点，只是她们做的是不一样的甜点。镇头的女人有点好奇，就凑过来问镇尾的女人这是些什么东西？有没有配方？

阿妹遭人一问，脸就红了。阿妹虽然来巴克维尔也有四年了，可是她的英文至今还停留在五个词组成的狭小空间里。这五个词是：yes, no, sorry, thank you, too much（是的、不是的、对不起、谢谢你、太贵了）。阿妹原以为这五个词的不同组合就能打发镇上所有的人和事了。阿妹到了今天晚上才知道，这五个词就是叠到天上去，也回答不了镇头女人问她的一个小问题。阿妹手里捏了一块枣糕，原想送过去给吉姆吃的，这会儿却烂在了手里，嘴里只是一遍又一遍地说着“sorry”。她之所以在五个词中选了这一个，是因为她觉得另外那四个在这个时候比这一个还不管用。

这时吉姆正站在几步之外，眯着眼睛打量着挂完了爆竹的牌楼，看还有没有什么纰漏之处。眼一斜就看见了他老婆的蠢样子，忍不住骂道：

“sorry 个屁，人问你话，就不知道给人一块吃的？穷得穿不起裤子啦？”

阿妹遭了男人的骂，才猛醒过来，就把手里那块捏扁了的枣糕塞给了问她话的洋番女人。洋番女人怔了一怔，却也不推却，几口吃完了，咿咿呜呜地说了一串话。阿妹一个字也没听懂，又似乎完完全全听懂了。不，阿妹其实是看懂的。阿妹从女人眉眼的走向上猜出了女人是夸枣糕好吃。阿妹想了想，又从她仅仅知晓的五个英文词里挑出了一个稍微管用的，丢还给那个洋番女人。阿妹把这个词反反复复地说了许多回。

“yes, yes, yes, yes...”

镇头的女人被阿妹逗乐了，镇头的女人和镇尾的女人笑成了一堆。

这时镇头有人拉起了提琴。拉琴的是“野牛比利”酒吧里的乐师。接着，有人当街跳起了舞。跳舞的也是“野牛比利”里的人，是那群德国舞妞。德国舞妞今天没有顾客。德国舞妞的顾客今晚全在街上，所以德国舞妞今晚也在街上。提琴的节奏越来越快，舞妞的裙裾在街面上开出一朵一朵的花，舞妞在一个个男人中间泥鳅似的穿来穿去，到处丢洒着免费的笑声。今晚舞妞不为银子，今晚舞妞只图一个快活。舞妞的快活就像是一阵流行性感冒，见着谁就传给了谁。

镇头的男人开始唱歌。起先只有一个声音，是丹尼的声音。那声音如一阵旋风，一路穿行时携裹着一层一层的灰土，变得越来越粗肥。后来所有的男人都唱了起来。街终于扛不下那么多的声音了，颤颤地抖了起来。

我是纽约来的穷小子，
穷得响叮当，
可我遇上了一个美丽的金发女郎。
她对我一笑，我以为她要跟我去流浪。
谁知她对我说：
你不过是个纽约来的穷小子，
穷得响叮当。
先不要指望你的鸡，
当它还没有孵出蛋。

巴克维尔醉了。

马斯葛瑞福就是一瓶最好的酒，巴克维尔人借着总督这瓶酒疯狂烂醉了一整个夜晚。这个夜晚巴克维尔人的琴声歌声把天上的星子震落在地上，这个夜晚巴克维尔人的舞步把地踏出了许多个深坑。巴克维尔人仿佛意识到了，这将是这个镇子的最后一次狂欢。在那以后很长的岁月里，人们只能借着这个夜晚的记忆，来追溯这个镇子曾经有过的繁华和癫狂。

那晚街上的人群终于散尽的时候，已经是深夜三点钟了。

丹尼是最后一拨散去的人之一。

丹尼回到家的时候，才发现他身上丢失了好几样东西：帽子、嗓子，还有右脚的靴底。芙洛还没睡，正点着一盏小灯在包药铺里要卖的草药。丹尼一把掸开药包，就把芙洛往楼上抱。

“为了上帝的缘故，你明天早上可不可以晚点起床，让人多睡一会儿？你知不知道，连巴克维尔的鸡，都恨你呢。”丹尼沙哑着嗓子说。

“我晚起，鸡倒不恨我，人该恨我了。总不能让人饿着肚子上工吧？做生意总要讲诚信……”

芙洛的话还没讲完，身后已经响起了粗重的呼噜声，丹尼已经沉沉地睡着了。

第二天早上芙洛起床的时候，镇里一点声响都没有，连风抚过她的家门，都是一种怯生生的不忍。昨晚一个镇子都疯过了头，所以早上连鸡狗都醒晚了。

她摸着黑下楼梯，觉得有些头重脚轻。她没点灯，屋子却有光亮，有无数颗星星，在天花板上飞来飞去。她知道，她是累了，她缺觉，她缺了太多的觉。

她在楼梯口坐了下来，拿出捏在手心准备梳头的那把牛骨梳子，轻轻地在太阳穴上梳了起来。那是小时候，阿妈教她的解乏办法。

阿妈，她吃了一惊，她不知道为什么会在这个时候想起阿妈。她从来不愿想阿妈。从前她想阿妈的时候，她就闭上眼睛，把阿妈关在念想的门外。闭上眼睛的时候是一片铁壁一样的黑暗，阿妈在墙的那一头，她在这一头，阿妈永远也穿不过这样深这样硬的黑墙。可是最近，不知怎的，阿妈的面容就像是变成了兵刀弓箭，闭上眼睛也不管用，阿妈能把再厚再黑的墙钻碎，拱进她的念想里。

她不要想阿妈，宁愿想点别的，随便什么。

总督今天到。

镇上女人们这一个星期的话题，都围绕着该穿什么衣服来欢迎总督。芙洛用不着。她早就想好了，她要穿和丹尼结婚那天穿过的那身苹果绿礼服。那身衣服从那天以后就一直埋在箱子里，没见过天日。今天，等到她做完午餐的生意，她就要上楼，取出那身衣服，用炭火熨斗熨平了，换上。当然，不能忘了那个礼帽和帽子上的面纱。其实，她用不着那么早换上衣服，总督的马队，要到日头落山的时候，才会进镇。可是她不能等到那个时辰。她要趁着日头还光亮的时候，穿着这身衣服，和丹尼站在最热闹的街面上，请镇里那个摄影师，拍一张照片。她来到巴克维尔到现在，就是结婚那一天，都还没有照过一张照片。这回，她一定不能错过了。

牛骨梳的细齿轻轻地梳过额角，梳下一层糙皮，头仿佛轻了一些。天花板上的星星渐渐坠落下来，屋子回到了原本的昏暗。她摸下楼梯，却用不着点灯。厨房里的事，她已经做了多年，闭着眼睛，也知道事情的顺序和每样物件的摆法。第一件事是从水缸里舀水，倒在大锅和木桶里。大锅的水是煮鸡蛋的，木桶的水是洗土豆和红萝卜的。等到她把灶火生上的时候，天就亮了，也省得点灯了。

不知为何今天的水桶很重，同样的六瓢水，她竟然提不动，只好分了两趟。生火、洗菜、切土豆红萝卜、煮鸡蛋、烧咖啡。日复一日的事，今天做起来，都有一些笨重。

一个总督，害得一个镇子都神魂颠倒呢。幸亏这么多年只来一回。芙洛想。

这天下午日头略略偏西的时候，芙洛果真拉着丹尼，来到了镇上最热闹的皇家剧院门口，就是旧年她和丹尼结婚时，丹尼抱她下马的地方，请镇上的那个摄影家，在那里照了一张合影。刚开始摆姿势的时候，芙洛戴了礼帽和面纱。后来正要按快门的时候，她却突然改变了主意。她脱下帽子和面纱，捏在手里，说这个鸟玩意儿挡了我的脸，总不能将来你找我时，我的脸都找不着。

很多年后，丹尼回想起来，都觉得芙洛在那天骗了他。他觉得，其实冥冥之中，芙洛是知道的，她一直都知道，那天会发生什么。

然而当时，丹尼只是替芙洛抚平了被帽子弄乱的头发，从街边摘了一朵黄色的野菊花，别到芙洛的鬓角上。那天的秋阳温热厚重，在芙洛苹果绿色的礼服上镀了一层铜板一样的黄边。那天的秋阳把洛基山风篆刻在芙洛脸上的痕迹，包括那块蜘蛛一样的伤疤，都抹得一干二净。

那天芙洛的笑容如秋水般明媚灿烂。

只是芙洛自己却没有看到这张照片。

总督是那天下午日头快要落山的时候准时进镇的。两个吹号手骑着高头大马报信，后边跟着五十个身穿威武队服的消防队员。再后面，才是那辆金碧辉煌的马车。

马车队进镇的时候，巴克维尔的房子空了，把所有的人都倾倒在街面上。山上所有的金矿，今天都关门半天，学堂也放了半天假，男女老少在街的两边堵成了两面黑压压的高墙。

芙洛和丹尼很快就被人流挤散了。芙洛低头在人墙里拱出了一个洞，在那个洞里塞进了她的眼睛，这才看见了马车里那张长了一捧大胡子的脸。脸很瘦，两颊塌陷，系得很紧的领带把脖子撑得鹭鸶一样的长。笑容也绷得很紧，仿佛轻轻一戳就要碎。

不是皇上的福相。芙洛暗想。

马车经过之处，男人脱下帽子敬礼，女人弯腰欠身致意。可是竟然没有人下跪。

要是同治爷来了，不知道该要有多少人鸣锣开道呢，一条大街，肯定是跪成黑压压的一片。洋番的总督，那是没法和大清的皇帝相比的。芙洛想。

总督其实很远就看见一条街上那前后四个高大的冬青牌楼了，当然，更细微的枝节要走得更近些才能看清楚。可是还没容总督走近，他的马就惊了。

总督的马是见过世面的，但它见过的世面里，不包括中国人的爆竹。街尾的人那天摆足了排场，那爆竹不是一声，也不是两声，而是几十声、几百声，一声连着一声，中间连喘口气的缝隙都没有，碎纸屑在街面上炸出一团混乱的红云。两匹马的前蹄一蹶，几乎要把马车翻了个个儿。幸亏马车夫也是见过世面的，马车夫见过的世面比马还多。所以马车夫狠狠地一抽缰绳，撕裂了嗓子，喊了一句只有他和马才听得懂的话，马才渐渐安稳了下来。

哈哈，哈哈，哈哈哈哈哈。

惊魂初定的总督发出了一串大笑，那笑如大雨前的闷雷在街面上滚过，轰轰隆隆地震得人脚底麻痒。总督探出身来和马车夫说了一句什么话，街面上的人听不清，可是街面上的人用不着听清，因为他们看清了，总督的脸松泛开来，浮出一团惊讶之后的真心快活。

“上帝保佑不列颠！”

“上帝保佑女皇！”

街上响起了阵阵欢呼。一街人悬在喉咙口的心，总算放回了原处。

除了芙洛。

当马蹄朝前蹶起的那一刻，芙洛的心抽成了一团。最近一段时间，动不动她的心就会抽成一团。可是哪一回，也没有这一回抽得紧。这一回，她的心抽得连一根针也扎不进去。她只想喘上一口气啊，可是这口气堵在了针眼上，怎么也过不去。

镇尾的人，闯大祸了。她想。

她朝街尾看去，人墙太厚，她看不见街尾。她只看见了远处洛基山起伏的山峦，和挂在山巅上的那一轮鸭蛋黄似的夕阳。

突然，太阳翻了个个儿，朝着她凶猛地扑了过来。她想躲，却没有躲过。轰的一声，太阳坠到了地上。太阳裂了，裂成了无数个碎片，炽热、鲜红。她裹在太阳的碎片里，翻不得身。

天合过来，把地严严实实地盖住了。

这就是巴克维尔留在芙洛眼中的最后一个印象。

那两个黑皮糙脸的外乡人站在门里，目光蛤蟆似的把小河上上下下舔了一遍，舔得小河起了一身鸡皮疙瘩。妹子小树像一块用脏了的抹布一样被扔在角落里，无人理睬。

“这个，我们就要这一个。”为首的那个男人，指了指小河。“这会儿就走吧，要赶路。”

虽然阿妈吩咐小河和小树管他们叫表舅，可这两个男人却没有管阿妈叫阿姐。

“去哪里？”小河疑疑惑惑地问阿妈。

阿妈没理她。阿妈只顾得上和那两个男人说话：“说好是老二的，不能变。老二小几岁，饭量小，也能替你多做几年活。”

男人嘎嘎地笑了起来，那笑声像脖子里哽了一块食的鸭子，很难听。

“干活我买她？买头刚断奶的驴驹都比她强。”一个男人说。

小河一下子醒了，表舅不是表舅，表舅是人贩子。

“你给这一个，我带了人就走，这一袋土豆种立马是你的。不给这个就拉到，算我白赶了这几十里夜路。”

男人转身，脚没动，身子却已经朝着门外了。

阿妈朝大大看了一眼。别看家里一天到晚是阿妈在说话，可是家里的大主意，还得大大拿。

小河扑通一声在大大面前跪了下来。小河的头重重地磕在大大破了洞的青布鞋面上。

“阿大，开了春，我讨饭也给你讨回来下地的种。开春田里的事都我做，你帮着就行……”

阿妈弯下腰来拉小河，可是那天小河犟得如同一头站在田里扔了犁驾死活不肯动身的倔牛，阿妈怎么也拉不动。阿妈的腿脚不好，重重地摔倒在地上。

“河啊，你上哪里讨啊？方圆几十里，哪一家还有剩粮的？”阿妈哭了，鼻涕白虫一样地滑到青灰地上。

小河抬头看大大，可是大大不接她的目光。大大不看天，不看地，也不看人。大大只是定定地看着墙上的一摊蚊血，仿佛要把墙看出一个洞。

过了一会儿，大大才说了一句话，是对那两个外乡男人说的。

大大说的那句话是：

“两袋，土豆种。”

奇异恩典，何等甘甜，

我罪已得赦免。

前我失丧，今被寻回，

瞎眼竟得看见！

单簧管的声音有些尖厉，把巴克维尔星期天的静谧切割得支离破碎。刚下过一场雨，巴克维尔的秋天薄得像纸糊的，一场雨就把它泡烂了。山路很泥泞，一夜之间堆积起来的落叶，在靴子底下发出吱溜吱溜的声响。歌声是自发的，忽高忽低参差不齐。走到崎岖之处时，唱歌的人屏住了气，歌声就停了。再响起来的时候，是走过一道沟坎了。

丹尼没有加入歌唱。丹尼的脸绷得很紧，眼角眉梢鼻翼嘴角，都好像拴了一根细绳，一动也不动。丹尼知道，随便哪个角只要轻轻一松动，就会有东西漏出来。

那样东西是眼泪。

芙洛死了。

芙洛其实是不想死的，死这个字眼连擦都没擦过她的念想。可是芙洛的心脏非死不可，她身上其他的地方拗不过它，也只好跟随着心脏死了。

送葬的队伍很长，在山路上蜿蜒成一条头尾各不相见的黑蛇。有镇头的人，也有镇尾的人。这么多年来，巴克维尔的镇头和镇尾第一回排在一条队列里，中间没有缝隙。

“从尘土来，到尘土去。”

安德鲁牧师做完了祷告，泥土就一锹一锹地落在了棺木上。有人开始哭。哭得最响的是镇尾的女人。镇尾的女人从小长大只懂得用一样哭法，来念想走在她们前面的人，那就是号啕大哭。这样的哭声锉刀一样地磨着丹尼的神经，丹尼觉得他的神经很快就要被磨穿了。

“闭嘴！”瘸腿吉姆朝着镇尾的女人大喝了一声，哭声立时就低矮了下去。“明天做道场的时候，爱怎么哭怎么哭，别在这里现眼。”

镇头的人当然听不懂瘸腿吉姆在说什么。镇头的人只看见吉姆从人群里揪出一个小男孩，让他跪下。

“虾球，你给……磕个头。她也算是你的……妈。”

虾球的脑门上缠了一条吊丧的白布带。虾球没见过芙洛几次，不太记得她是谁，也没想记。在他这个年纪，他还不知道死是什么意思。他还没有经历过这么多人盯着他看的情景，突然觉得很惬意。他趴在地上，咚咚地磕了几个响头，站起来时，额头上沾了一块湿土，脸上却挂着一朵遮掩不住的快活。

“好女人啊。”吉姆走过来，拍了拍丹尼的肩膀。

“好女人。”丹尼说。

这是自从几年前丹尼从旺记把芙洛赢走之后，两个男人之间第一次面对面开口说话。

两人的目光，不约而同地落在了还带着石粉痕迹的新墓碑上：

睡吧，芙洛，睡吧
你再也不用早起
直到主再来的日子

初稿　2009年12月27日—2011年2月4日（正月初二）

二稿　2011年3月1日—2011年5月3日

三稿　2011年5月10日—2011年5月12日

修订稿　2020年9月29日于多伦多